提麦麦决定离家出走

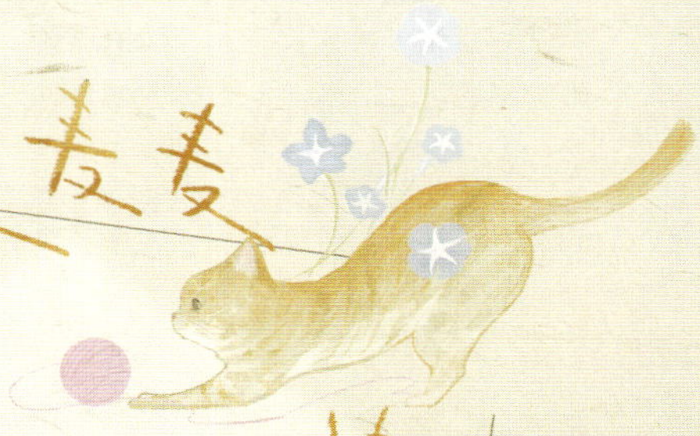

柏君［著］

BAI JUN

AUTHOR

Pawprints on His Heartstrings

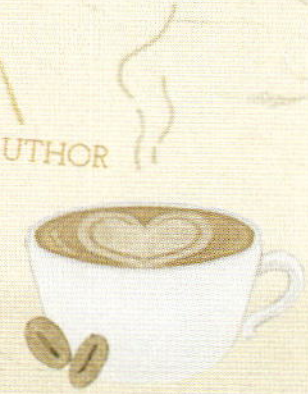

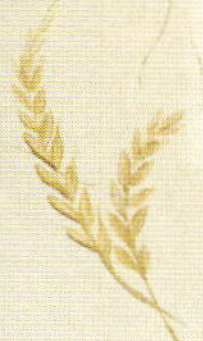

廣東旅游出版社
GUANGDONG TRAVEL & TOURISM PRESS
悦读书·悦旅行·悦享人生
中国·广州

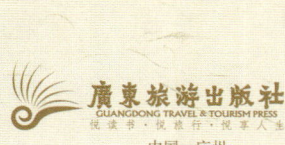

图书在版编目（CIP）数据

于是麦麦决定离家出走 / 柏君著. -- 广州：广东旅游出版社，2025.8（2025.9重印）. -- ISBN 978-7-5570-3557-0

Ⅰ. I247.5

中国国家版本馆 CIP 数据核字第 2025ZF1877 号

于是麦麦决定离家出走
YUSHI MAIMAI JUEDING LIJIACHUZOU

出 版 人：刘志松
责任编辑：梅哲坤
责任技编：冼志良
责任校对：李瑞苑

广东旅游出版社出版发行
地址：广州市荔湾区沙面北街 71 号首、二层
邮编：510130
电话：020-87347732（总编室） 020-87348887（销售热线）
投稿邮箱：2026542779@qq.com
印刷：三河市中晟雅豪印务有限公司
（地址：三河市泃阳镇错桥村）
开本：880×1230 毫米 32 开
字数：195 千
印张：7.75
版次：2025 年 8 月第 1 版
印次：2025 年 9 月第 2 次印刷
定价：49.80 元

【版权所有 侵权必究】

如发现图书质量问题，可联系调换。质量投诉电话：010-82069336

Contents

目录

Pawprints on His Heartstrings

Chapter 1
○ 关于麦麦变成人这件小事 001
"既然你能变成人——那你现在变回去吧。"

Chapter 2
○ 麦麦的心事 041
"怎么样能让程澡重新喜欢我?"

Chapter 3
○ 小猫人联盟 069
"小猫人的爱是很纯净的,你该好好珍惜。"

Chapter 4
○ 家里的顶梁柱 101
"你觉得'程德兴'这个名字怎么样?"

Chapter 5
○ 麦麦咖啡厅营业了 131
也要允许世界上存在一些把上班当志趣的猫。

Chapter 6
○ 于是他们一起离家出走 165
"这算我们一起离家出走吗?"

番外

Extra Chapter

番外1　刹那时光　　　　　　　　198

番外2　猫的报恩　　　　　　　　204

番外3　八十天环游地球　　　　　211

番外4　一日猫咪　　　　　　　　217

番外5　文艺复兴之相性许多问　　223

NEW!!
番外6　IF线身份互换——小猫人程凛　231

附录　情报驿站　　　　　　　　243

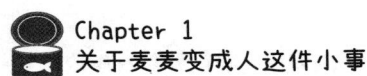
Chapter 1
关于麦麦变成人这件小事

防盗门"嘀嘀"两声,缝隙透出黑色。

程凛走进玄关,打开客厅的灯,呼唤道:"麦麦。"没有回应。

他脱了外套,检查摆在角落的水碗和猫粮,发现和监控里看到的情况一样,麦麦一天都没有出来吃饭喝水。

麦麦是程凛一年前在草丛里捡到的橘猫。

捡到时猫快死了,巴掌大小,眼睛被黏住睁不开,毛湿漉漉地贴在身上,但一闻到程凛的气味,它还是虚弱地叫了两声,跌跌撞撞往人的手心撞。

程凛把猫揣着带去了医院,医生做完检查,收治前需要专门打预防针:"费用单子列出来了,先说明,有一定概率救不回来,你确定要治吗?"除非这只田园猫有什么特殊意义,否则这么高昂的医疗费,够买几只品种猫了,根本不值得。

"治。"程凛干脆地把"巨款"付了。

去前台刷卡,接待的工作人员热心地说:"之前养过猫吗?到时候可以问小梅要准备些什么,她最有经验。"

"哦,好的。"程凛愣了愣,应下来。其实他根本没下定决心要养猫,只是恰好捡到了,总不能见死不救。

再说,万一真的没治好呢?

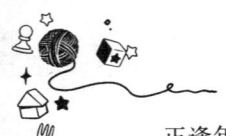

正逢年末，项目赶进度，程凛中间隔了两天没去看猫，医院的电话先打了过来："有空来看看小猫吗？它恢复得很不错，过两天可以出院了。"

程凛挂了电话赶过去，刚跨进隔离室，猫就好像有感应，立刻站了起来。程凛戴着手套，穿着隔离服生疏地抱了抱它，又看它狼吞虎咽吃了顿饭。护士赞说，小猫看到主人来，这下连胃口都好了。

临走时，猫仿若又感应到了，开始"喵"起来。

"不想你走，在挽留你。"护士笑起来，"好聪明的小猫。"

程凛并不相信猫真认出了他，但还是开玩笑一样，对踩在毛绒毯上的猫说："我后天来接你，你再待一会儿。"

小猫盯着他看，大概是听懂了，又乖乖趴回去。

这一刻，程凛终于下定决心要好好养它。

因为是最常见的田园猫，通体橘色纹路，像连成片的金色小麦，程凛给它取名叫麦麦。这一天也成了麦麦的生日。

与麦麦共同生活的一年里，程凛所担心的事情都没有发生。麦麦从巴掌大长到了面盆大，却不像其他橘猫，它的身形一直都瘦瘦的，四肢纤长，只有脸和眼睛圆滚滚的。它智商奇高又很听话，被教过不许上冰箱顶就不再上，不许去阳台就从来不踏门槛，不许乱抓家具就只抓那两块巨大的猫抓板。

麦麦唯独很爱撒娇，话痨又黏人，只要程凛在家，必定程凛走到哪里它跟到哪里。程凛工作时它要趴膝盖，睡觉时它要钻被窝。它要求程凛像揣热水袋那样揣着它；饲养员洗个澡，它也要坐在玻璃门外面耐心等待。

它像听得懂程凛说的每一句话，还会煞有介事地"喵喵"回应。

只是这个月，麦麦无端出现了嗜睡的症状，胃口也大不如前。程凛嘴上没说什么，可又带着猫去了几次宠物医院。

经过两次全身检查，医生再三保证麦麦是只健康的猫，至于这些变化，大约是换季的原因。

"身体很好，指标也都很正常，就还是瘦了点。爱睡觉可能是天气变冷的关系。"医生道，"你说家里一直开着地暖，咱们人一暖和就昏昏欲睡，别说猫了，是吧？"

彼时麦麦换了个姿势，拿猫爪抵住程凛的胸口，继续无忧无虑地睡觉。

程凛勉强能接受这个说法，但现实的情况还是让他倍感忧虑。明明昨天过一岁生日时，猫还挺有精神，把他准备的三文鱼蛋糕也都吃光了。临睡时麦麦甚至有点兴奋，踩着枕头对准程凛的耳朵"喵"个没完没了，被程凛按下来命令"睡觉"才安分。

仔细洗过手后，程凛推开卧室门："麦麦？"

卧室没开灯，客厅的光线落在床尾，至床头渐次变暗。

冬天的被子厚，麦麦仍旧习惯整只猫藏在被子里，还喜欢咬程凛的睡衣领口，像没度过口欲期的小孩。

"麦麦。"程凛又喊。

梦中，麦麦发现自己变成了人类。他并不惊讶，因为他早就知道自己拥有变成人的能力，这只是一个成真的过程。

他低头认真研究自己的身体，手长脚长，十分满意。他终于变得和程凛一样。

想到此，他尝试开口："程凛。"果然张嘴说的也不再是"喵喵喵"，而是程凛能够理解的人类语言。

程凛听到他的呼唤，从门外走进来，惊喜地看他："麦麦，你变成人啦。"

"对呀。"麦麦高兴地扑上去，和做猫时一样，"我也可以照顾

你了呢!"

程凛温柔地抚摸他的脑袋,说:"麦麦。"

接着,猫被倦意击中,跌入更深层的梦境。

程凛旋开床头柜的暖色台灯开关。不知为何,他觉得今天的被子隆起较以往有些高了,像有个巨大的发面馒头藏在里面。

他慢慢掀开被子,轻声询问:"你还在睡觉吗?"

台灯的光钻进去,让程凛最先看到深色的、带着发旋的头顶。

麦麦变色了。

程凛把鹅绒被迅速盖了回去。

他直起身体,深呼吸两下以保持冷静,接着又环视四周,确认自己在自己的屋子、自己的卧室。

人?是人吗?

邻居跑错楼号了?

不可能。不谈密码锁的安全性,即便真有陌生人顺利从防盗门进屋,监控也会记录下来,他的手机还会立刻收到进门提示。

爬窗进来的?

更不可能。因为害怕麦麦会翻窗,程凛给家里的窗户全都安装了纱窗,日常也都落锁,从外面根本无法顺利打开。更何况这不是一楼。

程凛疑心是自己看错了。他后退两步,摸索着无声地移开衣柜门,反手从里面掏出一根收藏的金属棒球棍,紧接着猛地上前,将鹅绒被整个掀开。

果然是个人,正侧躺着,紧合着眼睡觉。

猫呢?程凛握紧棒球棍,用眼睛不断搜寻麦麦的踪影,喝道:"醒醒!"

麦麦从梦境中挣脱。是个好梦。

他迷迷糊糊中感到冷,想翻身滚回被窝,听见程凛的声音:"不许动!"

麦麦以为自己闯祸惹程凛生气,猛睁开眼,手忙脚乱一骨碌坐起来——

从未有过的宽阔视野。他低头,就看见没有毛发覆盖、更加修长的手脚。

原来不是梦,自己真的变成人了。

麦麦端详自己的手臂、双腿,又试着开口说话:"程凛。"很清楚的普通话,脆生生的。

见此情境,程凛握着棒球棍的手微微发抖:"你是谁?"卧室天降陌生人不谈,自己的猫也不翼而飞。对,猫。猫究竟去哪儿了?

程凛扭头喊:"麦麦、麦麦!"

床上的麦麦听他这么大声呼唤自己,开心又莫名其妙:"我就在这里啊!"他一边捻着被子靠近程凛,一边说,"你看,我现在也是人了!"

"不许动!"程凛倒退一步,提起棒球棍对准麦麦。

麦麦被迫停下来。程凛的眼神如见陌生之物,大有凶恶之意,盯得他有点害怕:"怎么啦?"怎么和梦里的情形"两模两样"。

程凛愣怔两秒,将棒球棍缓缓放下了。

因为他看到了这人的右手手腕上系着一根红绳——上面有个用纯金打的平安锁,是他昨天亲自挂在麦麦脖子上的,作为一周岁的生日礼物。

"这段时间我一直想,要是能快点变成人就好了……"麦麦坐在沙发上,兴高采烈地分享自己的变人感言。感言中夹杂几处过往的生活细节,的确一一吻合,连程凛穿什么颜色的内裤他都知道,事关屋主的隐私。

"既然你能变成人——"程凛耐着性子听完了,说,"那你现在变回去吧。"

人形麦麦安静三秒,为难道:"好像不行,我不知道怎么变呢。"

"那我怎么相信你是麦麦?"程凛说,"我的猫才一岁,你看上去像十几二十岁,而且你为什么会说话?"

"我每天听你说,看电视也学呀。"麦麦一板一眼认真回答,"昨天我就感觉自己快要变成人了,我不是还和你说了吗?你不想听,让我快点睡觉。"

"我怎么听得懂你在说什么。你'喵'个半天,我以为你说三文鱼好吃。"程凛道。

麦麦沉默了。昨夜临睡前,一岁的它四只脚踏在程凛的胸口上,喋喋不休表达自己即将为人的激动心情。

"我们的大小就一样了。"它说,"这下你如果要死了,我可以救你。"

程凛拍拍它的屁股:"您能先下去吗?"于是麦麦下去了,趴在旁边继续聒噪。

程凛看着猫,用手搓搓猫脑袋,再用掌心抚顺麦麦的背脊毛,像农民伯伯看着自己的庄稼,极为满意的样子。

麦麦十分舒服,像引擎一样不断发出轰鸣声,过了会儿拿脑袋拱程凛的脖子。

"别玩了。"程凛把它按下去,亲了一下,"结束,睡觉。"

麦麦回顾这场景,说:"可是你亲我了。"

"怎么了?我也没少亲过。"程凛道,"不愿意可以拒绝。"

"我愿意啊。"麦麦答。

程凛斜倚着沙发看眼前人。麦麦变成人后个子比他矮一些,容貌很年轻,像个不到二十岁的小孩,眼睛倒还是圆滚滚的,写满不谙世事的天真和愚蠢。

这张面孔明明没见过，眉眼搭配却无比熟悉，让程凛确信如果麦麦真的会变成人，大概也就长这个模样。

问题是麦麦凭什么变成人？它应该是只小猫咪。

"你到底怎么证明自己是麦麦？"程凛威胁道，"不如我现在把你扔给警察调查吧，这样就什么都清楚了。"

"啊……我是要坐牢吗？"麦麦思考后，紧张地问。这是他看电视学来的，几部剧里反派最后的下场都是先被警察逮捕，再被法院判决，最后银手铐一闪，进去了。

"对。"程凛肯定地点头，"起码关十年。"

"那你会来看我吗？"

"不会。"程凛看了一眼麦麦露出的表情，又说，"骗你的。"

麦麦捏着自己的手指，发觉程凛对他的态度有了变化——但自己初为人，这变化或许也该是正常的，只是和梦中的景象相去甚远。

他为难道："我该怎么证明自己是麦麦呢？"

怎么证明？程凛真不知道遇上这档子事该问谁。现在去网上问"养的猫变成人了怎么办"，别人恐怕也只会当他是个有臆想症的疯子。

他宁愿是有人私闯民宅，或者是入室抢劫，也好过自己的猫变成了人。更荒谬的是，他快相信了。

莫非他真有臆想症？如果从精神病人的视角出发——那么麦麦就一定还是麦麦，只是他本人的精神状况有问题，所以把猫臆想成了人。

程凛深沉地抹了把脸："麦麦。"

"我在呀。"麦麦像是耐心的、有问必答的 AI 精灵，"怎么啦？"

"过来，我摸摸。"

麦麦眼前一亮,立刻手撑着沙发靠过去。

身旁的沙发向下陷了陷,那重量不能是只小猫。即便四目相对,眼里也清晰地显示是个人,程凛还是咬着牙用手碰到了麦麦的下巴。

指腹光滑的触感告诉他,这不是猫咪的毛发,是人类的肌肤。

程凛像被电了一下,快速收回手。而麦麦好不容易如蒙大赦般靠近,顺势要坐下来。他就习惯挨着主人。

"离我远一点……"程凛却艰难地用手臂挡开他,自己再往右挪了挪,"保、保持距离。"

被拒绝后,麦麦有点尴尬。这尴尬和之前没跳上猫爬架,被程凛嘲笑的尴尬不一样。他转移话题道:"我渴了。"

程凛没抬眼,随意一指地板上的自动循环饮水机,请他自便。

麦麦并不认为有何不妥,自然地站起来。

但一想到对方将以现在的形态趴在地上舔水喝,程凛还是拽住了他,带他一路到厨房,从角落找出一只闲置的白色马克杯。

麦麦眼巴巴盯着茶几上那只猫咪花纹的杯子看:"我想用那个。"

"那是我的,你给我用这个。"程凛不仅拒绝了他,还要求道,"既然变成人了,就按照人的生活习惯过。"

所以接下来麦麦不仅体验了用马克杯喝水、吃人类食物,还自己冲澡。

之前橘猫的自我形象管理很到位,一直干干净净、香喷喷的,只有一次因为玩具掉到沙发底下,它进去找时滚了层灰,程凛被迫给猫洗过一次澡。

顾及猫可能怕水,又怕猫着凉,程凛自己光着膀子,忙上忙下累出一身汗。

麦麦被水浇得毛瘪下去,眼睛显得更圆,像只橙色海豹。它前爪扒着塑料面盆的边沿,定定地看着程凛:"喵。"

"马上好。"程凛用指腹抹了抹它的脸,见它信任的眼神,没忍住笑了。

因此这一回,麦麦误以为程凛又要带他洗澡,有些许期待。

然而虽然和他一同进了浴室,但程凛只教他认了哪个是沐浴露,哪个是洗发水,接着开好水,试好水温,扔他一捧衣服就出去了。

还有就是,他竟然不能和程凛一起睡觉了。

麦麦为自己争取,问:"为什么?"

"你现在占地太大,睡不下。我已经收拾好了,你睡到隔壁房间去。"程凛没有说真正的原因,怕麦麦理解不了。

"我不要。"麦麦开始有点焦急,认为变大不是件好事了。至少他之前一直都是和程凛一起睡觉的。

但程凛已然身心俱疲,很希望这场闹剧在明早梦醒后能戛然而止,所以没有给他更多的时间,到点就把房门关上了。

第二天。

"你认不认识什么做法事的大师?"程凛问。

"啊?"袁佳明原本摊着,悚得瞬间支起身子,"什么意思?哪种大师?"

两人是大学同学,毕业后一起在这个创业园区成立了工作室。四年过去,主创团队也就扩展到六个人。工作日项目多就忙些,反之就闲,余下的时间大家就各自用来探索兴趣爱好。

程凛斟酌措辞,最后道:"你先替我看看。"

他掏出手机,打开监控软件,颇为严肃:"你诚实地告诉我,自己在画面里看见了什么?"

能看见什么?袁佳明很敏感地凑上去,定睛一看,大叫一声。

"有人啊!"他急道,"你家怎么有人啊,一、一男的,在看电视!"

既然监控摄像头能拍出来，袁佳明也能看见，可见并非他精神失常，麦麦的确变成了人。

这个结果让程凛平静些许。毕竟差别是究竟他疯了还是世界疯了，现在结论是后者，他深感欣慰。

程凛把手机转了个方向，说："怕什么，是我表弟。"

"哦。"袁佳明松口气，感觉自己有点脆弱了，"你措辞那么微妙凝重，我以为自己看到什么不该看的了。没听说过你有表弟啊，放寒假来的？"

"对，他过来住段时间。"程凛一边眼睛不眨地撒谎，一边看监控的实时画面。

之前怕猫独自在家出事，程凛在客厅安装了监控，有事没事就登录看看麦麦在做什么。

麦麦的兴趣爱好单一，习惯在客厅活动。主人不在家，它就会自己用脚踩遥控器看电视，其间顺便完成吃饭、喝水、跑酷和玩玩具。

程凛当它寂寞听个声响，没想到人家真是天天在"上网课"。

如今变成人的麦麦和当猫时差不多，还是喜欢坐在沙发上聚精会神地看电视。

程凛很怕他冷了，不仅给开了全屋地暖，还在沙发上放了条毛绒毯。现在体积变大了，不能整个钻进去，麦麦就把那条毯子抱在怀里。

乖是挺乖的。

"你前面说的大师和你表弟有关系？"袁佳明触类旁通，"哦，要找个大师算算成绩怎么样？"

程凛只能顺坡下驴："是，现在我认为不用那么复杂，改天给他买个护身符就行了。"

"那是的，富贵在天，不要强求。"话题远离了魑魅魍魉的领域，袁佳明松弛下来，有一搭没一搭地和程凛闲聊，"哎，你家麦麦呢？"

袁佳明非常喜欢猫，但对猫毛过敏，所以只能没事挨个关心关心朋友家里的猫咪都怎么样，讨几张照片看看，咂吧咂吧味道，聊以慰藉自己的精神世界。

他知道程凛这家伙有时嘴巴挺硬，实际是最宝贝猫的，做派跟溺爱孩子一样，缺乏底线思维。

尤其在得知此人还专门给猫打纯金的平安锁后，袁佳明很想嘲笑两句，只是没敢。

程凛懒得颠覆友人对整个世界的认知，就说："屋里睡觉呢。"

"好黏你哟。"袁佳明是真羡慕，"要是我也能养猫就好了。"

黏我啊，程凛心想。他是个很独的人，父母常年旅居国外，他早就习惯了什么都自己打理的生活。最初犹豫养猫也是因为有顾虑，他不想为其他生命负责。

一开始麦麦实在太黏人，又没安全感，毛线团大小，走哪儿跟哪儿，恨不能粘在程凛的脚后跟上。程凛怕自己转身就把猫踩了，只能把它塞在家居服的口袋里。

猫大了，大到从口袋里掉出来了，渐渐成为程凛离不开它。

昨夜把麦麦关在门外后，程凛躺在床上，睡意全无。客厅的灯关了，屋外无光也无声，他很想出去看看麦麦到底有没有一个人好好睡觉。

程凛坐起身拧开台灯，看到床头柜上有根金色的毛。他捡起来小心搓两下，分不清真假。

其实回顾养猫史，程凛很少违逆麦麦的心愿，多是他嘴上数落几句，跟在后面收拾完也就过去了。

可是麦麦怎么变成人了？人是社会性的动物，一旦和社会沾边，事情就复杂起来。

为一只猫负责和为一个人负责,是完全不同的两个概念。

程凛决定先不细想这么复杂的问题,逃避着硬合上眼睛。他也许久没有一个人睡过觉,长时间的习惯陡然被打破,这一晚颇感怪异。

怀里没揣会呼吸的热水袋,心里也跟着空落落的。

麦麦这一晚怎么过的呢?

程凛又点开软件中自动储存的昨日一整天的监控视频,潦草又快速地拖动进度条。

自客厅的大灯关闭后,监控进入了夜视模式。一开始,画面很长一段时间都没有变化,直到凌晨3点,麦麦从房间出来了。

他穿着程凛的睡衣,揉了揉眼睛,在客厅站了一会儿,然后拿起自己的白色马克杯喝了几口水。

接着,麦麦先一屁股在自己曾经的猫窝坐了会儿,然后起身站到程凛卧室的房门前,一动不动。

若不知前因后果,光看这画面相当瘆人。

程凛被吓一跳,内心波涛汹涌——莫非半夜趁他睡着了,麦麦还偷偷进屋了?偷偷爬床了?抵足而眠了?

他所担心的并没有出现。麦麦像个墩子一样站了一会儿,又慢吞吞回到客厅。

黑暗中,麦麦从沙发旁边的玩具箱找出自己最爱的小熊,然后在监控死角摸索了会儿,抱了坨黑漆漆的东西,返回自己的房间。凌晨的故事到此为止。

看完监控,程凛不知道该怎么描述心情,因为麦麦还是很听话,所以显得他太不近人情。

尽管他思想是进步的,观点是开明的,但他实在接受不了和一个近乎陌生的人同床共枕。更别提按照麦麦的习惯还得抱着才能睡。一人一猫这么干自然可以，猫也不占地方，但现在麦麦人得不彻底，猫得不纯粹——

说他是人，他的内核是只单纯的小猫咪；说他是猫，他外表是个人，还是个年轻的男人，不是什么幼儿园小孩。

程凛也才二十多岁，两个半生不熟的人搂抱着一起睡，着实没有必要。

袁佳明起得晚没吃早饭，坐在旁边打了盘游戏说："咱们等会儿早点去食堂吃饭吧，我饿了。"

程凛想到什么，犹豫半秒，借袁佳明的手机打电话。

他的手机还开着监控，所以可以看见麦麦听到电话铃声后，立刻从沙发上滑下来，跪到茶几前，盯着那台从没响过的固定电话研究。麦麦的脑袋晃来晃去的，赶在电话自动挂断前几秒把听筒举了起来，笨拙地捧到耳边。

程凛松口气："喂。"

"你好。"对面的声音小心翼翼，"嗯……我的主人不在家……"

"我，程凛。"

程凛看见麦麦立刻用手肘撑着茶几，精神了："程凛啊！"

"嗯。"程凛答，"你饿了没？中午别吃那个猫……别吃你原本的食物了，我给你点外卖。"

"外卖是什么？"麦麦问，"是那个会送到家门口的食物吗？"

"对。"程凛说，"我会让外卖员把吃的放家门口。如果门铃响了，你别去开门，等我给你打电话你再打开门，把外卖从门口拿进来吃。"

"好的。"麦麦开始研究他之前并不感兴趣的座机，用手指摸上面凸起的按键。数字他都认识，文字只认得几个。既然他可以接程凛的电话，是不是同样也可以打过去？

程凛以上帝视角看不清他的动作,只能说:"不要乱按。"

麦麦一边把手收了回去,一边贴紧着听筒,期待地问:"这个是不是可以给你打电话?想你了可以打吗?"

"是可以打……"程凛闭了闭眼。倘若不看监控,单听电话,就是一个生疏的声音在说想他。

他泼冷水道:"但是没什么紧急的事就别打了,我很忙。"

麦麦没有再追问什么事算是紧急的事情,答应道:"好的。"

"不要去厨房,灶台有明火不许碰。"最后,程凛苦口婆心叮嘱,"饮水机红色的按钮是热水,当心烫。如果门铃响,不要随便开门,装没听见,明白?"

袁佳明听完全程,看朋友终于挂了电话,表情挺复杂:"他是个傻子?"

自家猫被骂了,程凛不悦道:"没见过比他更聪明的。"

"那你何必从头开始说起啊。"袁佳明道,"现在的学生什么不懂?比我们能干多了。放宽心,当心说多了嫌你烦。"

被这么指责,程凛无言以对。情况太特殊,他很难摆正自己的位置。

原本麦麦是猫,尽管也没什么辈分概念,但也算有从属关系。程凛把自己当饲养员尽心尽力,现在对面成了人,多啰唆几句都要被旁人嘲笑。

半小时后,麦麦接到程凛的指令电话,小心地打开门从外面把外卖袋子拿进屋。

他先研究了挂在袋子外面的长条收据,只认得"饭""大份"之类的字眼,下面还有个数字,写了"128"。

麦麦没什么概念,也不关心,转而迫不及待打开袋子。他已经闻见了,是他喜欢的气味。

程凛按照他当猫的口味点了三文鱼波奇饭，还追加了份鱼子酱。

麦麦拆开筷子，有点笨手笨脚，又想起刚刚那通电话里程凛嘱咐的："拿餐具吃，筷子不会用就用勺子。"他改成拿勺子挖饭吃。

他吃着吃着，一边把牛油果挑出来，一边看正在播放的电视剧。

女主角秦温菀拖着行李箱，最后看了一眼身后那间如同赐给金丝雀的笼子一般的高级公寓。她关上灯、合上门，决绝地离去。

端木泽，再见了，你给我的爱扎得我遍体鳞伤！

麦麦看得很认真。普通观众被规训已久，总从这里开始激动，期待后面轰轰烈烈的"追妻火葬场"情节，他却不知为何心里有些难过。

另一头，程凛像个变态一样盯着监控。他真想打个电话回去让麦麦别挑食，但他让麦麦没有紧急的事情不能打电话，那他自己也不该因这种小事打回去。

姓程的上午光顾着当偷窥狂，落下一堆工作。临近年关，下午，程凛开始赶进度。

差7分钟到下午6点，袁佳明经过玻璃门看他："欸，你没走？"自从养了麦麦以后，程凛总是尽量时间到了就下班回去，未完成的工作就等到家再继续处理。

程凛抽空看了眼一旁的手机。监控画面里，麦麦还是抱着毯子在看电视。

他意味不明地"唔"了一声，转而打开设计师刚给的文件："你们先走，我审完这个。"

"怎么了，不想回家看孩子啊？"袁佳明走时关了走廊的灯，说，"不是白天还告诉人家不许给陌生人开门嘛，哈哈哈。"

团队的人陆陆续续走光,把大办公区的灯也都关了。

程凛窝在工位上,自找麻烦地叠加工作量,忽而真想起方案有个值得修改的地方,旋即打开笔记本电脑,开始心无旁骛地工作。

再看监控已经是一小时后了。程凛打开软件,发现麦麦没有坐在沙发上看电视了。他在玄关门口徘徊。

麦麦先是站定,盯着紧闭的防盗门看了几秒,来回踱步。过了会儿,他刚百无聊赖地倚回沙发,约莫听到了什么声响,又快速起身,跑回玄关。

因为门没有打开,麦麦把耳朵贴上去,鬼鬼祟祟地听了会儿。未果,他就又站了回去,继续来回踱步。

他在眼巴巴等程凛回家。

程凛"噌"地从椅子上弹起来。以往他总习惯到点就赶紧回家,也是头一回这么勤快地看监控,所以从不知道,自己回家前这段时间,麦麦就只剩下一件事可以做:等他。

骑摩托车飙回家,打开门,麦麦果然就站在门后候着。因为已经听到声音,所以他一扫先前的无聊神情,开心道:"你回来啦!"

家里的猫才变成人一天,程凛还是相当不习惯。他勉强应了一声,不知为何不敢看麦麦的眼睛,低头侧着身借过去洗手。

"你今天回来晚了。"麦麦紧紧跟着他。倒不是责备,仅为陈述。

"嗯。"程凛答,擦干手又去卧室,"加班了。"

"好辛苦啊。"麦麦说,虽然他压根不清楚程凛是干什么的,只知道对方每天都得出去"上班"。

麦麦跟到卧室,说:"今天的午饭真好吃,真是珍馐佳肴啊!"拾人牙慧,模仿电视剧里的台词。

程凛依旧没看他,一边手臂交叉脱衣服,一边道:"嗯,明天也吃这个吧。"

麦麦开始没话找话:"今天门铃没响过。"

"好。"

"我没去过厨房。"

"知道了。"程凛打开衣柜找东西。

麦麦终于无话可说,感到落寞。以往程凛下班回家,洗完手总得先摸摸它,问它在家做什么,有没有想自己。而橘猫形态的麦麦就会尾巴竖得高高地跟在后面,用"喵"代替"想"。

今天程凛的注意力却仿佛很奢侈,没有给过他。

程凛回头,就见麦麦眼睛一眨不眨地盯着他赤裸的上半身看。他本想阻止这个行为,转念一想麦麦做猫时也没少看,便由着去了。

但紧接着,麦麦的手掌轻轻覆上了他的肩膀。

程凛一哆嗦,猛地后撤步:"你碰什么!"反应太激动,显得凶恶。

只想吸引程凛注意的麦麦被吓得缩回手:"对不起,我不摸了。"

半小时后,程凛坐在书桌前,佯装看显示器上的工作文件,实际用余光跟进着麦麦的动向。他承认自己先前的反应过于剧烈。麦麦显然被吓到了,还说了"对不起"。

现在他转念一想,被碰又如何?他是男的,麦麦也是……猫,一只猫能懂什么?猫才一岁,猫又不懂仁义礼智信,猫平时又不穿衣服,都和他落落大方地坦诚相见。

对、对。所以他被碰两下又怎么了?他和猫一般见识?

程凛成功说服了自己,是他该抱歉。但他向来嘴硬,不知道怎么开口道歉,又觉得自己已经错过最好的时机,便没有再提。

另一边,麦麦很愧疚,分析是自己做错事让程凛生气了——他做了类似把玩具藏到洗衣机后面、把程凛桌上的钢笔推到地上这样的错事。

橘猫尚没有自己体形变化后的自觉,一边在书桌前来回晃悠,

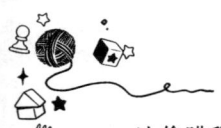

一边偷瞄程凛,自以为隐蔽。而程凛冷酷地看着电脑,一言不发,似乎并没有要原谅的意思。

合作方发来的视频早已结束播放,麦麦还在晃来晃去,这让程凛心烦意乱,没心思工作。

他关掉界面,将电脑椅往后滑了滑,看向徘徊的麦麦,说:"你坐一会儿吧,啊,别转悠了。"

书房里没更多的椅子,言下之意是请麦麦出去,给予双方冷静思考的空间。

坐一会儿。麦麦只听懂表层意思,认为这是二人的破冰之兆。他知道自己平时习惯栖息在何处,欣然应允。

麦麦很快绕过桌子走到程凛面前,接着一屁股坐到了程凛的腿上。

程凛像被一壶开水烫了大腿,抖了抖,刚准备把人叉起来,想起自己先前的豪言壮语,硬着头皮忍了。

他的猫、他的猫。

能和程凛亲近,麦麦很高兴,一扫变人后的郁闷。他挪了挪身体调整坐姿,抬头一眼望见显示器,高兴地扭头说:"是我呢。"

显示器上是程凛的电脑桌面,桌面壁纸里橘猫趴在飘窗的靠垫上,阳光透过玻璃照进来,勾勒出它毛茸茸的轮廓。

"我们两个聊聊……"程凛示意他转过身来,又下意识伸出手,僵硬地护了护,防止麦麦掉下去。

距离如此之近,让程凛看得清晰:人形麦麦的眼睛和微卷的头发一样,都不是正宗的黑色,更类似琥珀色。

程凛疑惑这家伙怎么能一晚上就变成十几二十岁人的样子。他有轻微脸盲,不知道这长相如何,但麦麦当猫时就略有姿色,这人形大概也是比较好看的吧。说不定挺受女孩子欢迎。

他这大老爷们儿也并不讨厌。

"你说。"麦麦边说,边要靠到程凛怀里。

这就有些过了。程凛用手抵了抵:"你就这么坐着,别再靠了,否则就下去。"

麦麦被推开,终于后知后觉意识到,自己变成人后,程凛非常介意他们之间产生肢体接触。

在人类社会,两个人似乎并不会轻易那么亲密,麦麦却把握不好这个尺度。

麦麦的内心尽管失落,但也怕程凛又和先前一样生气,便答应下来,坐直身体。

程凛思考措辞,首先问的还是:"你还能变回猫吗?"

麦麦紧张地回答:"我不知道,我试过了,但是变不回去。"

"你真是一岁吗?为什么要变成人?"程凛追问,"还是你们家族有这种神奇的能力?"

麦麦:"我只记得我睡在草丛里,快死了,只有你发现并救了我。"

程凛:"那你为什么要变成人?"

"因为你也是人呀。"麦麦答。

"这是何必?"程凛问,"你换位思考,倘若我某一天忽然变成一只猫,你作何感想?"

"那好啊,我们可以一起玩。"麦麦眼睛亮了,"你真的可以变成猫吗?"

"我不能。"程凛面无表情道,"那你说说两只猫,谁打扫卫生,谁赚钱,吃的哪里来?"

麦麦说:"我们一起出门打猎就行了,我会让你先吃饱的。"

程凛手肘撑着电脑椅的扶手,用指尖点了点自己的额头,无奈道:"当人和当猫不是一回事,当人是很复杂的。我说最基本的,你有人类都有的身份证明吗?"

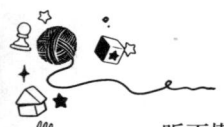

听不懂。麦麦说:"这是什么?"

"你看!你连最基本的身份证明都没有。"程凛说,"你现在走出去,没身份没学历没钱,你知道这多恐怖吗?你被坏人抓走了,警察都没办法通知我!"

麦麦问:"那怎么办啊?"

程凛一时间也不知道怎么办。只是无论如何,麦麦是他捡的猫,虽然现在麦麦变成了人,他也不能说不管就不管。

麦麦因为这段近乎恐吓的话引发了较有深度的思考,表情很忧郁。

程凛看着他,想到橘猫偶尔也会露出类似的表情,心软下来,粗糙地摸了摸麦麦的脑袋:"我想想办法。"

此后两周的时间,程凛时不时就想给自己一巴掌,用以确认自己是不是处在一场幻梦中。但整个世界还在正常地运转,上班的上班,吃饭的吃饭,等待过年的继续热切地等待过年。

——除了他养的橘猫麦麦,变成了人。

为帮助麦麦增长见识,尽早完成社会化,程凛翻出台智能手机给他,叮嘱了什么能碰什么不能碰,再教了互联网的使用方法,选了点网课。

此外,程凛还给麦麦注册了个几乎每个人都有的聊天软件账号。

尽管麦麦没什么隐私观念,但程凛还是保留了一定的涵养,没有偷看过这台不设密码的手机。

现在两人可通过先进的即时通信服务进行沟通,麦麦开始时不时给去上班的程凛发消息。这感觉就像风筝无论飞到多高多远,手里总有线能收回。

可他文化水平不高,大字不识几个,真要发消息只能用语音,因此大部分时间就发个表情。

麦麦：[微笑]

麦麦：[爱心]

麦麦：[亲亲]

麦麦：[旋转]

麦麦：[抱抱]

…………

不过程凛也不回复，只在半小时后给麦麦打了通语音通话，让他拿外卖。

麦麦从家门口把自己的午餐拿进屋，和平常一样，继续看电视剧。

他一层层拆开食物精美的包装，看电视上先前冷酷无情的总裁端木泽红着眼，痛苦地说："秦温菀，温菀！求求你，给我个机会，你告诉我，我怎么做你才能重新爱我？"

端木泽试图拥抱秦温菀，被狠狠推开后还吃了个结实的大嘴巴子。

"怎么做你才能重新爱我？"

麦麦想，其实日常生活没什么不同，其实现在的三文鱼比罐头还美味，但他认为吃罐头也可以，吃猫干粮也可以，他少吃点也可以，这都不重要。

他希望变成人而终成人，是想他和程凛能更亲密——他看过的电视剧只播人和人之间的故事，电影也只有《忠犬八公》的故事，没听说过忠猫麦麦。

他不明白为什么现在反其道而行之，明明程凛还是程凛，麦麦也还是麦麦，可程凛常常与他保持距离，不再亲热地抱他，揉他的脸和脑袋，说喜欢他的话。他们不再一起玩游戏，不再一起睡觉。

他再想闻程凛的气味，只能靠偷偷藏起来的那件外套。

所以麦麦腮帮子塞满饭，有样学样地对空气说："程凛，我怎

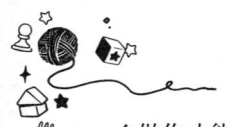

么做你才能重新爱我?"

说出口不知为何有点不好意思,也怕问了后程凛还是不回他消息,所以麦麦决定自己想办法解决这旷世难题。

当晚。

"麦麦!"程凛一激灵睁开眼,心跳极快。做噩梦的感觉。上次这么着急是念书时梦见自己忘记带准考证。

按亮床头的电子钟,刚刚凌晨3点过4分。

他梦见麦麦独自跑出去了,一只猫往草丛一钻,像一滴水入海,哪里也找不到。

程凛还没完全清醒,下意识用胳膊捞了捞旁边,真的空荡荡的。他刚要应激,想起麦麦现在莫名其妙变成人了,一人一猫正处于"分居"状态。

心悸的感觉一时难以平复,况且这梦的寓意不是很好,程凛很难不想太多。他犹豫两秒,下床走出房间。

站在另一扇门前,程凛犹豫。自麦麦住进客卧后,他心里自动把那片区域划归为"麦之领域",为了尊重对方隐私,他这几天没有再闯进去过。

其实他理应去看看,也不知道这么大个儿但一岁的人,睡觉踢不踢被子。

程凛在心里合理化他凌晨3点出入他人房间的行为后,轻轻拧开门把手。

屋里自然没声音。麦麦也在睡觉。

窗帘没拉。程凛借着月色,把房间的现状看得清晰。屋子表面几乎和先前空置时没什么区别,除却床头柜上多了台智能手机在充电,床上还多出一团不怎么规整的被子。

他悄没声儿,再凑近两步看,发现大事不妙。枕头竟然是空的。

人呢？这下他彻底应激，来不及思考，把鹅绒被痛快地整个掀了起来。

床正中心，橘猫正蜷成一团睡觉。

月光氤氲，麦麦毛茸茸的轮廓更像一场美梦。

真是猫。变回猫了。

程凛屏住呼吸，在床沿慢慢蹲下。他试探地用手掌轻轻摸上去，果真摸到熟悉的体温和毛发。

这不就是他的猫吗，千真万确。

骤然，内心被打动，有一块柔软下来。先前即便人形麦麦的行为举止再怎么像麦麦，程凛终究半信半疑，或许是不愿意相信这么反科学的事情。

但现在麦麦就在这里，变回猫的模样了，在很认真地睡觉。橘猫睡得很熟，前爪抵脸，尾巴碰脑袋，身体随着呼吸节奏轻微起伏。

程凛不想吵醒它，也不想就这么离开。他又不舍地摸了两下，见麦麦没有丝毫要苏醒的迹象，干脆把猫抱了起来，往自己房间走。

把小小的猫抱起来这刹那，程凛又认为猫变人是不可能的了，这么小的猫，凭什么变成了那么大的人？这太不能量守恒了。

他把猫放回自己床上，认真给猫盖好被子。麦麦比刚才舒展了一些，但还是没醒。

程凛这么折腾，也困了。他低下头，用手臂圈好猫，拿鼻子蹭了蹭麦麦的脑袋，闻到阳光灿烂的味道，旋即踏实地重新睡着了。

次日一早，听见闹铃声，麦麦先醒。他闭着眼舒服地伸懒腰，不慎给了程凛脸颊一拳。程凛闷哼了一声，皱皱眉，也醒了。

这下就看到旁边的男生和自己大眼对小眼。

程凛受到的冲击太大,迅速抽身,向后挪了几个身位。

"我记得自己睡在那个房间呀。"麦麦尴尬又紧张地解释,"我也不知道怎么在这里。"

程凛面色不变,飞速思考如何解释这件事情。他也没想到麦麦只是晚上无意识变回了猫,早上竟然又变回来了。

此人倒打一耙,说:"可能你梦游。"

麦麦立刻中计,坐起来,认可道:"可能是的,我不是故意的。"被子顺着身体滑下去,麦麦做猫时通体小麦色,为人的肌肤倒是白皙,只是锁骨的地方有黑色的小痣。

麦麦乖乖回到自己的房间,心道,好奇怪,怎么会莫名其妙地跑到了程凛的床上。他很懊悔,要是没睡那么熟就好了。

接下来务必不可让悲剧重演,万一程凛真生气不要他了就糟糕了。

临出门,程凛换鞋,余光看到麦麦的拖鞋靠近。麦麦像之前每个早晨一样,准备欢送他去上班。

程凛直起身,盯着麦麦看了会儿。现在他完全相信人是猫,猫是人。认命了。知道自己早上态度又差劲了点,他心里发虚,不知道怎么弥补。

麦麦和他对视,显得有些疑惑,又好像期盼他对自己说点什么。

程凛内心叹气,手撑着门框,语气放软说:"在家乖点啊,别一天到晚看手机。"跟嘱咐小孩似的。

麦麦高兴地答应下来,送走程凛,继续研究他的智能手机。

程凛教得还算耐心,又考虑麦麦不怎么识字,还重点教授了文字和语音相互转换的功能。这个伟大的功能帮助了麦麦独立理解页面上词句的意思,就是稍微费些时间。

因为程凛不怎么爱回消息,麦麦又渐渐习惯了他外出"打猎"就会基本与自己断联的生活,一边在家自娱自乐,一边专心攻克他唯一的课题。

下午,麦麦享用完三文鱼波奇饭,坐在沙发上打开手机,继续在网上搜索:如何能让主人重新喜欢自己?

主人的概念源于宠物医院,每次医生、护士都指着程凛介绍说这是麦麦的主人,因此他认为如此称呼并无不妥。

反正搜"怎么样能让程凛重新喜欢自己"是行不通的,他已经试过了。

这个问题还是给了全年龄向的互联网不小的考验。因为没什么能精准匹配的答案,大数据自动显示了类似的提问。

麦麦随便点进去一个,请系统把整个页面的字念了一遍:"好问百科——用户清风徐来——".

好不容易念到干货,这位用户写道:"如何让一个人重新爱上你?很简单!你得先有事业!无论女人男人,最重要的就是要自强!你有了事业,你去拼搏,自然就会绽放出自信的光芒!你若盛开,蝴蝶自来!"

事业啊!

麦麦分析后觉得很有道理,人好像都要上班,程凛也天天上班。上班就是打猎,打猎了生活才有物质基础,物质基础决定上层建筑。现在他变成人了,恐怕也该上班才对。这个逻辑是通畅的。

麦麦又艰难地搜了些"猫能做什么工作""不需要文凭的工作""如何快速找到工作""找工作要准备什么"之类的问题,心里很有头绪了,他一一记下来,准备下次问问程凛什么时候让他出去上班。

麦麦做完功课高高兴兴去看电视,等到晚上程凛回家,打开门,他毕恭毕敬:"麦麦参见陛下!"

程凛几乎把自己的摩托头盔甩出去,被麦麦稳稳接住了:"小

的替您放!"

"你今天看什么电视剧了?"程凛问。

"《霸道皇爷上道公公》。"麦麦回答。他认为巴结主子和主人无甚差别,这么谄媚的手法是值得学习的。

程凛噎了噎,说:"你看的什么……电视上演的都是假的,别模仿了。"他决定等会儿人为施行审查,筛选一下麦麦可以看的电视剧,树立正确的价值导向。

麦麦"哦"了一声,把程凛的头盔放回架子。

程凛脱掉外套,总隐隐觉得自己少了件衣服,但他衣服确实也不少,因此并未在意,只是吃完晚饭洗好碗后,便手一抹坐下来说:"遥控器给我。"

电视剧里媚上的方法没用,麦麦放弃了"嗻"一声再双手奉上遥控器的念头,只老实把东西递过去。

"不学公公说话了?"程凛好笑地看他,接了遥控器摆弄两下,但程凛平时不怎么看电视,便问,"主界面在哪儿?你教教我。"

麦麦指了指遥控器上的按键:"按这里。"他比程凛稍微矮些,低头时就拿发旋对着人,依稀能闻见洗发水的薄荷味。

程凛没吱声,半是好奇地捏起麦麦的头发,搓了搓。质感是头发不是猫毛,真神奇啊。

麦麦抬头,发现他们靠得很近。他想起先前程凛的多次拒绝和强调的要"保持距离",就稍微往后坐了点。

程凛发现他这动作,心里不太舒服,又伸手拽了一下麦麦的头发:"什么时候能变回猫?"

麦麦歪了歪头,待程凛松开手,揉揉自己被拽的地方,没说话。其实他每天都会坐在猫窝里心里默念"变回去",但暂时未见成效。

程凛见麦麦懒得理自己,把注意力放回电视机上。他点进播放的历史记录,看见一串儿乱七八糟的剧名跳出来,中间还夹杂着各类电视节目，简直两眼一黑："你怎么一天能看这么多？"

他问："之前看你也没一整天都看电视啊，还会睡睡午觉、玩玩猫爬架的，怎么现在不是玩手机就是看电视？"

之前晚上程凛工作时，麦麦就窝在他的膝盖上，程凛洗澡或做家务，无暇顾及猫时，麦麦就跟在他后面或待在猫爬架上。

麦麦回答："现在晚上也看一会儿。"因为程凛不让跟也不让碰，猫爬架他又上不去，就只能待在沙发上看电视打发时间。

程凛看见了那所谓的《霸道皇爷上道公公》，原来是观众自发剪辑上传的视频。明明好端端一个正剧，真是吃什么饭的都有，短视频害人。

他又瞥了眼身为男性、完好无损的麦麦，表情忽透出不自然。

"幸好你长得瘦，我一直想再等等给你绝育，否则你现在……"程凛心有余悸地抹了把脸，"真得是上道公公了。你会恨死我的。"

麦麦不知道也不关心绝育是什么，只认真说："我不会恨你的。"

程凛看麦麦一本正经承诺的样子，觉得挺好玩。经过这段时间的相处，他已经没有了最初的戒备，又或者是不知所措，毕竟家里猫没了，活生生多出个陌生的年轻男生，还是个黑户。

人猫之别，天堑之隔。

现在，程凛又单方面渐渐重新熟悉起麦麦。一方面，麦麦还是很听话可爱；另一方面，他也亲眼验证过了麦麦能变回猫。他想，原本一人一猫各说各的，现在沟通无障碍了，有来有回，是好事情。其实生活因此比原来还热闹丰富了。

他决定不再多想未来的现实问题，先尽量克服当下的困难，继续担起养好麦麦的责任。

程凛整理了点他自认为麦麦值得看、能看的东西，不仅包括文艺作品，还有认字识数的幼教网课。由于接受的教育不太正统，麦麦的学术能力不够均衡，说话是字正腔圆的，偶尔还文绉绉蹦出

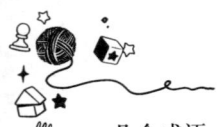

几个成语,但算个十以内的加减乘除都不行,手指头不够用。

人情世故就更不必说了,和他人类形态表现出的年纪完全不符,但又由于什么电视频道都看,这猫还知道点坦克的发展历史和国外某民族的前世今生,这是十分震撼人心的。

程凛换角度思考——麦麦在橘猫界也是数一数二、博古通今的天才了,别家没见过这么聪明的猫。可惜炫耀不了。

到了睡觉的点,程凛督促麦麦刷牙,检查他头发已经彻底吹干,就让他进屋睡觉,关门时顺带把房间灯关了。

但凌晨1点时,闹钟突兀地响了。

程凛关了闹钟下床,又蹑手蹑脚地走到对面房间门口。

反正他是这个家的"一把手",没人会追问他意欲何为,他大可理直气壮。

偷只猫回来玩玩。

他轻轻地拧开门,轻轻地走进去,轻轻地掀开被子。

一束冷光照亮了麦麦的脸。麦麦瞪大眼睛,茫然地和程凛对视。

"大半夜不睡觉玩手机?"程凛一掌拍亮房间的大灯,"持续多久了?"

麦麦心虚地把手机按灭,和做猫时犯错挨骂的表情一模一样:"我就看看。"

"一检查就检查出问题。"程凛率先站上道德高地,喋喋不休,"以后手机给我再睡觉。再被发现,我给你用防沉迷系统。"

麦麦点点头,懊恼自己又让程凛生气,说:"好的。"

"你刚刚咬的什么?"程凛又问,"你晚上刷完牙还偷偷吃东西?当心牙齿掉光。"

这次房间灯开着,一片敞亮。程凛强硬地掀开点被子,清楚地看见自己的一件外套被人压在身下。麦麦刚才边玩手机边咬着玩的东西是个拉链头。

原来少了件衣服并不是错觉。程凛联想到当初从监控看麦麦半夜在客厅偷偷摸摸拿东西，大感匪夷所思，问："你藏着这个干什么？"

麦麦发现自己最近经常尴尬。他不看程凛了，慢吞吞说："有味道。"

"什么味道？"

"你的味道。"

"我的味道……要干什么？"程凛噎了噎问，"拿来辟邪？"

麦麦一开始不说话了，但程凛说："说话。"他就说："这样比较有安全感。"

这下轮到程凛沉默。他或许该退让，但他只说："那你换件干净的吧，这件是在外面穿的。"

麦麦答应了，又盖上被子蒙住头。

程凛再站着也没什么意思。他把麦麦的智能手机拿了出去，顺便关上灯，语气放软，说："快点睡吧。"

他还是很尊重麦麦隐私的，所以没有打开手机挖掘麦麦到底在入迷研究什么东西，也不知道麦麦已经因此下定决心，明天就要出门找工作了。

公司。

"同志们，都让一让啊。"金梨在前面开路，袁佳明抱着个大纸箱跟在后面，进了屋，"咚"一声把箱子撂在地上。

马上要过年了，程凛正和其他组员商量放假期间系统运维的事情，看到他们就问："忙什么呢？"

金梨答："做善事。"

"对，大善事。之前我和园区其他志愿者搭的暖棚被物业拆掉

了，我怕那几只猫过年在外面没东西吃，这么冷的天，容易冻死饿死。"袁佳明站直了，叉腰说，"我计划让它们在我们外面的这间休息室待着，避避风。我和梨先把房间收拾出来。"

程凛当然也赞同："好，我做什么？"

袁佳明摆手："现在用不着，到时候你们把猫捉进来就行，我碰不了。"他虽然猫毛过敏，但一颗爱猫的心从不脱敏。

年底项目要交付的东西也多，程凛忙了一上午，抽空给麦麦点了个午饭，下午又是客户来，他带袁佳明三个人关起门聊了一个多小时。

把客户送走，程凛陷在座椅里喝水。他想起前几天自己太无聊使唤麦麦："麦麦，给我倒杯水。"

麦麦殷勤接旨，端过来时还眼巴巴说："你的杯子好漂亮啊。"这杯子是程凛团建时自己做的，上面的图案就是橘猫金色的毛发。

他开始想下次是不是也该烧一个类似的杯子给麦麦用。既然麦麦这么喜欢……实在不行就自己去用白色马克杯呗，就一个杯子。他到底在坚持什么呢？

程凛盘算多了，有点想念麦麦了。麦麦一个人在家做什么呢？这几天也不给他发消息了。

他觉得自己有点"犯贱"，见到有消息进来挺新奇快乐，就是不知道怎么回，也借口说自己忙。现在麦麦不给他发消息了，他又要心里不是滋味，思索到底为何不再给他发消息——大概电视剧和手机都比现在的程凛有意思多了。

程凛掏出手机，拨了座机号码回家。"嘟嘟嘟"。没人接。

竟然不接他电话。程凛右眼皮跳，联想到"叛逆期"之类的词语。他又打开监控，决定看看麦麦在做什么。

出人意料，客厅的电视机罕见地关着，人也不在沙发上。麦麦平时抱着的小毛毯叠成豆腐块放在一旁。

程凛还是没有太戒备警惕，以为是麦麦进房间睡午觉了。他拿了平板去开短会，半小时后打开手机再看，画面依旧无甚变化。

在组员们激烈的讨论声中，程凛陡然如梦初醒，福至心灵地打开软件隔段时间会自动保存的视频。

他将进度条不断向后移动，终于看到了流动的画面。

监控显示，三小时前，麦麦打开玄关门走了出去，再没回来。

程凛一瞬间从座位上跳起来，不小心打翻隔壁金梨的奶茶。他连忙拿桌上的餐巾纸擦，胡乱抹了两下又扔了纸，冲向门外："对不起有事，你们继续。"

麦麦吃完午饭，扎好外卖袋，开始准备自己出门求职的事宜。

他认真梳好头发，偷穿一件程凛衣柜里的衬衫。麦麦对着镜子整理自己的仪表，心想，此番为猫生第一回出远门，要到距离家足足五公里的地方，是该备些行囊。

于是他又从柜子里拿了个双肩包，拉开拉链，往里面放了三个猫罐头，作为行军干粮。

经过在互联网上缜密地搜罗，麦麦必须承认，虽然他坐观天下，对世界运转的规则也并非一无所知，但身为一个"黑户"，没有身份证明和学历，已经排除了大部分的正当工作。

但麦麦并不是一个故步自封的人，他从来没有忘记自己的另一重身份。

又经过悉心收集信息，他了解到，最近城市里有许多猫咪的合规工作场所——猫咪咖啡厅。

麦麦没有钱，他用手机导航，一路走马观花，硬是用脚走到了目的地。

这是离家最近的一家猫咪咖啡厅，开在商、住两用的大厦里，楼宇的外表破旧，内里也好不了多少，空气中掺杂着烟味和淡淡的霉味。

麦麦第一次一个人坐电梯。他学着程凛的样子走进去，紧张地按楼层。箱壁如镜，麦麦开始研究自己的长相，十分希望能给对方留下好的印象。

刚出电梯门就闻到猫的气味了，麦麦沿着气味一路走到玄关门口，礼貌地问："请问你们还招聘猫吗？"

经营这家猫咖的是对年轻夫妻。女的听见先下意识问："啊？什么猫？性格好吗？"

"性格蛮好的。"麦麦站得笔直，回答，"一岁多。"

女老板见他竟然是认真的，反而有些担忧："是你不要的猫吗？"

麦麦否认："不是，这只猫就是想找个地方上班，晚上会回自己家的。"他掏出自己的智能手机，因为共用账号，手机相册和程凛的云同步着，里面有很多他做猫时候的照片。

他挑了一张自己比较满意的给两人看。

女老板姑且捧场，说："哎，是只可爱的小橘猫呀。"麦麦听了露出笑容。

男老板在旁边看着，又打量了一下这个年轻男生。近两年虽然也有猫来"上班"的先例，但无一例外都是品种比较高贵、血统较为纯净的赛级猫咪，是作为展示，吸引顾客购买配种后代的。

他道："你这猫不就是只田园猫吗？我们不收的。"

麦麦问："田园猫不行吗？"

男老板当他顶嘴，莫名道："橘猫，大街上比比皆是，我随便捡一只不行？你搞笑不搞笑。"

麦麦被下了逐客令，走在"橘猫比比皆是"的大街上，有些迷惘。他虽然也知道自己是橘猫，但对自己的品种和受欢迎程度并不了解。程凛一直以来的态度令他备受鼓舞，也让他被充分蒙蔽，现如今遭遇现实冲击,难免受挫。

麦麦又在小街漫无目的地走了会儿,果真在草丛看见两只橘猫,和自己长得大差不差。他不禁心事重重。外面的这个世界和电视剧里的世界很像,但电视剧不会关注草丛里的猫,他因此判断错误了形势。

这时手机接到电话,来电人是"程凛"。

麦麦接了,都没来得及"喂",对面说:"你人呢?一个人出门去哪里了?"

麦麦回答:"我正在外面找工作呢。"

"你想急死谁?"程凛道,"找什么工作?你也不怕自己被人卖了!你要是不带手机我都不知道你去哪儿了!"

麦麦听出程凛的语气罕见地焦急,遂安慰:"我会回去吃晚饭的。"

"在哪里?"程凛干脆道,"位置分享给我,立刻马上。再走两步当心挨揍。"

二十分钟后,一辆摩托车从对街出现,自看到麦麦后马上打了个弯。

摩托车忍耐着寻到合理的地方随意停住。骑士利落地跨下车,一边摘头盔,一边从对街走过来。

麦麦老实本分地站在原地,即便看不清样子,也知道那是程凛。

他不断回想猫咖男老板说的话,真是所言非虚。最近程凛总是因为他生气,他怕程凛生气生得多了,真的去街上再找一只猫,把他替换了。反正橘猫比比皆是,麦麦也没什么特别的。

程凛大步走近,将头盔彻底摘下,露出被汗濡湿的黑发,眼神像盯住猎物一样。

麦麦嘴里的"别揍我"还没说出口,就被人紧紧抱住了。

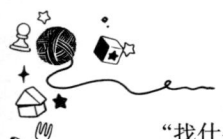

"找什么工作？"程凛抱紧他，问。

"还没找到。"麦麦心虚地回答。

"你变成人就是为了上班？"程凛说，"你觉悟真高。"

"可是大家都上班，你也上班，我恐怕也得有自己的事业。"麦麦很想阐述自己那套通过发展事业提高吸引力，从而让主人重新重视自己的理论。

"我上班，所以你不用上班。"程凛脱了自己的外套给他穿上，道，"玩就是你的事业。"

他们两个面对面站着，侧边草丛恰好有野猫的动静。麦麦警惕起来，挪了挪位置，好让程凛看不见。

虽然流浪在外面的猫也很可怜，但是他不想有分享自己主人的可能，更不想因为橘猫应有尽有而被替代。想至此麦麦也有些羞愧。

程凛背着麦麦的行囊，把人带到自己车前。

"知道带包不知道多穿两件衣服？"他问，"你这包里放了什么？还挺重。"

"我怕自己出远门饿了，带了三个罐头。"麦麦答。是以前最爱吃的罐头，现在程凛不让吃，没来得及消耗的那些就垒成塔放在柜子里。他一直惦记着，很难忘却。

程凛噎了噎，往他脑袋上扣头盔，戴好了向上一推面镜，又问："要出门为什么不告诉我？"

麦麦抿着嘴没说。他的头发、下半张脸都被严实地藏在头盔里，只能看见一双圆滚滚的眼睛正盯着程凛。

程凛这次罕见地没再追问。他又"啪"一下把麦麦的面镜扣好，气消了。

夜晚，麦麦刷完牙，在程凛的监督下上交了自己的智能手机，随后准备上床睡觉。程凛却没走,倚着卧室的门框说:"我们……再聊聊?"

麦麦点头说"好的",程凛就走进房间,轻轻坐到了他的床沿上。

真到这一步,程凛不知如何较为恰当地开展谈心对话。

今天麦麦单独出门,也让他被迫把一直避免细想的事情摆上了台面——尽管他说了玩也是事业,但既然现在麦麦成了人,还暂时变不回猫,那么与社会接轨,接触外面的世界就确有必要。

麦麦合该领略更多风景,结交更多朋友,增长更多见识……

那还能是一只仅属于程凛的猫吗?

想至此,程凛心里怪怪的,感到莫名的沧桑与酸楚。

他的神情阴晴不定得太明显,令麦麦紧张地再次保证道:"我不会再随便出去找工作了。"

"你的……身份问题,给我点时间,我一定办好。不然你真想找工作,也找不到比较好的。"程凛说,"但比起工作,你想不想去……上学什么的?"

"学什么呢?"麦麦问。

程凛抓了抓自己的头发:"你明明才一岁,怎么长得像个成年人似的?现在让你去上高等学府也不行,你没接受过义务教育。"

麦麦惭愧:"我平时太好吃懒做了。"

"那倒也没有。"程凛受不了自家猫妄自菲薄,摸了摸麦麦的脑袋,"你足够优秀了,换谁都不能相信……猫、猫能自己出去找工作呢。"

麦麦忍不住寻找掌心,眯起眼蹭了蹭。今天程凛不仅抱了他,还摸他的脑袋了,真是令猫感到喜悦。

程凛的手僵了僵,放下了。他岔开话题:"一个人在家也挺无聊的吧,明天带你出去玩好不好?"

征询了麦麦的意见后,程凛第二天请了假,带他去看电影。

这算是麦麦和主人第一次去除宠物医院、小区花园以外的地方玩耍,心情激动。之所以选择看电影,是因为这很像大家一起看电视。

抵达商厦最高层的电影院,程凛站在机器前兑换纸票,扭头就看到麦麦坐在小圆桌边,正聚精会神地看柜台卖的爆米花。恰好有一锅新鲜出炉,空气中飘散着焦糖的香甜气味。

程凛说:"想吃爆米花?"

麦麦矜持,没点头也没摇头,只朴实地点了点那柜台下面的广告牌问:"这个是不是爆米花套餐六十八元的意思?"

"对,一份大份的爆米花,还有两杯可乐。"程凛说,"旁边写了,这个是双人套餐。给你买。"

麦麦小心翼翼说:"我们的钱够吗?"电视上无论什么频道都极少涉猎纯粹的计算问题,因此他对自己每日的餐标是六十八元的两倍毫不知情,也情有可原。

程凛没忍住嘴贱:"买不起,我把你卖了就买得起了。"

麦麦信了:"那就不要了。"

程凛挑起他手腕上的红绳:"你知道你这个坠子多少钱吗?"

"不知道。"麦麦继续紧张道,"很贵吗?"

算了。程凛说:"不贵,但你别随便扔了。"

麦麦小心摸了摸他沉甸甸的千足金平安锁,说:"我不会扔的,这是你给我的。"

程凛在服务员令人深思的微笑中点好套餐,除了两杯可乐、一桶爆米花,还拿到一对迷你小熊挂件。然而麦麦落座了还在思考钱这个问题。他抱着爆米花桶,扭头问:"程凛,你上班可以挣多少钱啊?"

机会来了。程凛诚实地说了个非常不错的数字。

他挺了挺背,开始期待麦麦对此会有什么反应。

麦麦思考了一下,没概念啊,和六十八比差多少?他问:"是你赚得多还是端木泽赚得多呢?"

"端木泽是谁?"

"端木泽是瑞泽集团的总裁。他是千亿富豪,每天都开直升机上班。"

"这又是哪部电视剧的?"

麦麦朗声道:"泽少爷的……"

程凛捂住他的嘴,看着他说:"电视剧都是艺术加工的产物,有非常多夸张成分,你不能没有分辨力全部相信。"麦麦点点头。

"真实世界里,最有钱的不是端木泽,是个姓贝的光头。"程凛继续道,"还有个姓马的,但都不是本地人。"

"好的。"麦麦郑重道,"程凛,那你买得起直升机吗?"

买得起,但非要直升机干什么?

"买不起,太贵了。"程凛没好气道,"你去跟端木泽过吧。"

"我想跟你过。"麦麦说,"买不起就算了。"

看电影时麦麦把焦糖味的爆米花吃完了,喝完可乐还打了个嗝。看完电影后,商厦出门左拐便是个郊野公园。公园人少风景好,满足程凛对麦麦第一次出门放风的环境要求。他实际并不想让麦麦去人很多的密闭场所,所以看电影订的也是最早的那场。

幸好麦麦也争气,只表现出了旺盛的好奇心,倒是没什么不适应之处。

程凛想,麦麦或许比他想象的勇敢坚强多了。毕竟还敢一只猫说出门就出门,说找工作就找工作。这是猫吗?这是老虎吧。

老虎麦麦又虎视眈眈地看着不远处做棉花糖的小卖部,于是程凛只能又给他买了一个棉花糖。

麦麦很认真地看老板将长长的木签放在机器里转动,白色如棉絮的糖丝随之不断聚拢,越变越大。

他真心实意称赞:"哇——太厉害了——"好在他外表也算年轻,不至于显得像智力有问题。

老板被给予相当高的情绪价值,默不作声,做了个巨大的棉花糖云团递出来:"给。"

麦麦举着,先问:"程凛你吃吗?"程凛说不吃,他便专心致志啃起来。他一啃起来就不看路,程凛认为极为危险,遂拉他到旁边的长椅上坐下。

今天天气极好,阳光照在身上驱散了大部分寒冷,甚至有些暖洋洋的。近处的树枝上挂满了红灯笼,象征人们要欢度即将到来的节日。

长椅对着湖,湖边有几个一看便是退了休的爷爷奶奶正在排队拍照留念。麦麦想起什么,笨拙地从口袋掏出手机,开口道:"上次我发现,相册里有好多我的照片呢。"

他将自己的手机给程凛看。

这台手机原本是程凛的备用机,和另一台主机的信息资料都基本同步,里面除少量的工作截图以外,还有个专门的相册叫"麦麦",存放了大量麦麦正在做不同事的照片。

吃饭的麦麦、睡觉的麦麦、晒太阳的麦麦、坐在沙发看电视的麦麦。

还有很多特写。

麦麦走上来闻摄像头的鼻子、麦麦爪子上的肉垫、麦麦圆滚滚的眼睛。

程凛嘱咐说:"都存着,别把这些照片删了。"

"我不会删掉的。"麦麦一边保证,一边翻到了相册的最开始。图上是一只还没手掌大的幼猫半眯着眼睛,精神状态很差的样子,正在被护士用奶瓶喂奶。

麦麦说:"你看,那时候的我好丑啊。"

"这些你还记得吗?"

"只能模糊记得一点。"麦麦认真道,"去年冬天非常冷,我都快冻死了。你把我从草丛里捡出来,还搓我呢。"

程凛神情柔和下来:"这都记得。"

麦麦关掉手机,问:"为什么一直拍我的照片呢?"

"这有什么为什么。"程凛顿了顿,难得坦率,"因为觉得你很可爱。"

"可是我变成人以后,你就不拍了。"麦麦说。

相册的更新停留在了一月的某一天。这一天也是麦麦变成人的前一天。照片上麦麦抱着自己最喜欢的玩具小熊,在程凛的床上安心睡觉。

程凛看了麦麦一眼。麦麦神情很平静,好像也没什么埋怨、生气或者相反的撒娇之意。但他还是犹豫两秒,举起手机:"我给你拍两张。"

麦麦嘴唇上沾了一圈糖絮,看起来毛茸茸的。他高兴地舔了舔嘴,挺直背,看向程凛。

一阵风吹过,头顶那片被挡住的阳光畅快地洒落而下。程凛越过手机,也看向麦麦。阳光穿过,照得对方瞳孔颜色更浅,像凝结的琥珀。

程凛又想,真奇怪。明明原本是小麦色的,现在皮肤却那么白,头发也是咖色的,还些微卷曲。

像丘比特的雕塑像,不可名状的天使。

麦麦没看镜头,全心全意地看着程凛。

程凛和他对视,忽然间大脑空白,唯独剩下一个清晰的意识。

麦麦喜欢他。

但这种情感实在太纯净、太纯粹了。不属于爱情、友情、亲情任何情感的一类。不因为他长相如何,有没有钱,性格又怎么样。

只因程凛是程凛。

他受之有愧。

程凛心跳得很快,内心涌上一股奇怪的、说不上来的感觉,甚至不敢和麦麦对视,也按不下快门。

"好了吗?"麦麦分析程凛的动作语言,前倾身体,期待地看他手里的机器,"让我看看吧!"

程凛嗫嚅了下:"我没拍。"

麦麦愣了愣,道:"是你说要拍的。"

"好吧。"过了几秒,他又自顾自站起来,说,"那就不拍了吧。"

Chapter 2
麦麦的心事

次日。

"今天出入都走后门啊。"金梨再三嘱咐,"想看猫的去前门,透过玻璃看看就行了,别吓到人家。好不容易抓齐的,不能给放跑了。"

程凛问:"一共几只?"原来他不在这天,袁佳明负责加油,金梨和园区的志愿者把流浪猫捉到了房间里。

袁佳明走过来答:"也就四只,一只母猫、三只公猫,幸好都绝育了。志愿者说它们互相都认识,应该不会打架。"他一边挠手,一边奇怪道,"我怎么手背有点痒,我去吃两粒过敏药。"

明天就放假,因此一堆人闲着没事,跟逛什么似的逛到前门,连成排站在玻璃外看里面的猫。

原本休息室里的懒人沙发、小圆桌等物品都被收拾着搬到了办公室的角落,现如今空旷的房间里到处铺了防水垫,上面摆放了一系列猫咪用品。

被临时圈养的四只田园猫花色各不相同,母的是三花,公的两只是橘猫,一只是狸花。

袁佳明戴了个口罩,隔着玻璃拿手逗猫。他指着慢慢靠近的三花猫说:"多么文静的小女孩。这不得给它们三个迷死?"

程凛骤然警觉。也不知道麦麦看三花猫是不是相当于看美女。

袁佳明又看那两只橘猫，拿手肘撑程凛："哎，麦麦同款。"

"不一样。"程凛道，"这只脚上有白手套，那只是橘白。"

"不都是橘猫嘛，再养一只。"袁佳明撺掇道，"园区里的流浪猫，能让领养的，志愿者就都让领走了。这四只算是钉子户，因为年纪大了。"

"嗯。麦麦如果是那种比较友好的小猫，你多养一只也挺好的。"一旁的金梨也赞同说，"这样白天两只猫还能做伴。不然一直孤零零在家等你，也挺可怜的。"

程凛："再说吧。"

傍晚袁佳明请客，又借这聚餐的机会，召开团队的年度总结大会。

也没什么好总结的，实际就这么几个人，无非都是程凛或袁佳明的同学、朋友。程、袁二人作为原本社交圈中最胸无大志的两位二代，父母们都趁着东风积累了些家底，但行业如今早就走到夕阳末路，也就没什么事业好给儿子继承了。

因此，父母对于他们能念完书就折腾点不怎么费钱的小事业，有兴趣爱好，不挥霍无度，天天通过上班保持健康作息已经极为满意，真是没有比这更好的"退休生活"了。

往年团队几人总会在过年或春假时结伴出去旅行，然而程凛已经连续两年以"家里有猫走不开"为理由缺席，大家看他很不顺眼，一晚上盯着他灌酒。

"等等——"程凛招架不住，拦着杯子举起手机，"我先打个电话。"

"打个头的电话——"众人说，"甲方爸爸们都过年放假了——"

"给家里。"程凛道，"说声晚点回去。"

谁都没听说过程凛家里多了个人。金梨大吼："找老婆了不和我们说一声？！"

袁佳明大吼："秀恩爱的吧！还故意说给我们听！"吼完反应过来，"不对，不是老婆！他家里有个小表弟！寒假来借宿的！"

程凛拨了电话，示意他们安静点。酒精已经有点上脸了，醺得他语气反而意外温柔："喂，麦……"不对。表弟不能也不该叫"麦麦"。

他生硬地改口："麦、麦全基吃不吃啊？给你点外卖。我晚点回来，现在在外面吃饭。"

早吃完晚饭的麦麦答："好的，知道了。"他接完电话，决定一边等待程凛说的麦全基，一边继续上真正的网课，用以补足他之前所明显存在的知识短板。

麦麦叹气。汉字需要认全不提，一点儿数学都不会果真也是不行的，生活是难以为继的，可惜电视节目不怎么教人二元一次方程。

只是无论麦全基还是程凛都始终没有出现。手机显示现在已经是晚上11点了。

麦麦困了。平常这个点程凛早催他进房间睡觉了。

他开始一边回顾自己一天都学了些什么知识，一边耐心地思考程凛究竟什么时候会回来。

虽然第一次出去面试以失败告终，但麦麦倒也没完全灰心丧气。

他现在手头最重要的两件事，分别指向不同的发展路线。第一件事是每天都尝试变回猫，这个暂时未有明显进展；第二件事是学习知识，提升综合素养，以期用人类的形态得到合法合规的工作岗位。

不过，两件事最终都指向同样一个目的。

至于为什么程凛现在不拍他的照片了，麦麦决定暂时不去细想。

门铃响了。

麦麦挺紧张。因为程凛三番五次警告过他了,门铃响就当没听见,不许随便开门。但外面有个男人大喊:"程凛他弟在吗?快来帮忙接接人——"

麦麦小心透过猫眼一看,程凛垂着脑袋,生死不明。他赶紧手忙脚乱把门打开了。

袁佳明和另一个美工一人一边架着被灌醉的程凛,前者大喜:"来,交给你了!"

麦麦着急:"程凛怎么了?"

"就喝多了,喝酒。"袁佳明莫名其妙打了个喷嚏。他犹记得这位表弟似乎并不聪明,便额外解释道,"没什么事,睡一觉就好了。"

麦麦爽快道:"好!"他把程凛半扛在了肩上,随后与二人道别,关了门。他现在心里很有动力,脚步很坚实,觉得自己变成人很明智了,毕竟这个任务以他猫咪的形态可是办不了的。

如果他没有变成人,今晚的后果不堪设想。

麦麦把程凛往床上一放,程凛还留有一丝神志,自己主动把身子摊平了。然而酒精的滋味仍旧不好受,他头晕,脸很热,嘴巴也干。

房间的灯光太炫目。程凛抬起只胳膊遮住眼睛,气若游丝地支使道:"麦麦,给我倒杯水。"

麦麦接旨,跑着去厨房拿杯子,过了会儿接了满满的一杯矿泉水回来。

程凛勉强支起身喝了点,不慎打翻些许在脸上。他咳嗽两声,麦麦就又去拿了毛巾给他擦脸,吭哧吭哧,像拿抹布抹地板。

真是好猫啊,还给擦脸。程凛不再折腾了,开始尝试入睡。

麦麦原本以为自己是要拯救程凛的,最后只端了杯水。他基因中捕猎的那部分被唤醒了,分析得出现在的主人是攻击性彻底瓦解的、任人摆布的,于是很快从另一头爬上床。

麦麦凑到程凛身边,小心嗅了嗅,又嗅了嗅,说:"程凛,你好臭啊。"

程凛下巴一凉,半边身子被压住,压得呼吸只出不进。他呻吟了一声,那只挡在眼睛上的胳膊也随之抬起挥了挥:"离我远点……"

麦麦不喜欢这样的指令。他躲开挥舞的手,说:"我今天学数学了。"程凛没回复。

"麦全基还没来。"程凛彻底睡着了。

麦麦贴着程凛躺了会儿,想象自己现在的体形很小。

时至今日,能够重新躺在这张床上,能够闻到被窝里程凛的气味——虽然还有很浓的酒味,他还是因此感到安心和喜爱。

过了会儿,麦麦翻过身趴着,捏程凛的手指玩,又试着拿牙齿轻轻咬了两下指尖。他很想留在旁边,但知道自己不能留,所以没有再纠结很久,悄悄爬下床回自己房间了。

麦麦想,关于分房睡,程凛最初给的理由是一张床两个人睡不下。但自从他上次意外以人形睡过后,发现床还是很宽敞的,睡两个人绰绰有余。

是因为程凛不想和人形的他接触太近,所以他们不能一起睡觉。

麦麦现在还是希望自己可以一觉醒来变回一只猫,拥有四肢着地的稳妥触感,然后它白天就四处上下蹦跶,看电视,饿了吃点猫粮,渴了舔点水。

程凛每天下班回家第一句话会喊:"麦麦。"它就竖起尾巴,马不停蹄地奔过去,随后被洗完手的程凛捞起来,亲亲额头。而不是现在这样。

次日一早,程凛耳边传来试探的询问:"程凛,你醒了吗?"紧接着一只手隔着被子,轻轻拍了拍他的胸膛。

都这么问了,程凛想,那就不怪他没醒了。他闭着眼睛不给反应,想看看麦麦接下来会作何反应。

麦麦虔诚地跪在床榻旁,心中充满忧虑。都10点了啊,周三,不用上班吗?

一半是想乘人之危靠近,一半是为确认主人的状态,他凑近程凛的脸闻了闻。

细碎的鼻息呼在程凛下巴上,很痒。程凛立刻撇过头,睁开眼睛:"干什么?"

"你醒啦。"麦麦赶紧摆直身体,装作若无其事地问道,"今天你不用上班吗?"

程凛当听不出他转移话题,答:"这周都不用上班了,放假过节。没听新闻讲?"

"哦。"麦麦高兴道,"和之前那些你在家的假日一样吗?"程凛说差不多,他就情不自禁感叹,"要是每天都放假就好了。"

程凛对此不置可否。宿醉醒后的感觉只比刚喝完酒更糟糕,想回忆昨天晚上的情节,基本只剩空白。他皱着眉坐起上半身,身上衣服还是出门时那套,外套都还裹着,昨夜就这么躺下了。

此外被角大概被谁掖死了,被子盖得极为严实,热得他梦里像身处炼狱,醒来浑身是汗。

程凛进浴室冲了个澡,再开始打扫卫生,先给两间屋子的床换了床上用品。

走进客卧,麦麦的床很乱。除却鹅绒被,床上还有他的玩具熊和程凛的一件衬衫。

程凛也懒得要求一只猫拥有整理床铺的习惯，别睡到地上就行。但他看着那件衣服，不知为何，心里产生一个很邪恶的念头，所以装作自然地把衬衫与拆下的被套、床单一同拿走了。

麦麦眼巴巴地阻拦道："这个我要的。"

程凛低头看他，说："你自己看看，这衬衫都被你睡得皱巴巴的了，我都不能穿了。"

麦麦闻言，心虚地眨了两眼，承诺道："我以后挣钱了再给你买一件吧。"

"不用。"程凛拒绝了，故意说，"不过你以后就不要拿我的衣服睡觉了吧。"

麦麦愣了愣，商量道："再给我一件吧，我会不弄得那么皱的。"

然而程凛一直看着他，没答应下来。麦麦沉默几秒，改口道："好吧。"

麦麦越乖，程凛心里越不舒服。这不舒服不是不喜欢麦麦的意思——他喜欢，所以不知道自己究竟在做什么，想得到麦麦何种反应，更可能是厌恶他自己。

这种矛盾而令人烦躁的感觉从那天在公园给麦麦拍照未遂就有了，愈演愈烈，挠得程凛浑身不舒坦。

他原本只是把麦麦当成自己的猫，要照顾好是理所当然的事情。虽然麦麦变成了个年轻人，但也合该是一样的。

但现在，他一边因为麦麦无限的依赖和不掺杂质的信任而自得高兴、深感责任重大，一边又想打破这个太不平衡的关系，禁不住进行恶劣的试探，想知道麦麦会如何反应。

到底是要干什么？程凛想不出答案，把换洗的物品都扔进洗衣机，随后给床铺上新的床单，也再给了麦麦一件自己的棉外套："隔一周换一件，要哪件衣服从我衣柜拿。"

麦麦"哇"一声，像接什么宝贝一样双手捧着，明显很高兴：

"好的!"

程凛想说"你可真不记仇",转念一想在麦麦眼里,或许没什么仇可谈论。

家里的节日氛围一直不怎么浓,父母自程凛成年后充分散养他,这两年过年都没有回国。程凛前几年都和朋友四处旅行,去年开始中断,因为忙着奶小猫。今年猫变人了,自然也不能单独放在家——还是舍不得多一些。

好在算是有人搭伙了,两人一同吃了团聚饭。麦麦催着程凛剔鱼骨头,把一整条鱼吃完了。程凛也没有在意,饭后递给他一个信封:"给你。"

麦麦抱着自己的毛毯在看电视播的联欢会,问:"是什么呀?"

"就是钱,过节费。"程凛道,"下次拿钱去买自己喜欢的东西吧,不够了就问我要。"

麦麦看了看信封里面,开心道:"太好了,我给你买件新衬衫吧!"

程凛略有些意外。他以为麦麦早就忘了,没想到还在惦记这件事:"我开玩笑的,衬衫熨一熨就好了,不用你给我买衣服。你买自己想要的。"

麦麦再谢一遍,找不到口袋放,经指点,决定把信封藏在枕头下面。

程凛也在沙发上坐下来,真不记得自己上次这么看联欢会是什么时候。两人并肩,旁边麦麦盘着腿,把小毛毯盖在自己的膝盖上。

程凛用余光瞥了一眼,扯了半张毯子盖到自己腿上。

麦麦是只慷慨的猫,马上热情地让出更多,道:"我们一起盖吧。"

毯子的大小终究有限,要两个人一起盖,势必就要挨在一起坐。程凛发现麦麦无论看什么节目,都能顺利地和台底下那帮观众一同捧场地笑两声。他随着笑声侧过头,看到麦麦脸上映着电视微弱的彩光。

麦麦察觉视线，转向他好奇地问："怎么啦？"

程凛挺没素质，伸手弹了一下他的脑壳："你笑点真低。"可能因为冬夜，因为一起过节，他头一次如此明确一个念头，庆幸麦麦能变成人。

这是他亲手捡到的家人。

第二天一大早，程凛做了两份班尼迪克蛋，再做了咖啡当早餐。

麦麦对什么都好奇，等程凛用杯子接满清咖递给他，就小心就着抿了一口，随后露出从未有过的挣扎表情，被程凛嘲笑了。

吃完早饭，麦麦在餐桌上看手机，故意把视频的播放声音开得很大。里面的老师用抑扬顿挫的语气道："小朋友们，今天让我们来一同迈入一元一次方程的世界……"他指望着程凛听见了能表扬他两句。

程凛在看手机里的消息。几个出去玩的团队成员已经抵达国外，金梨在群里分享了一条链接，是她在社交软件上发布的视频。

程凛并未设防，一手端着咖啡，一手将视频点开。

开头就是响亮的一声"喵"。

@Golden Pear：遇到的小家伙！超级可爱黏人，见面两秒就躺下让我摸肚子了！

#猫咪 #街头的猫 #豹纹猫

麦麦听见声音，立刻警觉地凑过来："你在看什么？"

程凛有种被抓包的尴尬，下意识往上滑了一个视频，未想大数据太智能，捕捉到"猫"的关键词后，接下来推送的亦是猫咪视频。

于是麦麦看见在程凛的手机屏幕上，一只面容姣好的长毛三

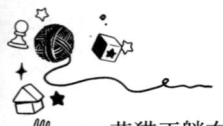

花猫正躺在人的怀里撒娇。

好漂亮、好贵气、好完美的猫。

麦麦难以置信地看向程凛。

程凛脸上挂不住,不知道怎么解释:"我就随便看看。"

麦麦当这回答是程凛对某种愿望的承认。他把自己手机里的数学视频关掉了,然后从位子上站起来,走到客厅,一屁股坐回了猫窝里。

屋里一下子安静起来。

"怎么老是坐猫窝。"程凛难得无措,没话找话,"坐沙发去。"

"程凛,我已经在想办法变回猫了。"麦麦说,"我保证变回去就不再变成人了。"

程凛心里又有点不舒服了,说:"现在不也很好,非要变回猫干什么?"

麦麦抱着膝盖,看着地板说:"不好啊。一点都不好啊。"

麦麦一直没再提这件事,程凛自然也不会提。所以程凛也不知道,每一件关于自己的事情麦麦都会放在心上,会当真,当然也会伤心。

麦麦认为程凛很可能想有一只别的猫了,因为他变成了人,因为他变不回猫,也可能就是因为橘猫,不,是因为猫咪比比皆是,挑一只更喜欢的、更可爱的,没有那么困难。

真的到了那天该怎么办呢?麦麦没有准确的答案,但觉得自己应该要离开。

节后。

"新年好——"

"早上好、新年好呀大家。"

"同志们新年好!"

开年复工第一天,袁佳明双肩包一摘,一边往桌子上掏自己旅行途中在各种地摊上买的小"垃圾",一边问:"怎么说,和你的表弟还有麦麦在家过得咋样?"

程凛坐在桌前,将食指指节轻轻搭在自己的人中处,表情深沉,不答。

他很想说"非常好",但事实是他认为不够好、不太好。他发现,麦麦好像越来越不黏自己了。

这个现象或许是正常的,因为自从麦麦成人以来,出于他程凛个人的强烈要求,两人一直保持着礼貌的距离。只是麦麦始终释放着希望靠近的积极信号。

现在,这个信号似乎消失了。

明明除夕看电视还能盖一张毯子,后来即便和程凛同坐在沙发上,麦麦依旧不动如山,心如止水,带他再出去散步也是各走各的,目不斜视,看电影时麦麦更是正襟危坐,正人君子做派。

——清高正直得让程凛心痛。

程凛:"我觉得,麦麦好像没那么在乎我了。"

"猫不都这样吗,又不是狗。"袁佳明奇怪地斜他一眼。

程凛也不知道麦麦心里怎么想的,说冷漠又好像没有,程凛和他说话他当然也会理,吃饭也挺乖的,甚至还想洗碗做家务,但程凛还是觉得哪里很不对。

他也做了些尝试,试图吸引麦麦更多的注意,但收效不是很好。甚至他故意再看了猫的视频,麦麦也还是没反应,似乎完全不在意这件事了。

"猫也会对人有厌倦感吗?"程凛问,"你觉得呢?"

袁佳明觉得他有病:"啊?不是,你想错方向了吧?你表弟不是还住着呢?这段时间麦麦一直和他待着,肯定更亲近他了啊。"

程凛否认:"不是这样的。"

金梨站在旁边，撸袖子问："小米今天有事不在园区，我得把休息室那四只猫送回去，谁帮忙？"小米是园区里其他公司的小姑娘，也是志愿者。

程凛示意："我来吧。"

两人从后门离开办公区，再从外面绕至前门的休息室。透过玻璃可以看见，角落里四只猫安静地蜷缩在一起休息。看到有人来，狸花和橘白率先起身，犹犹豫豫走了过来。

金梨将地上的锁解开，推门进入："我去找抓猫的笼子和手套，你先把东西收了。"

房间的通风系统不错，也有志愿者过节期间来打扫过，休息室仍保持着一定的清洁度，只需将猫送回室外的暖棚，再将东西收拾起来，简单打扫一遍就可以。

程凛戴着口罩，先将散落在地上的猫咪用具收纳到志愿者带来的塑料盒里。身后传来猫叫声。

那只橘白猫竖着尾巴靠近，边叫边蹭上了程凛的裤腿。

金梨将笼子拉过来，递给程凛一只防抓手套："其实这四只都挺乖的，老原住民了，不过保险起见还是戴一下吧。"

她见橘白猫如此主动，也蹲下来，亲昵道："元宝。"

程凛："这是它名字？"

"对。"金梨顺着橘白猫的背脊抚摸，"小米取的。它是最亲人的一只，所以有时候也害怕它会被陌生人伤害了。"

程凛看着橘白猫，拿手逗了逗。元宝"喵"了一声，立刻侧躺下来，希望程凛能继续摸。

"其实我一开始不太同意袁佳明说让猫过年住在这里，我怕猫觉得好不容易有家了，结果并不是。"金梨说。

"真的不考虑再养一只吗？"她看见橘白猫的动作，笑着问，"元宝的性格很好，要不是年纪太大找不到收养的，我和小米都养不了了,也不至于让它还流浪在外面。"

程凛继续顺了顺元宝的毛。他发现自己其实已经很久没有摸过真的猫了。

麦麦做猫时一直都很黏他,就像眼前的元宝一样,希望程凛能摸它、抱它,最好还要亲它。

所以他和金梨、袁佳明乃至小米一样,都是爱猫一族吗?

他回忆起之前有一次,大概是麦麦出去找工作后没多久,麦麦忽然问:"程凛,你为什么要捡我回家啊?"

程凛答:"因为你正好在草丛里躺着。"

"草丛里有好多橘猫呢。"麦麦说,"我有什么特别的地方吗?"

"有。"程凛答,"你那时候快死了。"

麦麦认可了这个回答。但现在,程凛认为可能有更好的答案。

他又骤然回想起麦麦刚变成人那天,那张陌生的、圆圆的脸似乎很高兴,抓着他不停诉说自己为人的喜悦。

但现在麦麦总想变回猫。

程凛终于意识到自己可能做了件罪大恶极的事情。他既没有真正将麦麦当作自己养了一年的小猫,也没能做到完全尊重,没把麦麦当成一个有独立人格的人。

因为麦麦变成了个年轻男人,他因此轻易表现出抵触,但从没真正关心了解过麦麦变成人以后是怎么想的。

麦麦到底在想什么呢?很多事情程凛没有解释原因,麦麦好像很宽宏大量,也没有追问。

麦麦会疑惑为什么不能一起睡觉吗?

麦麦到底为何执着于找工作呢?

那天出去玩,麦麦要拍照,他为什么就是没有拍呢?

程凛站起身:"抓紧时间,我想回去一趟。"

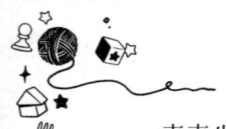

麦麦坐在猫窝里，气沉丹田，深呼吸。他用心回忆自己当猫的细节，让毛茸茸的感觉游走到四肢。

想完了睁眼，果然还是人类的样子。

可能变不回猫了。麦麦为难地感到，留给自己的时间显然不多了。尽管他已经足够安分守己，也注意符合程凛的要求，一直保持着两人的距离，但程凛还是开始在手机上看别的猫了。

他很想问问程凛打算什么时候养新猫，这样他就知道自己该什么时候走了。

想至此，麦麦开始清点行李。他把想带走的东西全都放在床上，包括他的玩具熊、那条小毛毯、程凛的一件棉外套、几个猫罐头，还有抽屉里上次程凛给的零花钱。

但这些都是程凛买的。外套他本人或许还要使用，猫罐头未来那只新的猫也需要吃。

正在麦麦定夺之际，玄关忽然有动静。程凛喘着气推开门进屋，把头盔摘了扔在沙发上。

麦麦赶紧跑过去，愣愣地看着他："你下班啦？"

程凛没说话，把人一把拉进了怀里。

麦麦因这样的动作瞬间灿烂。他刚想高兴地问："怎么啦？"但未等开口，对方衣服上一股人类闻不到的气味，敏感而强烈地唤起他作为猫的本能。

那股气味混在洗衣液的香气中。是别的猫的味道。

电光石火间，在程凛的错愕中，怀里的衣物瞬间皱缩着滑了下去。他下意识弓身要捞，耳边听见"哈——"一声，手指跟着一疼。

紧接着，一道毛茸茸的橘色闪电从他脚边一闪而过，顺着身后的门缝蹿了出去。

屋内恢复安静。

程凛站起身，没回过神。手指上出现了两个米粒大的小坑，但并没有出血,甚至他拿指腹揉了揉,小坑就消失了。

麦麦哈他气,还咬他了。

程凛的大脑一片空白。不,何止?!

是麦麦变回猫,跑出去了!

麦麦不见了!

离开。

麦麦的脑海中只剩下这唯一的念头。它拔足狂奔,从小区的石砖路开始跑,踩过一片鹅卵石,再从花坛的泥土地穿到防护栏的另一头。等回过神,早就在小区几百米开外。

日正当午,沿街没有行人,马路上车来车往。

麦麦越跑越慢,最后茫然地停了下来。

做人太久有些遗忘,这街边的景、路上的车对猫来说竟然都如此庞大。世界是很不安全的。

它紧张地四顾,最后缓慢倒退回了草丛中。自己终于又变回了猫,可是一切都太迟了。麦麦想,那味道甚至不止一只猫。

该落脚何处呢?在草丛长久停留并不安全,它闻到了野猫留下的气味,这里显然也是有势力范围的。

麦麦决定暂时搁置自己解决不了的悲伤,打起精神为未来谋划着落。然而选项没有想象中丰富,人类活动的场所它都不能进入。

橘猫看着对街的小店,想到了上次自己去应聘的猫咪咖啡厅。

尽管上次猫咖的老板已经说过他们不招田园猫,但反正它也没有家了,去问问也是可以的。大不了它可以比别的猫少吃一口饭。

工作日楼道安静,生意萧条。良久,终于等到女老板开门拿外卖。她发现了蹲在门口的橘猫:"欸?怎么又有只猫。"

男老板听见声音,皱着眉跨出门看:"又有猫被丢过来了?"周边似乎因为知道这里开猫咖,总把不要的猫遗弃在楼道里。女主

人心软,每次都会把猫收留下来,一边养一边替猫再找主人,长此以往,徒增负担。

也因此,男老板对一切疑似要丢弃的行为都表现厌恶,试图阻止弃养的发生。

"不像欸。"女老板试探着蹲下来,将手递给麦麦闻,"这只小橘猫很干净,而且你看它脖子上挂的,应该是有主人的。可能就是走丢了。"虽然前段时间刚见过麦麦的照片,但橘猫实在太多,她也没能回想起来。

麦麦挺直脊梁,尽可能展现出比较好的精神风貌。

女老板蒋莉莉见它不抗拒也不害怕,没有要应激的样子,就夸着胆子把它抱了起来:"来,姐姐替你找主人。"

这是家规模很小的猫咖。工作日房间里暂时只有一批客人,因为几位客人都没有加钱开罐头,无所事事的猫们也就没了什么营业精神,都懒散地分散在不同的角落里睡觉休息。

麦麦又闻见了各种猫混合在一起的气味,一时间并不适应,好在蒋莉莉抱着它,并没有将它与其他猫放在一起的打算,而是径直向里走,推门进入了个封闭式的阳台。

阳台里堆了些杂物,边角有一套简陋的猫咪用品,地上的猫碗是空的。蒋莉莉放下猫,弯腰打开旁边的塑料密封箱,用铲子铲了一勺猫粮放到碗里,又将水碗的水斟满。

她安抚道:"你先待在这里哦,我要出去招待客人了。"以往她捡到猫也总是将猫隔离在这里,随后再想办法给猫找主人。

刚准备离开,她想起来掏出手机:"我给你拍几张照发网上吧,方便你主人可以早点看到。"

蒋莉莉将猫抱上洗衣机。猫表现得很温顺,也像没有听懂她说的话。但等她举起手机,猫却立刻转了个向,背对着她。

"哎,宝宝看我啊——"蒋莉莉急道,"给你找主人。"

麦麦看着墙，心想：可是主人有别的猫了。

夜深了，猫咖即将结束一天的营业。蒋莉莉忙着安置店里其他猫，只有男老板来阳台看了一次，检查过吃的喝的都有后，就将阳台门关上，随后关灯离开了。

待人走后，麦麦走到碗边吃了猫粮。这猫粮是最便宜的那类，口感滋味自然不佳，应该说，它从没吃过这么差的猫饭。

麦麦难以避免地想到了喜欢的三文鱼。但它并不怎么挑食，现在也没有资格挑食，所以还是感激地吃了些果腹。

吃完饭，心事太多，麦麦不困，也不想睡，只趴在洗衣机盖上思考猫生。

不知过了多久，黑暗中，一张黑色的猫脸突然出现在玻璃后，面色凝重地端详了它几秒。

麦麦一激灵，警惕地站起来，但那双眼睛转眼消失了。

几秒后，门把手向下弯了弯，门挪开了个缝，黑猫挤了进来。这猫一身黑，只有胸口有块倒三角形状的白毛，像黑西装里套了件白衬衫。原来是只奶牛猫。

麦麦站在盖子上，有些防备又紧张地低头，两只猫大眼瞪小眼。

奶牛猫仰头打量它，"喵喵"叫着打破平静："小橘猫，你是不是能听懂我说的话？"

"可以听懂。"麦麦喵道。

这只猫继续打量，问："你叫什么名字？"

麦麦答："我叫麦麦。"

"你几岁了？"

"我今年一岁了。"

"那也不小了。"奶牛猫说，"都成年了。你可以变成人，知道吗?"

"知道,我变过。"麦麦不善社交,但也知道礼尚往来,"你叫什么?"

奶牛猫眨眨眼睛,也蹦上洗衣机盖,说:"我叫荣荣,一直住在这里。"

麦麦后退一步,给荣荣让点位置。

"哟,这是纯金的吗?"荣荣凑近看它胸前那个平安锁,抬起爪子掂了掂,感受了一下,"还挺重呵,实心的,要多少钱啊?你主人对你这么舍得。"

"嗯,是我一岁生日时给我的。"麦麦说,"程凛对我很好的。"

荣荣便问:"那你跑出来干什么?迷路了?你家住哪儿,我送你回去。"

麦麦改趴在洗衣机上,不答。过了会儿,它开口:"是我感觉到他不想要我了。"

"好吧,你也别怪我戳你痛处。"荣荣说,"但你要把故事讲明白、讲完整。没头没脑,我怎么听得懂?"

麦麦遂"喵呜喵呜"地从自己一年前被捡到开始讲起,再讲到自己变成人:"自从变成人以后,程凛对我冷漠了很多,不让我碰他,也不让我和他一起睡觉了。"

荣荣:"他没吓死已经是不错的了。"

麦麦接着道:"程凛一直希望我变回猫,但我不知道自己怎么变的,也没办法立刻变回去。后来他开始用手机看别的猫了。直到今天,我在他身上闻到了很浓的其他猫的味道,就突然变回了猫,跑出来了。"

荣荣:"见异思迁了,道德败坏了,暗通款曲了。"

麦麦只听懂中间那四个字,否认说:"你不要这么说。"

荣荣听完前因后果,"唉"了一声,怜悯地看着它:"你说你好好的猫，一门心思想变成人干什么？"

"我以为变成人陪他会更好，有时候觉得他有点寂寞。"麦麦说，"猫都可以变成人吗？"

荣荣说："怎么可能，那世界就乱套了。具体我也不清楚，但只有一小部分猫有变人的条件，而且要自己有强烈的变成人的意愿才有可能实现。你被蒋莉莉抱进来的时候，我闻见气味就知道你不一样。"

麦麦问："你也可以变成人吗？"

"嗯。变成人是好早之前的事情了。"荣荣说，"我的主人是个老奶奶，养了我七年。后来她摔了一跤，一下子起不了床，脑子也糊涂了，不认识人了。她那些儿子都不来照顾她，我想，不行啊，我就变成人了，照顾了她两年，然后她病死了。"

"奶奶去世以后，她的儿子们倒是都出现了，房子就归他们了，我被赶出来了。"荣荣说，"唉，已经过去了，算了。"

"啊。"麦麦担忧说，"那你怎么办？都没地方住。"

"你傻啊。"荣荣倒豆子一样说，"变回猫就好了啊，随便找个草丛窝一窝，又不像人，还得劳动赚钱，贷款买房子。虽然联……联盟后来找到我，给我办了身份证明和户口，但我不想学习也不想工作，还是习惯做猫。"

"我跟你说，这里真是太好了。我长那么丑，客人都懒得摸我，但我偶尔热情一下也有人愿意给我个罐头吃。我每天就看看电视，吃现成的饭，不要太舒服。就是那些不会变人的猫太蠢了，缺个你这样的伴儿聊聊天。"荣荣感叹。

麦麦听完，问："做猫比做人简单吗？"

"那可不。你说你要是不变成人，待在你主人家，吃穿不愁，饭来张口，荣华富贵一辈子。你非要变成人干什么？"

"不知道……"这一次，麦麦再没有那么坚定地回答，它想了

想，说，"不知道。"

"不过呢，你也别太难过了。"荣荣见它沮丧，安慰道，"现在这个社会还是好心人多，你长得一表人才，再去找个人家收养你就可以了。"

只是想要一个遮风避雨的地方吗？谁收养都可以吗？

麦麦摇摇头，良久没有说话。过了会儿，它突兀地说："我想程凛了。"

"嗯，其实他也不容易，你变成人，他也没吓得直接赶你走，对不？"荣荣劝慰道，"往好了想，可能他只是没那么喜欢你了，想再养几只猫而已。现在多猫家庭还是很多的。"

麦麦认可道："程凛也没有直接说过不要我，只是我不想他有其他的猫，太难过了就跑出来了。"

"是吧。"荣荣认可，"那你明天回去找他吧。今天太晚了，已经凌晨2点了，梦都够他做三回的了。"

"我现在就想见他呢。"麦麦急不可耐地跳下洗衣机，"该怎么办？"

荣荣倒也能理解，出主意说："我带你去看看吧。我们从窗户出去，反正也就二楼，从空调外机跳下去，我平常晚上想出趟门就这么走。"

麦麦顾虑道："我看见男老板把窗户锁住了。"

这难不倒荣荣："这个简单，我变成人，把窗户打开一下就行了。"

麦麦答"好"，直勾勾看着奶牛猫的动作。荣荣见它还是坦荡地看着自己，委婉道："你回避一下，面斥不雅。"

麦麦便背过身对着墙，问："怎么了？"

"啪"，荣荣把电灯打开了，它人形的影子投射在墙上："小弟，我变成人又没衣服穿，你盯着我看，我不好意思的。"说话声音是个中年男人。

麦麦恍然大悟:"怪不得程凛总让我穿衣服呢。"

荣荣伸手开锁。他推开窗后,影子重新矮了下去,声音又变回猫叫:"那你主人也挺可怜的,家里老有裸男晃来晃去,这谁受得了?"

"可是这有什么的?"麦麦疑惑地说,"我们现在也没穿衣服呀!"

荣荣懒得展开关于人类羞耻心的话题。它带头从窗缝挤出去,随后跳到一楼的空调外机上,最后平稳落地。麦麦灵活地跟在后面,两只猫顺利地逃了出来。

"等会儿我该和程凛说什么呀?"麦麦四只脚迈得飞快,"就说我想待在他身边吗?"

"什么也别说,你就直接滚到他脚边撒娇。"荣荣请它走慢点,"反正现在也变回猫了,你就不要变成人了,能继续待在他那里也好。万一他真多养了几只猫,你识相一点,他看在曾经的情分上,会给你容身之地的……喂,至于吗,这都还没见到呢,你怎么尾巴已经竖得跟天线一样了!"

麦麦飞快地带着荣荣从绿化带穿进小区。荣荣四处打量,十分羡慕:"这么高档的小区啊,你真有福!"

麦麦说:"就是后面那栋楼,马上到了。"说完一个刹车停下来。

荣荣问:"咋了?"

麦麦立定,伸出舌头认真舔了舔自己的前爪,随后再眯起眼睛,用前爪反复抹自己的脸:"我洗把脸。看上去怎么样?"

荣荣:"美呆了,走吧!"

夜深人静,只有小路旁的地灯亮着。两只猫继续并排顺着石砖路走,荣荣又嘱咐:"这次去了就好好当猫吧,不要变成人让你主人操心了,知……"它讲到一半,麦麦忽然飞快地躲进旁边的草丛。

"你看，程凛站在那里。"麦麦说。

荣荣跟着钻进草丛。它顺着麦麦的目光看去，只见不远处的楼下有两个人面对面站着，一男一女。

荣荣压低音量，喵道："那个男的是你的主人？"

麦麦"嗯"了一声就不再说话，只盯着程凛看。半日不见，像隔一辈子。

荣荣又问："这么晚了，那女的是谁？他对象？"

路灯下，程凛正在认真听女人说话。女人一边嘴巴开合，一边调换着左右脚站立的重心，怀里还抱着什么。对话的内容两只猫听不清，只能看到随着她身体的移动，路灯的光映照下去，照得清楚。

她的怀里是只硕大的品种猫。

待女人说完，程凛点点头，两人一猫很快钻进楼道，再看不见了。

气氛骤然尴尬起来。

荣荣沉默了一瞬，一时不知道怎么办："这个……深更半夜的，没想到这么着急啊。你要不赶紧追上去，再争取试试？说不定有转机呢。"

"这下不可能了吧。"麦麦说，"那只猫好漂亮。"

它又舔了舔爪子，再擦了擦自己的脸。

荣荣叹气："算了，还是收拾收拾跟我回去吧，在猫咖过渡一段时间，你会爱上那饭来张口的日子的。"

麦麦沉默地趴在草丛里，泥土地很冷，洗衣机盖子也不怎么样。它开始想念自己的小毛毯，冬天程凛给它出现的任何地方都挂条毯子，怕它冷。麦麦也喜欢那地暖，木头地板烘得热热的，它会在地上打滚，滚着滚着像辆车碾到程凛拖鞋上，叫一声，程凛就把它整只抱起来，往怀里一揣。

好像嫌它很麻烦，又好像很喜欢它。

它喜欢那样的，已经回不去的生活。

"嗯。"麦麦说，"我们走吧。"

猫跑了。

曾经做过的噩梦成了真，令程凛的大脑瞬间一片空白。等他迟钝地反应过来追出去，外头风和日丽、阳光明媚，早看不见猫的影子。

"麦麦——"

起初程凛仍抱有希望，猜测麦麦躲在哪里，遂扒开小区的每片草丛找猫，从楼底最近的花圃开始搜索，连花园、篮球场和健身房也都一片片找过去，还是没见到自家猫的影子——但是因为太聒噪，打扰到了驻扎在小区的几只流浪猫，一下子风评受损，名声在猫之间坏了下去。

冬天太阳落得早，不多时光线就变差了。如若原本还有侥幸心理，这下一无所获、全无头绪的程凛神经渐渐绷到最紧。他感受到事情越来越严重，有脱轨的征兆。

报警行不通，他转而找到物业看监控录像，又喊来袁佳明和金梨当帮手。

监控的角度不巧，只能看到一只橘色的猫从楼道飞奔而出，旋即如曾经的噩梦中那般消失在草丛里。

像一滴水入海，哪里也找不到。

太紧张，程凛颤抖地握着鼠标反复拖动进度条，追问："接下来呢？接哪个镜头的画面？"

"也不是每一块地方都有监控……这里因为后面都是草丛，的确没有画面可以调。"物业也很为难，如此解释说。

"是不是被什么东西吓到了？"不了解前因后果，袁佳明揣测，

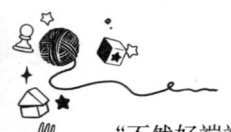

"不然好端端的，麦麦那么着急跑出去干什么？"

"我今天回家之后抱了它。"没法说真实情况，程凛闭了闭眼道，"它立刻咬了我一口，顺着没关的门跑出去了。"

金梨分析："是不是你今天身上流浪猫的味道吓到它了？我今天回去也被家里的猫绕着闻个不停。"

是也不是。因为麦麦是只不普通的小猫，程凛不知道怎么解释妥当。

实际他也说不清猫这么生气跑出去的确凿原因——仅仅是介意他身上流浪猫的气味吗？

晚上8点，程凛联系的专业寻猫团队到了。对方有五个人，经验丰富，工具齐全，收费高昂。

为首的队长了解完情况，安抚道："一般来说，家猫不会跑太远的。大概率还是在小区里，只是迷路了，胆子也比较小，白天习惯藏在很隐蔽的地方，没有被发现。现在晚上了，它可能会出来活动觅食，能找到的希望很大。"

来回奔波一天，程凛已经很疲惫了。他道："麦麦很聪明，不能用普通猫的思维揣测它的行为。"

战线拖得越长，他心里越没底。麦麦如果想回家，势必不会不认路，到现在还是找不到，只剩下猫早就跑远，不愿意回来这一种可能。

可这天地之大，他上哪里找一只猫？

趁专业团队出勤的空当，金梨拿来外卖，终于吃上晚饭。餐桌上，袁佳明边拆包装，边随口提一句："你表弟呢？回去啦？"

程凛无言抬头，眼神难解，最后只点点头。

打开手机，界面还停留在刚打开的相册。为给寻猫团队作参考，他翻出了一张麦麦的高清全身照。

橘猫，一岁，脖子上挂了平安锁，圆脸圆眼睛，叫"麦麦"

会有反应。

手上的咬痕早就消失不见了。麦麦头一回咬他，不知道是多生气。但多生气也没咬出血。

一顿饭没滋没味，饭后三个人又打着手电筒绕小区继续寻找，范围渐渐扩大到临街。专业团队也没放过每个犄角旮旯，仔仔细细寻找了四个小时，计时结束，没有收获。已经过零点，程凛只能给他们结账，又送走袁佳明和金梨。

所有人都把这件事当作"程凛的猫丢了"来处理。朋友再怎么上心也难以感同身受，当局者更无法描述百分之一的心情。

不眠之夜。

程凛还站在玄关，手机亮了亮。金梨又发来一串联系方式，紧跟着打电话过来："你明天联系这家试试？是小米刚刚推荐给我的，说非常厉害。"

程凛心口发堵，不敢抱太多希望，更不敢拖延时间。他等不到天亮，抱着试试看的心态打了电话过去，倒是接通了。对面是个年轻女生，听完情况后道："知道了，那我们马上过来，地址在哪里？"

凌晨2点，程凛到楼下接应。本以为这队人马也和前一队类似，未承想只来了一个女生，怀里还抱了只极漂亮的缅因猫。

程凛顿时表露出不信任："就你一个人吗？"

那女生见怪不怪，安排道："等会儿给我张猫照片，再给我几件有猫气味的东西，衣服、玩具都可以。我的猫会害怕，找的时候你不可以跟着。"

程凛全都答应下来，带着女生和猫上楼。

他将麦麦的照片发给她，又将猫今天外逃时掉下来的那套衣服递过去，心里却不安。毕竟家里早没有麦麦当猫的痕迹，只能寄希望于做人时和猫留下的气味是一样的。

女生淡定地拿着衣服，抱着猫进了卫生间。过了会儿出来，没再看程凛，直接出了门。

程凛按照约定，焦灼不安地坐在客厅里等待。在外面找了一天的猫，这是他今天第一回静下心坐在家里。已经不记得之前没有猫的生活是怎么样的，房间安静到令人难以忍受。麦麦应该在客厅看电视才对。

程凛站起来，走到麦麦睡的客卧。

打开灯，麦麦的床还是和平常一样，很凌乱。手机丢在床头柜上没有充电，床上放了堆乱糟糟的东西——小毛毯、玩具熊、几个没开封的猫罐头、一件程凛的外套……还有那个厚厚的信封。

地上摆了个空的双肩包，正是麦麦上次出去找工作用的那个。

这幅画面让程凛联想到收拾行囊。麦麦的离开可能并非冲动。

他终于摒弃了所谓的隐私观念，打开床头柜上麦麦那台没有密码的手机，希望从中找到什么端倪。

麦麦的手机里软件很少，只有程凛给他安装的那几个，点开聊天软件，好友列表也只有程凛一个好友。

两人上一次沟通发消息还是节前，麦麦用语音问程凛什么时候回家，但程凛喝醉了，没能顺利回复。

现在程凛将这条语音反复听了几遍再继续翻找。

历史消息中，用初始头像的麦麦发的绿色气泡总是更多，用麦麦当头像的程凛回复的白气泡少。

程凛习惯只回复那些有用的消息，比如麦麦提的问题，也偶尔主动发消息问麦麦中午要吃什么，是不是还是吃三文鱼波奇饭。

麦麦从一开始很喜欢发无用的表情，到逐渐减少不发。程凛的回答也一如既往地简单。

聊天软件能获得的线索太少。程凛思索片刻，推测麦麦或许更高频率使用浏览器。果然，点开浏览器还跳出麦麦上一次看的界面,是网课网站,他在看一堂数学课。

程凛心跳加速,有些许罪恶感地点开浏览器的历史记录,试图用这样窥探隐私的方式了解麦麦,以寻找些许可能性。

搜索记录实在太多,向下滑动甚至有轻微的卡顿。麦麦的好奇心旺盛,思维跳跃,问了互联网很多天真的问题,比如"一架直升飞机要多少钱""一元一次方程怎么解""如何学好数学"等。

程凛喝醉酒那天,还有条"人喝多酒了怎么处理"的询问。

程凛知道麦麦不怎么会打字,喜欢用语音输入,他想象麦麦一本正经地对着手机问问题的样子,没忍住笑了笑。未免也太好学了。

但这笑容没能维持很久,接着程凛看到了麦麦找工作的一串记录。猫相当认真地看了很多岗位,还专门询问了自己没有学历、没有身份证明能找什么样的工作。

到底为什么这么执着找工作呢?

很快他有了接近的答案。因为除那些常识性的问题以外,麦麦更多的疑问聚焦在另一处。

"田园猫为什么不受欢迎?"

"怎么样可以变回猫?"

"主人不喜欢我了怎么办?"

....

变成人后,麦麦所有没有向程凛提过的不安,都尽数浓缩在了一个个问题中。

他的疑问很多,循序渐进。可能因为总是找不到满意的答案,类似的问题橘猫可以车轱辘话来回问很多遍。

麦麦显然很困扰,又很执着想得到答案。

"怎么样能让程凛重新喜欢我?"

程凛沉默地继续向下滑,再没有更早的搜索记录。这是麦麦

学会用百科后提出的第一个问题。

在看这台手机以前,程凛曾心存侥幸地推论,或许是他不该看别的猫的视频,也许是麦麦误会了,亦可能是流浪猫的气味刺激了它。

现在他终于明白,原来麦麦对他最初的抗拒都心知肚明,对他每一句玩笑话都谨记于心。

麦麦什么都知道,什么都有所察觉,只是从来没有说出口而已。而他却甚至荒唐地以为麦麦克制的疏离是因为不再在乎他,咬他手再跑出去是因为生气。

怎么会不在乎呢?

程凛的世界有家人朋友,有工作和兴趣爱好,有一只叫麦麦的橘猫。

而麦麦的世界和它的聊天软件一样干净,只有一个程凛。

麦麦抱着什么愿望在找工作呢?搜这些问题的时候麦麦心里都在想什么?麦麦究竟在哪里?今天怎么吃饭睡觉?

——他对麦麦一点也不好。

程凛茫然地抬起头,余光看到麦麦没带走的行李,骤然掉了眼泪。

Chapter 3
小猫人联盟

进入卫生间，关上门，缅因猫立刻从石景的怀里跳出来，蹦到地上。

"妹宝，你闻闻。"石景蹲下，将刚拿到的那套衣服递过去，"这衣服……估计是那个男主人的吧？气味太杂的话，我问他要其他的。"

猫开始低头闻衣服，认真工作的样子很帅。

石景耐心等待。不像其他找猫团队那么复杂，既需要揣测猫的习性，又需要高端工具探测，她们俩本身就都是猫，被另一只可以变成人的猫妈妈收养多年。石景是长毛狸花姐姐，石庭是缅因妹妹。

作为联盟有编制的工作人员，两只猫业务很广，找猫只是赚外快的工作。她们分工明确，方法也灵活。石景负责以人形与客户做好沟通交流，石庭嗅觉天赋异禀，不怎么喜欢社交，习惯以猫的身份开展工作。

以往接到这样的案子，石庭会闻完气味指方向。家猫大都是迷了路找不到家，的确不会走太远，而且一在小区里露了脸，那一片儿的流浪猫就都知道有个生面孔了，一传十，十传百，她们去打听打听就能把猫找回来。

然而这次，缅因猫仔细嗅完，抬起头"喵"了一声，意思是，不太对。

"怎么了？"石景问，"闻不出来？"

"像小猫人的味道。"缅因猫回答。

另一头，出了趟远门，跋涉一通，又苦口婆心说了很多话，荣荣口干舌燥地走向麦麦的水碗："你没洁癖吧？我喝点你的水啊。"

从回来的路上开始，麦麦就没再说话，现在它没什么精神地趴在洗衣机盖上，还是保持沉默。

荣荣看它恹恹的样子，心里也不是滋味："想哭就哭吧，没什么好憋着的。我奶奶去世的时候我也哭呢，一口气瘦了好多，我以前很肥的。"

"要是我能早点变回猫就好了。"麦麦说，"但我不知道怎么变，控制不了。"

"很正常。"荣荣回答，"你年纪太小了就是会这样，就像人类小孩会尿床一样。"

麦麦说："他以前还会说我是最可爱的小猫。"

"哎呀，你就是最可爱的小猫。"荣荣苦口婆心地劝慰道，"只是人是善变的，生活也是充满别离的。你看，现在我不也很好吗？一切都会过去的。"

麦麦不语，它继续啰唆："你今天就先睡一觉吧，休息休息。等白天了我想想办法给你联系联、联盟。"荣荣像觉得羞耻，略带赧意接着说，"联盟就是帮助我们这种小……能小猫变人的。我去找之前对接我的大姐，问问你这情况怎么处理，你放心啊。"

麦麦："谢谢荣荣。我可以工作。"

"知道了。"荣荣说，"你怎么这么上进呢？工作很辛苦的。"

荣荣再陪了一会儿，饿了，就又吃了点猫粮，等麦麦睡了它就挤出了阳台，回到自己的大通铺休息，毕竟再过半小时蒋莉莉要来筹备营业了，它再待着不合适。

寄人篱下，做猫还是要本分一点。

一大早，蒋莉莉到了店，先到阳台看昨天捡到的麦麦。尽管环境并不舒适，麦麦还是因为太疲惫睡熟了，连有人进来也没发现。

蒋莉莉蹑手蹑脚，一看地上的食碗、水碗全都空了，颇受震撼："胃口这么好。"赶紧又给添满。

做好事情，她低头看蜷成一团，像只面包一样蓬松的麦麦，心里很喜欢。以她多年的经验来看，麦麦被养得很好，性格温顺，毛色发亮，脸和身体都很干净，脖子上还有个纯金的平安锁。

想必主人是当宝贝养着的，走丢了会很着急吧。

她想起来昨天没拍成功的照片，趁猫在睡觉，赶紧补了几张。

今天是周六，猫咖生意很不错。男老板林勉在外面张罗，刚给一桌客人送去单点的猫罐头，外头门铃又响了。"来了。请问有预约吗？"他去开门，顿了顿说，"哦，是你们。"

一个女声礼貌道："嗯，又来打扰了，找莉莉姐。"

林勉将玄关的宠物围栏打开，两人依次将手消毒，换好鞋进屋。

石景走在前，石庭跟在后。奇怪的是，自她们进屋后，像受到什么高阶的威压，邻近的几只猫都静止了，瞪圆眼睛盯着她们。

连客人们也有一瞬间的寂静——无他，因为石庭实在很扎眼。缅因猫本来就体积很大，变成人后她身高超过一米八，长相英气逼人。

而房间里，荣荣毫无察觉，正全心全意盯着那桌购买了猫罐头的客人。它积极地切换到营业模式，准备与一只金渐层和一只布偶猫同台竞技，争夺美味口粮。

乘其他猫不备，荣荣率先主动作为，睁大眼睛，把前爪搭在

了顾客大腿上,酝酿夹子音:"喵!"

客人很吃这一套:"哇你好主动——小嗲猫——"

石庭路过时睨了一眼,冷冷开口:"王德荣,你怎么还在这里好吃懒做。"

猝不及防被喊大名,伸展成一长条的荣荣停下动作,惊恐地循声望过去:"哇?"

蒋莉莉端着客人点的饮料,撩起门帘从后厨走出来,见来者是她们,十分惊喜:"哎,你们怎么来啦?正好,我昨天捡了只猫。"

她只知道两人大概是什么救猫组织的志愿者,因为她每次捡到找不到主人或是被刻意丢弃的猫,就会联系她们帮忙一起想办法处理。

石景笑笑,问:"是不是一只橘猫?就是来找它的。"

麦麦还在睡觉,被敲门声吵醒了。

"哟,来太早了。"石景招呼说,"没事莉莉姐,你去忙吧。"

正在这时,荣荣从横里冲出挡住二人,粗犷地"喵"了一声,问:"你谁啊,怎么认识我?联盟的?"

"你是我妈的结对困难户,我当然认识你。"石庭说,"我妈退休了,现在你的关系转给我了,归我管。"

"哦,失敬失敬。"荣荣说,"石美琳是你妈啊?她还好不?"

"很好,在国外乘热气球。"石景替妹妹答了,"等会儿再和你聊,我们先处理事情。"

荣荣终于发现石景似乎有些面熟。它还要聒噪,却被蒋莉莉发现了,赶过来把它抱起:"煤炭,你别打扰人家。""荣荣"是奶奶取的名字,蒋莉莉不知道,给热心地取了个新的。

麦麦睁开眼睛,就看到两个女生走进了阳台,还反手将门关上了。

"你是麦麦吗?"不像对着人类,石景讲话骤然温柔,"你别紧张,听得懂我说话吧?"

麦麦不能不紧张:"我见过你。你是昨天晚上给程凛送猫的。"

"啊?"石景不知道程凛这名字对应的谁,愣了愣问,"什么?"

"你抱了好大一只猫给我的主人。"麦麦心酸道,"那只猫很漂亮,是程凛要养的新猫吗?"

"听起来像是我。"石庭说。

"唉,你怎么看到了?"石景问,"莉莉说昨天白天捡到你的,你晚上又偷偷回去了?"

"嗯。"麦麦答。

"你误会了。"石景说,"我们之所以在那儿,是因为你的主人委托我们找你。"

"找我?"麦麦立刻原地起立,尾巴都没忍住翘了一下,"程凛为什么找我?"

"还是先自我介绍一下吧,我们俩和你一样,都是可以变成人的猫。"石景开口,"我叫石景,是狸花猫,旁边这位是我妹妹石庭,就是你昨天看到的那只缅因猫。她平常不怎么喜欢变成人。"

"你们是荣荣说的联盟的人吗?"麦麦歪歪脑袋,懵懂地问。

石庭:"这大嘴巴。"

石景制止了妹妹继续言语中伤奶牛猫的行为,从口袋掏出个小本子,递过去:"对,聪明。这是我的证件,你看看。"

这证件的制式正规,深蓝色封皮,正中心是个联盟的图标。翻开里头有一张狸花猫的全身照,姓名、性别、出生年月,旁边还压了个钢印。就是封皮上烫金的和公章上出现的那个名字感觉不怎么靠谱,叫"小猫人联盟"。

麦麦不知道怎么鉴别真伪,拿鼻子闻了闻。

"我们是通过闻气味发现你是小猫人的。"石景接着问了和荣荣一样的问题,"所以你变成过人了吗?"

"变过了。"麦麦答。

石景思索道:"所以,你不是走丢的,是故意跑出来的,对吗?"

麦麦犹豫地"喵"了一声,表示肯定。

石景很谨慎,自从知道麦麦是小猫人之后,尽管搜索难度升级,她和石庭还是摸索着顺利找到了这里,只是还没告诉程凛。

因为她们顾虑麦麦选择出逃是因为受到了主人的虐待——不过听说麦麦自己昨晚已经偷偷回去了一趟,且在得知程凛找它后表现得非常激动,这让她们的戒备心减少了几分。

"你放心,现在你原本的饲养员暂时还不知道我们找到你了。"石景说,"所以如果你在被饲养期间遇到了什么不愉快,不愿意再见到他,联盟会保护你的。"

"你也不用担心离开他生活得不到保障,我们会帮你解决身份问题。如果你想以猫的身份生活,我们会像对那只奶牛猫王德荣一样,给你找个安置点。如果你想以人的身份生活,我们也有很多对口的工作岗位。"她继续道。

石庭点点头表示认可:"对。你总不会平白无故跑出来吧,受什么委屈了?"

麦麦的表情一瞬间有些落寞。它问:"程凛为什么要找我呀?他都有其他的猫了。"

程凛接到石景电话时在厨房。他已经在灶台中间摆好一碗水和一把剪刀,周围放了麦麦最喜欢的毛毯和玩具熊,现在正在做最外围的布置——摆放给灶台猫神的供品。

尽管石景说了不能跟着,但没说他不能自己出去找。程凛一宿没睡,凌晨4点半又攥着个手电筒在小区里把所有流浪猫骚扰了一遍,没有收获。

——毕竟猫不是走丢的。

猫伤心了，自己选择离家出走，远走高飞。是猫不要他了。

现在走投无路的程凛只能寄希望于一些超自然力量将麦麦感化，呼唤回来。

"喂，你好，猫找到了。"石景说，"我……"

手里的供品猫条滚落到地上。程凛顾不上风度，急迫地打断了问："在哪儿？我现在马上过去。"

对面却说："你别太激动，我们还有些话想问麦麦，不过你也可以来听听。"

蒋莉莉给这支队伍留了个角落的位置，侧边是一大扇窗。周围没人，更没猫愿意接近，只有荣荣毫无心事地在旁边晃荡个不停。

麦麦因体积太小，被安排站在桌上。

石景打开手机上的App，说："麦麦，我先在联盟的系统里登记一下你的信息，给你办张会员证。"

"小弟，不要紧张！办证就是简单的信息录入，你实话实说即可。"荣荣把前爪搭在桌沿，整只猫立起来嘱咐，"有这个证好处多多，凭会员编号在联盟的小程序商城买猫粮可以打八折。"

麦麦点头。石景问："姓名？"

荣荣："麦麦，'小麦'的'麦'。"

"性别？"

荣荣："显而易见嘛。男人，公猫，雄性。"

"年龄？"

"刚一岁多点，小孩呢。"荣荣又答。

"到底你是麦麦它是麦麦？"石庭嫌王德荣太聒噪，忍无可忍地点了个猫罐头，"外边儿吃去，别讲话。"

王德荣悉听尊便："好的，领导。"

就在它全心全意狼吞虎咽之际，程凛赶到了。

跨进房间，日思夜想的橘猫就背对着他蹲坐在小桌子上，圆

滚滚的后脑勺洒满了阳光。程凛鼻子一酸。但根据石景的指令，他只能强自按捺下内心强烈的波动，悄悄坐到麦麦背后的位置。

麦麦正挺直了背脊让石景拍会员照，丝毫不知人来了。等完成所有信息的录入，它"喵"了一声，意思是："接下来呢？"

"公事办完了。"石景将手机收起来，"现在，我们回到之前的问题。你既然从家里跑出来了……"

她问："和你确认一下，你还想再见到程凛吗？"

程凛的心猝不及防像被悬挂起来，没得到回复的每一秒都像拆成无限秒一样漫长。

麦麦趴下来，像认真思考了一下，过后轻轻说："想的。但是算了吧。"

"为什么算了呢？"

"荣荣说得对，我变成人可能吓到他了，也给他带去很多麻烦。"麦麦说，"而且我真的闻到他身上有别的猫的味道了，不止一只呢。"

"虽然想见他，但你觉得他有别的猫了，"石景重复道，"也不想给他添麻烦了，是吗？"

"嗯。"麦麦答。

程凛听不懂麦麦在"喵"些什么，只能不断从石景的只言片语中揣测。他的手无意识在膝盖上攥紧，心里反驳。

不是，是只有你一只猫。

他发现自己比想象中更难受，心脏骤缩，甚至又想要痛哭流涕。

一只猫的心事同样也很复杂，麦麦为了不给他添麻烦，宁愿选择不见面。

"那你昨天晚上为什么要回来看程凛呢？"石景笑笑，摸摸麦麦的脑袋，"你还是想见他的吧？"

麦麦有点尴尬，又开始擦脸，装作自己很忙碌的样子。

程凛再坐不住。这时，石景说："麦麦，你往后看看。"

猝不及防被提到，程凛狼狈地站起来。一夜没合眼，他整个人看上去乱糟糟的，双眼发红，胡子没刮，面色极差。他冲猫笑笑，底气不足地问："你还要我这个主人吗？"

麦麦愣了愣，但旋即"喵"了一声，扑进他怀里。

鉴于程凛已经见过麦麦由猫变人，在他签完保密协议后，石景简单介绍了自己和妹妹的身份，以及小猫人联盟的信息。

"好的，我该做什么？"程凛听得一愣一愣的，诚恳地询问道。

"麻烦你接下来带麦麦到小猫人联盟报到，我们会给它办理身份证明和户口。"石景站起身说，"另外，麦麦年纪太小了，在人形和猫形之间的变化还不太顺畅，我们之后会慢慢教它的。"

"好的，谢谢。"程凛一只手托着麦麦的屁股，另一只手箍着猫的身体，沉甸甸的感觉，失而复得的珍贵。

他真感激到想鞠躬，低头却发现一只奶牛猫正绕着他在闻气味。

程凛现在对一切其他猫靠近的行为都很敏感，势必要维护自己的清白。他一边迅速往后撤了两步，一边紧张地观察怀里猫的脸色。

麦麦"喵"了两嗓子，石景翻译道："麦麦在给你介绍，底下这只是荣荣，是它的朋友，这一晚上帮助它很多。顺便一提，是荣荣带着麦麦去找你的。"

"这么快就有朋友了。"程凛看脚下的猫，也不知道说什么，只能也感谢，"谢谢荣荣。"

趁程凛结账之际，麦麦挣脱了他的怀抱，与荣荣道别。

"你还小呢，前途无量，回去就好好过吧。他是个好人。"荣荣说，"你看他那憔悴样，明显也一晚上没睡，在找你呢。都是误会。"

麦麦:"知道了,荣荣。"

石景蹲下来给它们俩拍照,积累素材,下次发联盟内网的"我为大家办实事"专栏可以用。

荣荣又问起石美琳的近况,石景只能把自己妈妈发的旅行朋友圈给它看,顺便让它填写一份联盟最近正在收集的帮扶困难调查问卷。

麦麦感到很新奇,两只猫便挤在一起盯着手机屏幕看。

这时,石庭站到了程凛身边。两人近乎一般高,任凭谁也想不到她的原身是只神气英俊的缅因猫。

"小猫人的爱是很纯净的。"石庭面无表情开口,"你该好好珍惜。"

"只有很强烈的变人愿望,才会这么早变成人。"她说,"麦麦是真的想变成人好好陪你的,虽然你可能的确不需要。别再说让它伤心的话了,它会当真的。"

程凛看了眼不远处正在被石景搓脸的橘猫。

——世界上最可爱的、他最喜欢的小猫。

程凛承认自己有时候像个学校里最令人讨厌的男同学,明明很喜欢,嘴上却非要说惹麦麦生气的话,还希望因此引起对方的注意。偏偏麦麦也什么话都会认真放在心上。

"我知道。"程凛艰涩地说,"我需要的。是我不对,我会好好照顾它的。"

再待下去影响猫咖的生意,为表诚意,程凛走前专门结账了一箱猫罐头,指名道姓说给店里的奶牛猫吃。

所谓一猫得道,鸡犬升天。

王德荣凭轩涕泗流,激动地送他们到门口,"喵喵"直叫:"谢谢两位领导关心呵护我！谢谢程老板，你也太大气了，感恩的心！麦小弟，有空来找我聊聊天啊。再见、再见！"

再见、再见。

程凛火急火燎地骑了摩托车来，只来得及带个猫包。好在麦麦倒是不挑，也没表露出抗拒，程凛将包打开，它就听话地乖乖钻了进去。再等程凛背着包飞驰回家，麦麦已经蜷缩在里面睡着了。

程凛很小心地把麦麦抱出来，猫还是被影响到了，身体稍微动了动，但是因为闻到程凛的气味，所以又放松下来，脑袋抵着人的胳膊睡熟了。

程凛没有丝毫犹豫地将猫放到了自己床上，给盖好被子，随后，一宿没睡的他也洗了个澡，蹑手蹑脚爬上床，躺到猫身边，睡下了。

这一觉睡得昏天黑地，直接睡到傍晚。程凛睡醒睁眼，正平躺着回神，顺手往旁边摸了摸，却是空的。他一个激灵侧身坐起来，就看见麦麦正在床尾专心致志舔自己背上的毛。

听见动静，猫抬起头，发现人醒了正看自己，动作因此停滞在半空，接着没等程凛表示什么，就翻了个身蹦下床跑了。

这下猫又是猫了，只会"喵喵"叫。程凛不幸也没修过这门"外语"，两人沟通不畅。他不知道麦麦想表达什么，麦麦似乎也不想和他说话。

程凛明白，自己现在在麦麦心中的地位岌岌可危。

猫可是都听得懂的，不理他就是不想理。不想理就是没那么在乎了，感情冷淡了，心里没他了，再也不重视了，破镜难重圆了，到此结束了。

毕竟他是个不让猫一起睡觉的，回家身上有四只猫的味道的，看其他猫视频的，爱开玩笑而猫又偏偏信了的——

冷酷无情、见异思迁、招蜂引蝶的男人。

他需要一个机会与麦麦彻底解释清楚，消除误会。

"麦麦，你吃不吃饭？给你弄饭好不好？"程凛手忙脚乱地从柜子里拿出有些时日没用的食碗，撬开麦麦最爱吃的罐头，又将猫用饮水机打开，往里面"哐哐"倒纯净水。

麦麦站在旁边终于"喵"了一声，也不知道是觉得好还是不好。但是等程凛往饭里倒好鱼油、益生菌之类的营养品，把饭搅拌好给它，它就开始闷头吃东西了。

程凛在旁边看着，等麦麦吃完，给它擦好嘴，又讨好地想把电视机打开："你不是最、最喜欢看那个端木什么的总裁吗，我放给你看好不好？"

程凛紧紧地跟在猫屁股后面，猫却像在巡逻。麦麦看完客厅看主卧、次卧，最后走进厨房，很快跳上灶台，把自己的玩具熊叼下来。

麦麦想不通为什么自己的玩具熊和毛毯都在灶台上。灶台有火，莫非是想烧了不成？

竟然忘记了这件事。程凛如梦初醒、虎躯一震。

他在后面替猫提着小毛毯，仓皇地解释道："早上我想祭拜灶台猫神，希望你能回家，所以才把你喜欢的东西放在灶台上的。"

麦麦咬着玩具熊，走路一颠一颠的。它把东西叼回了客卧的床上，随后扭头盯着程凛。程凛会意，赶紧把小毛毯也还给它。

做完这些事，麦麦又困了。毕竟昨天晚上没睡多久，尽管下午那觉补得算长，但小猫的觉本来就更多——事实上，现在没了旁人，一人一猫单独相处，它也不知道怎么面对程凛比较好。

对方看猫视频、身上有猫味道已经是既定事实，而它自己主动跑出去又被找回来，也不安和尴尬。好在如今终于变回了猫。

麦麦很庆幸，程凛应该还是比较喜欢它这个样子的，因此，它不敢再像之前那样试图有些许的逾矩，只准备老老实实睡在客卧里。

麦麦开始整理自己的床铺。不像人能用手，它只能费劲地用嘴把小毛毯叼开，在床上窜来窜去地捋捋平，试图整理成自己比较满意的样子。

然而没等程凛有所动作，麦麦又下了床。不多时，它从卫生间拖出件干衣篮里的男性衬衫。

"哎。这衣服是脏的。"程凛追在后面，试图把自己的脏衣服拿回来，"麦麦、麦麦……"

麦麦置若罔闻，叼着衣服飞快地跑在前面，但衣服太大又太长，它不慎被绊了一跤，整只猫滑倒在了衬衫上。

程凛终于得到机会，把衬衫夺走了。

猫一下子愣住了，圆圆的眼睛愣怔地看着他，"喵"了一声，好像很失望伤心。

程凛都结巴了："不是、不是不给你啊，这衣服在外面穿过了，太脏了。"

猫并没有采纳他的解释，背过身跃上床，不理他了。

程凛感觉自己整个人都处在心急如焚的状态中。他从衣橱里把干净衣服都搬过去，站在床沿看猫，鼓起勇气示弱道："麦麦，我能过来陪你吗？"

猫没有回头，但耳朵尖动了动。

程凛再接再厉，殷勤地说："我给你铺床吧，你现在也不方便，是吧？而且这床还挺、挺宽敞的，多个我也不占地方吧？"

猫扭过身看他，又歪了歪脑袋，像在问：为什么？

程凛自然不会提自己偷看了麦麦的手机，还为此落泪的事情。他只难堪地说："没你我睡不好觉……"

这么一说，不让程凛陪着就是麦麦的不对了，会很残忍。猫

没犹豫太久，叼起被子一角努力往后退了退，空出了一个身位，然后抬起头对着人"喵"了一声。

意思是，请吧。

因为麦麦表示了同意，程凛很快坐上床。他先仔仔细细检查了猫流浪在外的这"一个世纪"里有没有受伤，从脸摸到脚，再翻过来要看肚皮。

猫没开口讲话，但程凛通过对方的举止还是体会到，麦麦有点不情不愿的。

"你是不是瘦了？"程凛说，"我称一下。"

他去拿了体重秤，先自己站在上面，小小的显示屏开始出现数字，几秒后结束浮动，显示最终结果，还有体脂率、骨骼率等一连串数据。

麦麦蹲在旁边，一本正经地凑着脑袋看那个对它来说很庞大的数字。

程凛下秤将它抱起来："来。"重新站上去，数字比刚才多了些，但仅是个位数的浮动。

"轻了一斤。瘦这么多，不应该啊。"程凛端着猫，说，"吃得不好？是外卖还是我烧的饭不好吃？"

麦麦"喵"了一声，也不知道究竟说的什么。

程凛看着怀里近在咫尺的猫，没说话。虽然猫只是跑出去了一天，但因为之前的麦麦都是人形，他算是好久都没见到过了。

麦麦很乖地被他抱着，毛发像金色的小麦田，大眼睛，粉鼻头，香喷喷的。

程凛回忆金梨知道他能随便抱猫后大呼羡慕，因为她家里的猫都不怎么愿意被人抱，也不喜欢被亲被吸，偶尔还要咬人。他想金梨家的猫肯定不是神奇的小猫人。

想至此，他搓搓麦麦的脑袋，再捏猫爪子。柔软的猫咪肉垫开出花，露出最上面尖利的部分。程凛说："好久没剪了，给你剪个指甲好不好？"

麦麦"喵"了一声，程凛就去拿了指甲刀，盘腿坐在床上，冲麦麦拍拍自己的大腿："来。"

麦麦踩着一床的衣服，些许犹豫，最后还是走到了主人怀里，被程凛从后面环抱着。

每次剪指甲麦麦都很紧张，这次还是不能例外。

指甲刀声音冷冽，一下一下，猫将脑袋抵在程凛的胳膊上，不愿意看。程凛还是哄那两句："马上好，真乖。"

刚剪完，麦麦立刻挣脱了程凛的桎梏。它很后悔允许对方和它一起睡觉，原来是有阴谋蕴含其中的。

程凛收拾好，认为到了可以谈谈的时机。他拿出自己的手机，将前面金梨发给自己的图片点开，拍拍猫："那天我身上有猫的味道，是因为碰了公司的四只流浪猫。我的同事们怕它们冻死在外面，让它们住在了我们的办公室里面，现在节日过完了，要让它们重新搬出去。"

他极为狡猾地率先站上道德高地："流浪猫很可怜的，没人养，这么冷的冬天没地方住，只能让它们在办公室里过渡过渡。对吧？"

麦麦不确定程凛是否在暗示什么，于是很着急地叫了两声。

"你别着急，仔细闻闻。"程凛重新伸手给猫，怀抱也敞开，"没有别的猫的味道了。"

麦麦严肃地盯着他看，犹豫片刻，它踩到程凛腿上，极为认真地闻起来。

饶是身正不怕影子歪，这临检的当口，程凛依旧紧张得心率过速。他干巴巴说："现在能确定了吧？"

麦麦闻完又抬头看他，"喵"了声长的又接声短的，莫尔斯电码一样，显然在说长难句。

程凛没法听懂，但知道肯定还是围绕他作风不良这件事。这让他情不自禁又怀念麦麦能字正腔圆讲话的时候了。

他搓了把猫的圆脑袋，说："笨猫。"

还有没解释的。"看猫视频是因为我的朋友们出去旅行了，他们拍的视频里有。"程凛又翻出来那视频，一面还想解释他那第二次看其他猫的原因，却噎住了。

这怎么说？说是觉得猫不在乎自己了故意试探？

这太奇怪，而且显得羞耻。所以程凛直接跳过了说出结论："你生气了揍我都行，自己一只猫跑出去干什么？"

他把自己脸凑过去："打两下。"

程凛一动不动等待着。十几秒后，麦麦果真抬起自己的前爪，轻轻搭在了他的左脸颊上。

随后麦麦凑过去，用湿漉漉的鼻尖碰了一下他的脸颊。

程凛猛地直起腰，不知为何没敢再看猫。脸被碰过的地方像在烧，一瞬间烈烈地灼烧到耳根。大约是羞愧吧。

这下麦麦终于厘清事情原委，重新和程凛恢复了亲近，心里很高兴。

这只善良慷慨的、不计前嫌的橘猫站在衣服堆里，呼吸声像发动机声，还在吭哧吭哧地踩奶。

程凛把灯关了，语气僵硬地说"睡觉"，麦麦试探对方没有拒绝后，很快像以前那样挨着主人，然后示意程凛再摸摸它。

七个工作日后，麦麦的会员证到了。程凛负责收的快递，还向快递员缴纳了十五元工本费。

和石景出示的蓝色工作证略有不同，这证件是暗红色的封皮，但烫金标志和联盟名称倒是一样的，正是"小猫人联盟"。

翻开里面，麦麦在猫咖拍的照片赫然在目，照片下方标注了姓名、性别和出生年月日。麦麦选取了自己被捡到的那天作为生日。

这照片真是可爱到极点。

程凛拿了手机在那里偷偷摸摸拍照，底下的橘猫非常激动想看，直咬他的裤腿。他只能弯下腰，把东西物归原主。

除却麦麦的证件，程凛的临时通行证也在里面，倒没那么复杂，只有一张纸，还把他的车牌号也写上去了，可以享受免费停车。

有了会员证，按照石景的嘱咐安排，麦麦接下来就可以去联盟报到了。

又是一个休息日，为提供比较好的驾乘体验，程凛破天荒从车库开出了自己尘封已久的四轮车，载着麦麦前往石景给的地址。

联盟坐落在郊区，前往途中路过大片农田，麦麦一直新奇地看窗外，只留后脑勺给程凛。

天还冷，程凛极为多余地给它穿了件衣服御寒。一想到麦麦可以变回人，他总隐隐心潮澎湃、十分期待。不过他本人是不会承认的。

在自由停车场停好车，程凛单肩背上包，再将猫抱好，随后扭头向小巷子深处走去。走向目的地的路上，他感到瞬间的茫然和沧桑。

作为一个坚定的唯物主义者，一个货真价实的人，在如此短暂的时间内，他艰难地接受了自己家的猫会变成人，且这世界上不止一只猫可以变成人，它们还有比较正规的联盟等事实。

好在麦麦还是麦麦，他还是麦麦的主人，就有饲养的义务——虽然可能一会儿麦麦就又要变回"丘比特"了。

只是体积大的总比体积小的好，会说话的总比不会说的有趣。

第一句话会说什么？他想，大概率得是脆生生的"程凛"。

此地绿树成荫，有大隐隐于市之感。绕过两棵巨大的槐树，

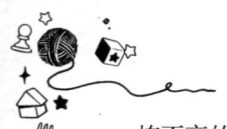

一栋不高的楼出现在眼前。

程凛端着麦麦,先向外头的安保人员出示自己的临时通行证,随后刷麦麦的会员证通过大门口的闸机,再过一道安检,终于顺利进入办事大厅。

大厅分区划块,左边设立了休息区,墙壁上有个大到落地的LED屏幕,旁边摆了台自动售卖猫条机,还有几个便猫服务自助终端机;右边则是三个猫工服务窗口,有一个小猫人坐着在办理业务。

程凛给石景打完电话开始等待。这间隙,他望向旁边那块LED大屏。

屏幕上不停有新闻滚动,什么上周五成功举办第十六届小猫人劳动技能大赛,接下来又是防范诈骗的公益片,说是对任何无理由的好要保持高度警觉,天上不会掉免费的猫罐头。

看着看着看到什么办实事专栏,只见荣荣和麦麦两只猫端坐在一起的照片赫然出现在屏幕上,旁边写着"做好事、做实事、树新风"。

程凛沉默了一瞬,身后有人的声音:"来了。"

石景看了眼程凛怀里的猫:"哟,都不下地走路,还穿个衣服呢。小包袱里面装的什么?"

"给它带了个手机。"程凛解释着,跟石景进入电梯,问,"麦麦今天学习完,就可以变成人了?"

"不保证一次成功,但麦麦很聪明的,可能性很大。"石景说。

程凛就又问:"那它会从人再变回猫吗?"

石景说:"今天建议不要了,后面办各类证件都得要麦麦以人形出面的,不方便。"

"几个科室都在楼上。我妹妹外出了,今天不在这里。"出了电梯,走过长廊,石景逐一介绍,"这教室是考场。"

接下来是个有许多猫爬架和几个巨大跑轮的房间。她继续介绍:"这是健身房。"

终于走到训练室,程凛恋恋不舍地将猫交给石景,再递过去他肩上那个双肩包:"里面是给麦麦准备的衣服。"

石景接过说:"舍不得什么呢,又不是不还你。"她好心地把自己脖子上的卡递给这个操心的人,"你去楼下休息区待着吧,刷我的卡能喝免费咖啡。"

关上门,石景把麦麦放到地上,橘猫"喵"了一声,说:"石景姐,我不想变成人了。"

石景盘腿坐下,以缩小他们的高度差。她问:"为什么呢?"

"程凛喜欢我是猫的样子。"麦麦回答。

"是吗?"

"嗯,如果是我之前的人形,程凛不会像现在这样愿意亲近我的。"麦麦说。这才是它比较喜欢的,和程凛的相处模式。

"你的饲养员看上去是一个挺酷的小年轻,私底下怎么这么……"石景听得脸都木了,"怪不得你这么小就急着变人。"

"可是你也不能为了他而活呀。"她忧虑地说,"好不容易变成人,不做点自己想做的事情吗?"

"没有程凛把我从草丛里面捡出来,我也活不下来的。"麦麦答,"我希望他能一直喜欢我。"

"我想程凛对做人的你没有那么……好,不是因为不喜欢你,而是因为在人类社会的规则中,人与人的相处很少会像一人一猫那么亲近。"石景解释,"可能……只会存在于家人的关系中。"

"我小时候也和我妈非常腻歪。"她补充。

"只能家人才能这样吗?"麦麦思考完,问,"就像电视剧里那些男女主角一样吗?"

"家人当然也不仅仅是夫妻。"石景说,"不过我只是在解释为

什么程凛会疏远你,你能明白就好。"

麦麦说:"家人是人类最重要的人吗?"

"这……近乎是最重要的了吧。"石景为难道,"别说人类了,妈妈和妹妹对我来说,也是最重要的小猫人啊。"

麦麦听完开始分析。既然自己是只猫,虽然侥幸成人,程凛却也因此疏远了它,那他们的关系就应该不属于家人这个范畴了吧。

毫不知情的程凛坐在休息区,咖啡喝到第三杯,终于有点坐不住。怎么还没好?

因为点单频繁,咖啡师面色阴郁,看他表情不友善,程凛疑神疑鬼,觉得对方也是只猫。

程凛刚想打个电话上去,恰好看到不远处电梯门打开,两个人从里面走出来。他蹿起来迎接,心中紧张,下意识向后捋了把自己的头发。

石景带着人走近,语气很是骄傲:"我就说可以吧!麦麦很聪明的。"如今熟悉了,因为喜欢麦麦,她连带着对程凛的态度也好了很多。

麦麦这一路都没看人,走到跟前才抬起头,喊:"程凛。"脆生生的。

还真给他猜对了第一句话。程凛没忍住笑了笑,等笑完,他看着麦麦,又不自然地摸摸鼻子,问:"就可以了?"

石景点头:"是的,当然,办理证件还需要确认些信息……"麦麦向后望了眼,她改口道,"我都和麦麦说过了。其他没什么,有事情再联系。"

说完再见,石景上楼后,程凛示意麦麦把双肩包给他。

麦麦却拒绝了,自己背上说:"我自己可以。"

程凛一想也是,既然变回人形,这些事本就无须他再代劳。他只能让麦麦跟着自己:"好,走、走吧,回去了。"

明明早上还不舍得猫下地走路，全程都得抱着，猫爪子还要搭在程凛肩膀上，而现在麦麦只亦步亦趋跟在程凛身后，到了车前，还是坐副驾驶位。

程凛上车入座，头件事是扭身去够副驾驶的安全带。麦麦赶紧抱着包往后靠，似乎在避免肢体接触。

程凛见他避嫌的姿态，把碍事的双肩包扒拉开，多余解释一句："给你系安全带。以后你坐任何车都要系好这个，知道吗？"

麦麦说："知道了。"

开出去几里地，程凛渐渐摆脱别扭感。他放了首歌，自娱自乐跟着哼，后知后觉意识到副驾驶位的人未免太安静了。

"能说人话了，怎么不说了？"程凛问，"前几天喵来喵去的，问你干什么又装听不到。"说完，他又很没素质地模仿麦麦的语气"喵"了两声。

麦麦听完一愣，看向他："你听懂了吗？"

没听懂。这下轮到程凛犯愣："是什么含义？饿了？无聊？"

他刚模仿的两句"喵"，恰好是喜欢的意思。因为程凛没听懂，麦麦又不好意思了，尴尬地说："嗯……对，就是觉得无聊。"

程凛不疑有他，开始思考接下来带他去哪里玩。麦麦又说："明天我想去找荣荣。"

"好。"程凛认可了他出门报备的行为，"我和你一起去。"

麦麦紧张地把膝盖上双肩包的肩带握紧了："我要自己去。"

猫不带自己了。程凛惊讶："你们要干什么不能我去？"

"我们要聊天呢。"麦麦说。

"你们聊你们的啊。"程凛感到莫名其妙，"有什么我不能听的？"

的确有。"不行啊。"麦麦说，"就是不太方便的。"

麦麦有些焦躁不安，反应过来自己语气有点不好，解释道："我可以自己去的。"

程凛很想用自己有分离焦虑之类的借口坚持己见，但小猫人也很执着，这让程凛心有顾虑，尽管他们极为不易地重修旧好了，麦麦这段时间又很黏他，但他仍旧处在讨好麦麦的阶段，最好还是不要违逆了麦麦的意愿。

想至此他又心中沧桑——原本他担心两人关系不太平等，麦麦太依赖自己，现在看麦麦加入那什么联盟后，没他应该也能活得不错，而且似乎还嫌他多余了。

回到家，两人吃顿便饭，麦麦洗完澡坐到沙发上看电视。程凛后洗完，擦着头发过去，把小毛毯扔到麦麦身上："你重新变成人很紧张吗？"

麦麦"啊"了一声，接下毯子。程凛刚坐下，他就往边上再让了点。

"我是蟑螂吗！"程凛激动侧身，"怎么见我就躲？"

他继续追问："你今天的话也比猫叫还少。石景和你说什么了？"

他们之间的关系又疏远起来。麦麦变成人后不再到处跟着他，也不再冲他撒娇，举止再无亲昵。至于为什么会这样，程凛毫无自知之明，好像把自己以前的所作所为全忘掉了。

"你不喜欢那样嘛。"在沙发的另一头，麦麦抱着毯子，过了会儿说，"你之前强调要保持距离的。"

程凛扭头看他，磕巴了一下，装傻说："我怎么不记得了。"

麦麦说："说了好多次呢，还把我推开了。"

心里某一处冷不丁像被轻轻扭了一记，程凛道："我不是那个意思……"

"我还不会在猫和人中间切换。石景姐说现在还有很多流程要走，让我这段时间先保持人的形态。"麦麦承诺，"等我会切换了，就变回猫陪你。"

让一个习惯嘴硬的人道歉，是件很困难的事情。

程凛说："你喜欢怎么样都可以。之前是我……"

"是我不对。"他深吸口气，艰难道，"不是不喜欢你的意思。"

"我知道，不是讨厌我。"麦麦宽容大度地说，"是因为我们两个不是很熟。"

一句话让程凛重新陷入沉默，因为麦麦没有说错，这的确是他最初的想法。无论麦麦的性格和做猫时候多像，对他来说，都更像家里多出了个陌生男人。

在麦麦依旧喜欢他的同时，他轻易选择了抗拒和疏离，所以麦麦也感受到了，要偷偷在智能手机上问个不停。

"我们现在还不熟悉吗？你想干什么都行，只要你开心。"程凛说，"我认真的。我保证。你愿意再相信我一次吗？"

"那我可以坐在你旁边看电视吗？像之前那样。"麦麦问。

程凛没回答，但是主动坐到了麦麦身边。

小猫人高兴起来，把自己的小毛毯展开，分过去一半："给。不要着凉了。"

程凛坐在他旁边，一同观赏那剧情惊心动魄又极为无聊的电视剧。麦麦过了会儿问："我可以碰到你吗？"

再铁石心肠的人也不能拒绝。程凛无奈道："你把我衣服搓起球都行。"

于是麦麦挨着他继续安静地看电视，直到后者的电话响了。是袁佳明打来的电话，与工作相关，临时有个紧急问题要解决，十万火急。

程凛在电话里讲了半天，最后说："知道了，我等会儿上后台看。"

挂了电话，他一时坐在原地没动。麦麦却率先直起身子："你

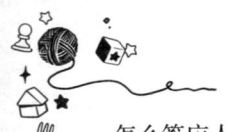

怎么答应人家却不去做呢？"

被一只猫教育了，程凛连忙称不是，把自己身上的毯子掀到他身上："我去忙一会儿，你继续看。"

谁知一坐下来就被缠住了。程凛关起门谈事情，结束战斗已经是两个小时后，过了平时喊麦麦睡觉的点。

他走到书房门口，想到昨天晚上麦麦还是只"全麦面包"，趴在他怀里睡的觉。

猫大概梦见自己在跑马拉松，结实蹬了他胸口一脚。程凛凌晨3点惊恐地眨开眼皮，以为是幻觉。

算了，猫喜欢怎么样就怎么样呗，又不会少一块肉。程凛从书房走出去，谁料客厅没有人，打开主卧，也没有。他察觉到什么，转身推开客卧的门。

里面灯还亮着。麦麦趴着，正用被子裹着脑袋聚精会神地看手机。

程凛走进去，站到床边，一时间也不知道说什么。即便有了承诺，麦麦或许还是顾虑面对可能的拒绝，于是干脆自己主动选择去客卧睡。就像它离家出走回来第一个晚上那样。

程凛问："拿我衣服了？"

"嗯。"麦麦小心翼翼答，"拿了三件，可以吗？"

程凛深呼吸，说："可以。"

他还是没走，麦麦惴惴然打量，过几秒自认为想明白了，把手机关掉，恋恋不舍递过去："记得给手机充电，之前有一次你忘记了。"

"知道了。"程凛说，"早点睡。"

收下手机，程凛还是没有离开。他坐到床沿，看已经摊平，闭上眼，渐渐睡熟的麦麦。

麦麦很瘦，变成人也的确不怎么占地方。他说床睡不下是污蔑之词。

被子、衣服也有他这样的普通人闻不到，但可以让小猫人安心的气味吗？

程凛向后捋麦麦的刘海，让他露出额头，心跟着松软。

第二天，程凛的生物钟很准时，早晨率先睁开眼睛。

睡在客卧的麦麦还没起床，程凛进屋看，就见小猫人侧躺着，额前的碎发半遮住了眼睛。

麦麦依旧睡得很沉，显得无忧无虑。

明明以往猫要是没醒，程凛不仅要蹑手蹑脚减小动静，还得把被子给人家盖好。现在他却多看了两秒，掏出手机拍了张照，接着把人摇醒："很晚了。你不是要去见你的好朋友荣荣吗？"不知为何显得阴阳怪气的。

麦麦睡眼惺忪，意识模糊，没意识到自己现在是人。他看到程凛的手撑在旁边，就下意识将脸拱过去，希望程凛摸摸他。

程凛下意识抽回自己的手，回过神，拨了拨麦麦的头发："太长了，影响视力。什么时候带你去理发店。"随后他就去洗漱了。

麦麦因此清醒了些，想起自己现在不是猫。他坐起来，一声不吭拿手弄了弄自己的刘海。

两小时后，程凛开车，进楼，上电梯，把猫一路护送到猫咖门前。

两人一同注视着发光的店招牌"猫空间·下午茶"。麦麦率先扭头："拜拜，等会儿见。"他还挥了挥手，赶人的意思不能更明显。

人没能成功进入猫的社交圈，只争取到个接送权。

程凛内心叹口气，他为此今天还没去上班。"快结束了打我电话，来接你。"可能是觉得他带不出手吧。

送走程凛，麦麦敲门，报手机号："你好，我有预约，手机号是……"

蒋莉莉不在,开门的是男老板林勉,凭借麦麦出众的外表,他立刻想起对方有疑似借找工作之名丢弃橘猫的前科,对麦麦印象很差。

尽管让客人进屋了,林勉还是有点嫌弃地问:"你上次说的那只橘猫呢?你没丢掉吧?"

麦麦认真回答他:"没有丢掉,主人养得很好的。"

手消毒、换拖鞋,麦麦走进房间,开始寻找自己差辈的朋友。路过一众品种猫,只见贫民出身、血统普通但是关系户的荣荣正摊在最里间的猫窝里看电视。

墙壁另一侧还贴着几只猫咪的花名。奶牛猫的黑脸下赫然写的是"煤炭"。

工作日,没其他客人。荣荣察觉有人进屋,多看了两眼,但距离太远,没认出来。它分析既然是个小年轻,应该是不会买猫罐头的穷光蛋,遂扭回头继续摊着。

麦麦喊:"荣大哥。"

都被这么叫了,荣荣便不能置身事外了。它一个激灵翻身起来,跑过来闻麦麦,一秒后翘起尾巴,说:"麦小弟!"

麦麦高兴道:"是我!"

"你这孩子,你这、你这……"荣荣打量他良久,说,"还真挺神气的,跟电视上的混血儿似的。"

麦麦知道混血儿的意思,否认说:"我是本地田园猫。"

"哎呀,夸你长相出众呢。"荣荣理所当然道,"一段时间不见,你怎么又变成人了?"

话音刚落,林勉从外间走进来,端上套餐中包含的蛋糕和果汁。他看了一眼仰躺在桌上,柔情似水的奶牛猫,诧异道:"煤炭这么喜欢你?"

"我演戏呢。"荣荣"喵"了一声,解释道,"煤炭就是我,这是我代号。"

"他平常不会这样吗?"麦麦问。他倒是经常对着程凛这样。

"嗯。"林勉点头,"不会这么亲近人,除非有罐头。"

"我很尊敬它的。"麦麦说,"我从它身上学到很多。"

林勉不知道一只势利的奶牛猫有什么值得人学习的,放下东西就出去了。

荣荣重新蹲坐起来,恢复正常:"你这么认可我,我很感动。今天是来找我聊天的?"

"正要和你说呢。我去联盟报到过了。"麦麦坐在小矮桌前,从自己背着的双肩包里掏出个文件夹,还有本红色的会员证,"这是我的会员证,请您过目。"

荣荣坐在桌子上,一边临时抱佛脚洗脸,一边认可道:"不错。喏,角落那个就是会员编码。"

麦麦再从那文件夹抽出几份表格,形式像个人信息表,荣荣见了肯定道:"对!就是填这个表,填完就会给你办户口和身份证明了。"

表格上一些确凿的信息已经录入,包括麦麦的性别、年龄等等。在社会关系一栏,只有程凛,与填表人的关系这一格,写的是"饲主"。

"荣荣,你今年几岁?"麦麦十分疑惑,"为什么表格上我已经十八岁了?程凛刚替我过一岁生日的。"

"小弟,年龄是一个中年男人的秘密。"王德荣说,"我只能告诉你,这店里除了林勉手上那块古稀牌的机械表,没比我年纪更大的了。"

"对不起,不该问你的秘密。"麦麦道歉。

"那倒也没什么,不必道歉。"荣荣大度道,"身份证明写十八

岁,因为小猫人的生长周期就是这样的,和普通猫一样,一年左右的成熟期,类似人类的成年。所以写在身份证明上就干脆对标十八岁。"

它娓娓道来:"接下来我们就和普通人一样,一年长一岁。不过小猫人都比较傻,没有心事,所以很长寿的。"

——比如根据身份证来算,已经五十三岁的王德荣。

这只奶牛猫好吃懒做,不思进取,常年位列小猫人联盟重点帮扶对象名单。不过因为爱看正能量电视剧,与人类的市侩、社会的黑暗无缘,荣荣过得知足常乐,讲话倒没什么浓厚的年龄感。

麦麦说:"那我和程凛差好多岁啊,他都二十六岁了。"

"也没差多少啊。你们都是小年轻,我可是都能当你爹了。"奶牛猫不以为然,"这些小猫人的生理常识,石科长怎么都不和你说呢?服务不到位。"

"当时表格上有些字我不认识,就没有提问,我回家拿手机查的。"麦麦老实地回答。

"原来是吃了没文化的亏。联盟有义务教育的,你去补补课吧。"荣荣说,"既然如此,表格里面其他的,你准备怎么填?我给你把把关。"

这便是麦麦烦恼的主要地方。

"石景姐说让我想想自己大名叫什么,我不能就叫麦麦吗?"麦麦苦恼道,"她说我可以跟着程凛姓,上他们家的户口,这样流程比较简单,否则我就是孤儿了。"

"程姓倒是不错。"荣荣替麦麦展望未来,"但是你的'麦'字,一般人取名可不用这个啊。"

"那我该叫什么呢?"麦麦问。

"那时候,和我对接的是石景、石庭的妈石美琳,她嘱咐我大名得取个浓墨重彩一点的,所以我跟奶奶姓的王,保留了'荣'字,再加了个'德'字。"

"王、德、荣。"荣荣一字一顿,"寓意很好,品德高尚,和我本猫可以说是很符合的。"

"是的。"麦麦点头认可。

"你要不按照这个思路取一个?"王德荣略一沉吟,"程德兴,怎么样?品德高尚、兴高采烈。"

奶牛猫很满意。主要它的知识水平也有限,别的成语真不认识太多了。

程德兴。好陌生的音韵。

麦麦念了两次,问:"可是我已经习惯大家喊我'麦麦'了,我不能就叫程麦麦吗?"

荣荣已全力以赴、黔驴技穷,遂道:"大名嘛,还是要好好思考,回去你也问问你们家那位,他受的教育多,肯定能有主意。对了,正好时间差不多了,你能把电视频道换到三台吗?我等会儿有个电视剧想看。"

麦麦答"好",找来遥控器,说:"我也喜欢看三台。"

"是吧。"荣荣对此颇有共同语言,"我最爱看《泽少爷的狂霸爱恋》了,最近那端木泽正在'追妻火葬场'呢。秦温菀真是个有骨气的好姑娘,这种男人就该请他吃巴掌!"

趁电视剧还有半小时开播,麦麦又问:"你说程凛会同意我跟他姓,上他们家的户口吗?"

"你直接问他呗!"荣荣不以为然,"我觉得让他跟着你姓麦,他也会愿意的。"

经过漫长的广告后,苦情的音乐声起,电视剧终于开播了。

麦麦抱着荣荣一同观看,忽然开口说:"其实我本来不想再变成人了。"

"合情合理。"荣荣说,"那石科长怎么劝你的?"

"她说,她已经好多年没有变成过猫了。"麦麦答。

"嗯,其实大部分登记在册的小猫人都这样,以人类身份生活、工作。"荣荣说,"不然我怎么会让石美琳头疼多年,直到她不干了,也没能解决掉我这个老大难问题。"

"上次劝你做猫,是我不对。"它接着问,"不过,你怎么想的呢?"

"唉,其实我觉得当人挺好的。上次我还扛着程凛从家门口到卧室呢。"麦麦说,"石景姐也劝我,至少先把证件办了,这样以后万一程凛需要帮助,我作为有身份证明的人做事情也方便……但是等我会变猫了,我还是变回去吧。"

麦麦没再说下去,荣荣也知道他什么意思。

电视上的剧情终于发展到本集的高潮。只见倾盆大雨中,原本不可一世、衣冠楚楚的端木泽被淋得浑身湿透,像刚从水里出来的海獭。

他站在江边,举着个红盒子,单膝下跪对着秦温菀:"嫁给我吧,菀菀。"

秦温菀毫不犹豫地将戒指扔进了滔滔江水中,顺便给了端木泽一巴掌。

"打得好!"荣荣激动地抬起前爪,"这不得给他扇得眼冒金星、大吃一惊了?"

麦麦说:"荣荣,你说程凛会结婚有新的家人吗?"

"那大概率得有吧。他长得不错、有钱,性格也还行。端木泽那样的都能有,他有也不奇怪啊。"荣荣说,"他有对象了吗?"

因为一箱猫罐头,王德荣彻底被收买。在它眼中,程凛如天神降临。

"石景姐也这么说。"麦麦答,"可是他已经有我了啊。"

"你这话说的,你是他养的猫。"荣荣瞪大眼睛,"喵呜喵呜"声大得像在吵架,"这能一样吗?!"

"这样啊。"麦麦再坚强或天真,此刻言语中也难掩失落。

"没办法的嘛,人类都会有他们更重要、更亲密的人。"荣荣说,"我照顾奶奶时,她不认识我,脑子也糊涂了,总是错喊我她小儿子的名字。

"现在我有时候还觉得自己是奶奶养的小猫呢。其实再过十几二十年的,我就要和奶奶捡到我时一样大了。奶奶的两个儿子也都死了。大儿子心梗,小儿子肺癌。说到这个,你可别学那些小年轻抽烟,对身体不好。"

麦麦半晌没说话,良久方答:"这对我来说有点复杂。"

"跟着他,吃穿不愁就好了。"荣荣说,"往好了想,你也是个聘礼呢,你又这么可爱,他的家人肯定会喜欢你的。不过你若真的很想以人类的身份生活,到时候就搬出去吧,联盟会想办法替你安置的。"

要离开猫咖时,麦麦看到几只猫在吃饭,他想起什么,躲到角落偷偷喊荣荣过去:"你的罐头吃完了吗?"

"还有四个呢。"荣荣说,"我一天吃一个,最多星期天再多吃一个,很节制的。"

"那不多了,我再给你买一箱吧。"麦麦道。

"这不好吧。"荣荣虽然很想要,但作为一只大猫,原则上不能花小猫的钱,"不用了,别给我买!"

麦麦从包里掏出个信封,给荣荣看里面:"我有钱的,我给你买。"

荣荣凑过去朝里一看,顿时百感交集:"快点放好,别给人看见了……不是,你怎么有这么多钱?"

"之前程凛给我的零花钱。"麦麦说,"我也没有什么想买的东

西，我给你买罐头吃。"

荣荣挺想问问麦麦他主人那儿还招不招猫的，但最后只又嘱咐了几句。

"知足常乐啊。"荣荣说，"程凛也喜欢你的，虽然可能不能最喜欢你，但是这也没什么，能喜欢就好，程度不同又有什么关系呢？反正我们本来就是主人的猫，我们最喜欢主人，但主人不用最喜欢我们的。"

"知道了，荣荣。"麦麦认真道，"我也会知足常乐的。"

Chapter 4
家里的顶梁柱

尽管向荣荣承诺了自己会知足常乐,但麦麦还是忍不住思考程凛的婚姻大事,也烦恼自己的定居问题,一时情绪低落,没有说话。

高兴就话多,有心事就没话,这差别实在太明显。程凛一边开着车,一边谨慎分析。今天麦麦的低落总不能是他引起的,他可是本本分分只当个司机,并无越界,况且早上麦麦心情也不错。归根结底,肯定是因为那只奶牛猫。

被奶牛猫讨厌了,友谊到此为止了?程凛想至此又果断否认:那不能,麦麦没有被讨厌的理由。

心中百转千回,他终于试探问:"聊得怎么样?是不是荣荣说什么不中听的了?"

麦麦立刻反驳:"没有啊,荣荣很好的。"

程凛一听,心中酸溜溜的:"那是,谁能比你的好朋友好?"魅力无穷,能让麦麦念念不忘、恋恋不舍,要去猫咖找了一起说悄悄话。

他越想越不对劲,虽然石景和石庭都没提过荣荣的身份,只说它是麦麦的朋友,但一只普通的猫会那么聪明吗?还能带着麦麦半夜回小区找他。

对了。他忽然想到在 LED 大屏看到的荣麦合照——要是普通猫,犯得着一同合影吗!

"奶牛猫是不是也是小猫人？"程凛警惕地问。

没人好心向他透露过荣荣今年五十三岁，大名王德荣。他真不必想这么多有的没的。

"是的，荣荣也是小猫人呢。"麦麦回答，"它什么都知道，教了我很多道理。"

"教你什么了？"程凛不上台面地无故贬损道，"它说的话不要全部轻信，它可能看你好骗。"

麦麦不悦道："只有你骗过我。"

程凛没话说了，处于下风了，遂讨好地转移话题："饿不饿？带你吃饭，然后去剪头发好不好？"他仍旧记得猫说无聊的事情，把车开去商业区，吃完海鲜后光顾他常去的理发店。

发型的变动服从程凛的安排，只剪短，其余保持原样。麦麦头一回体验仰着洗头，洗完头入座后，风度翩翩的造型总监Vincent拿出细齿梳子，食指点住他头顶发旋："好，脑袋不要动。"

麦麦就乖乖不动了，两只眼睛圆滚滚地盯着镜子。不知为何还是像懵懂的小动物。

微卷的头发沾水变直，Vincent把麦麦的头发有条理地分区规整，刘海都往前梳，像整理小马驹的鬃毛。

天才都比较缺觉，麦麦没能坚持太久，剪着剪着睡着了。再睁开眼，已经剪完了。

Vincent挤了点精油，往他理好的毛发上搓："弟弟，这个发型很适合你。程先生是你的哥哥吗？让他去看看吧。"

麦麦没有刻意否认Vincent的话，只是向程凛走去，期待地问："怎么样？好看吗？"

这段时间，小猫人也开始有意无意关心起自己的外貌。见过了外头的世界，渐渐明白猫也分美丑。那些品种猫漂亮，三花猫也漂亮，他这样的田园猫，还是只橘猫就稍次些。至于自己究竟怎么样，只有荣荣说过"美呆了"，程凛从来没评价过。

程凛正在前台签字结账。他抬起头，和麦麦带着探究的、圆滚滚的眼睛对视，没说美不美之类的，只移开目光，问："不扎眼睛了吧？"

"不扎了。"麦麦回答。

"那就好。"程凛带着人走了。

抵达小区，将车停进车库后，两人准备上楼回家。路过绿化带，恰好听见猫叫声。"麦翻译官"下意识警惕地驻足聆听，解释道："是有猫在说饿！"

"拿东西喂点吧。"程凛说，"之前你不爱吃的那些猫条和罐头，都还在柜子里没扔。"

他给麦麦买的许多口粮是进口货，要订购只能批量购买。虽然橘猫也不怎么挑食都会吃，但喜恶同样明显，吃得慢就代表不喜欢。程凛会了意，就会将剩下的放到其他柜子里，久而久之，存货极为可观。

两个人急急忙忙上楼将吃的拿下来，还好野猫仍在原地，并没有走动。程凛先拆了根猫条递给麦麦，让他拿着与猫社交。

麦麦身为小猫人，常年被金屋藏娇，与普通的野猫并没有怎么打过交道。先前虽然去过几次猫咪咖啡厅，但同在的石景、石庭和荣荣气场老到，导致一般的猫不怎么愿意接近。

如今没了这层影响因素，麦麦倒是意外有亲和力，眼前的三花猫吃着，又引来一只狸花猫。

一根猫条见底，麦麦扭头问主人要："再给我一根吧。"

程凛借着地灯的光将猫条拆开递过去。那只狸花猫本没注意，等看清这个递猫条的是谁，立刻嚎叫起来。

没等程凛反应，旁边人已经雷霆回击。

"不许你这么骂我的主人!"麦麦对着狸花猫大声回应道。

猫毕竟不是小猫人,不能完全听懂麦麦的话,但情绪还是可以完全传达到的。狸花猫后退几步,又骂了一句,夜宵也没吃就飞快地遁入草丛,穿过另一栋楼房,往远处去了。

被这么维护,程凛心里暖暖的,但还是好奇地问:"怎么了?它说我什么?"

"它说你很烦,很讨厌。"麦麦义正词严地说,"真是一派胡言!"

程凛佯装自如,抿着嘴微笑,没有说话。想必是之前到处找猫,也将这只猫叨扰到了。事出有因,也不算诽谤,总之,对此他很抱歉。

他假装大度:"没事的,就让它说吧。"

"可是它为什么骂你呢?你们认识吗?"麦麦反应过来了,问,"难道你也养它吗?"

所谓一朝被蛇咬,十年怕井绳,尽管蛇是假的,小猫人的表情还是开始不对了。麦麦继续问:"你到底养了几只猫?"

"我没养!别误会!我就一只猫!"程凛真是无处申冤,十二分警戒,"这猫认识我,是因为你当时跑出去,我一直在找你,晚上影响到这些流浪猫休息了。"

这些日子,两人都心照不宣没再提过麦麦离家出走这件事,此时忽然讲到,麦麦有点不好意思,低头说:"哦,你找我呢。"

程凛淡淡道:"你放心吧,我在这里的风评已经很差了,没有猫愿意和我扯上关系。"

"我愿意。"麦麦以为程凛失落,蹲在地上,安抚道,"你放心,我以后会和它们说你是好人的。"

大概原身是猫的缘故,他的眼睛在黑暗中也亮。麦麦的五官圆钝,就像他做猫的品格,不具备任何攻击性。

程凛多看两眼,心发软,说:"给你拍张照吧?"

"好啊。"麦麦愣了愣，旋即高兴起来，"是因为我剪了头发吗？还是因为喂其他猫？"

程凛举起手机，麦麦立刻将手里没扔掉的猫条包装攥紧了，盯着摄像头一动不动，半晌憋出句："拍好了和我说。"

对方开的录像模式，没吱声。麦麦又等了几秒，确认道："你拍了吗？"

程凛方才感觉足够，终于把录像关掉，再顺滑地拍了几张照片，给麦麦证明："喏，看，拍好了。"

麦麦满意地欣赏了会儿，说："这是你第一次拍我人的样子呢。"

程凛："正好风景不错，所以拍两张。"

"好吧。"麦麦答，他还以为是今天自己形象好。不过拍了总比不拍好，可能程凛也会渐渐地，缓慢地，接受他的人类形态吧。

喂完猫回家，麦麦洗完澡坐在沙发上专心致志看电视，感觉自己后脑勺的头发被轻轻拽了拽，扭头问："怎么了？"

程凛也没什么事，就是找猫说说话，猫说话好玩。他撑着脑袋，说："你闻闻，你头发有股精油的味道。"

"是 Vincent 给我抹的。"麦麦的短头发蓬松地散在沙发靠垫上，看上去很柔软。

程凛"噗"了一声："你一本正经说洋文呢？"

麦麦原本是想睡前找机会说一说自己能不能上程凛家定居簿的事情，现在被一笑，计划打乱了。

程凛接着拿手捋他的头发，道："你说，你要是现在变成猫，猫毛会不会也变短了，也有这种香味？"

麦麦认为这又是程凛希望他变回猫的意思。他没说话，扭过身说："不知道。"

本该如此平安无事下去，但一早随着热烈突兀的鞭炮声响起，

程凛还是在睡梦中感到有什么东西如同导弹,猛烈地撞到了他的身上。

什么声音?禁止燃放烟花爆竹已经持续好多年,麦麦没见过这阵仗,一边发抖一边说:"哪里爆炸了!"

程凛被撞得胸口发疼,心跳也因惊吓骤然加速。他睡眼惺忪起来,说:"没爆炸,哪里在放鞭炮。"

身边的人还是不断传来细琐的颤抖。程凛遂下了床,顶着一头乱发,将两边窗帘拉开,顿时一室光明。

麦麦说:"声音更大了!"话音刚落,鞭炮声结束了。

卧室这扇窗正对着小区的林荫大道,只见楼下的院子里站满了人,吵吵嚷嚷的。草地上红纸纷飞,很轻易能分辨出主角是谁。

麦麦贴在程凛身边,不解又后怕地问:"他们在干什么?"

"嗯?这不是你最爱看的热闹吗?"程凛拍拍他,"人家在结婚呢,所以放鞭炮。"以往听见外头有人吵架,麦麦总要喊程凛抱着它在窗边往外看。

院子外,黑色轿车组成的婚车车队气派地停在路边,穿火红色秀禾服的新娘被人背出院子,脚不落地地坐上了其中车头花卉最丰盛的一辆。"囍"字连成一串。

还有个穿配套服饰的男士,显然是另一位主角。新郎的神情可谓喜不自禁,他在伴郎的簇拥中,极快速地从另一边上了主婚车。

麦麦静静看着,问:"你以后也会这样结婚吗?"

程凛刚睡醒,大脑一片空白,下意识接道:"那……说不定呢。"

"好吧。"麦麦看了眼这浩浩荡荡的接亲队伍,想象自己从中的位置。不是新郎新娘,他会是跟在旁边的人群中的一员,他要分清楚这些人都是什么角色。

他那时候不能是猫,会被别人挡住的。结婚是重大的事情,他要站在人群中看程凛像这样迎接美丽的新娘,迎接程凛未来最重要、最亲密的家人，然后目送婚车离开。

程凛全然不知对方的心思。他看着麦麦神情略带凝重的侧脸，心思游离出去。

他常常奇怪为何麦麦是一只橘猫却长不胖，明明胃口也不错，以为是还没到时候。但现在麦麦变成人也很瘦，衣服是家里统一的洗衣液的气味，香喷喷的，和麦麦猫毛的阳光味、大麦味不一样。

麦麦一直香喷喷的，程凛心里很喜欢，但贱骨头又犯了，嘴上说的是："你现在体积这么大，肯定很重吧。我的猫很轻的，很小一只。"

他问："你到底是不是麦麦？是不是石景带我的猫上楼，然后趁机调包过了？"

麦麦正因为楼下婚礼延伸出的思考伤感，没能顺利分辨这言语中的情感，以为程凛真的不相信他是麦麦。

"我的猫"，话里话外都不包含他，怀疑他。只有小猫麦麦，没有小猫人麦麦。

"都这么久了，你怎么还会不相信？"麦麦看着程凛，既难以置信又着急，"我就是麦麦啊！我不是都有会员证了吗？"说罢他推开程凛的肩膀，扭身要去找自己的个人证件作为证明。

"会员证又没你，只有猫的照片。"程凛不让他走，紧紧拉着他，看他的脸，"我怎么把我的猫和你联系起来？你肯定不是麦麦。"

麦麦想不出怎么解答这个问题。他难过又愤怒地说："可我就是麦麦啊。我就是你的猫啊。"

听到麦麦这个语气，程凛终于意识到自己玩笑又开大了。程凛骤然无措，赶紧补救道："我知道的，我知道你是麦麦，逗你呢。"

麦麦没说话。他没有再执着地要走，但也不再看程凛。

过了几秒，他忽然哭了。

麦麦哭了。

程凛大脑一片空白,内心震颤,再一次体验到事情超出控制的感觉。

"不是。"他手忙脚乱去拿纸巾,喃喃道,"怎么哭了?"

麦麦不说话,哭也没声音,只有两道水痕顺着脸颊流下来,显得又滑稽又可怜。

擦眼泪的手被躲掉,程凛都哆嗦了,困意烟消云散,不知道自己为什么非要说那话:"你不是麦麦,谁还能是麦麦?"

"你干吗老是逗我?"麦麦哭着说,"你就是不喜欢我是人,我明天就去找石景姐姐变回猫。"

"不是啊。"程凛结巴道。平常有意筑起的堤坝,在这一刻轰然倒塌。

麦麦纯净得像一面镜子,清晰地倒映出他的不堪。是他太清楚地感受到麦麦的亲近,所以有恃无恐。

至亲全都潇洒在海外,半年联系一次算多,朋友、同事也有交往规则,只有亲手捡到的麦麦是最亲密的。对着猫似乎能坦诚相见地喜欢,对着人反而不真诚,越在乎越不直率,越要矫饰和假装。

冷淡只是他为人的表象,而麦麦让他误以为自己对着猫是可以被包容的,是可以顽劣的。猫懵懂无知但爱主人,他比猫更幼稚。

麦麦的眼泪让他终于摸索到自己在口是心非背后的真实的内心。

喜欢麦麦给他发消息,喜欢麦麦看电视分毯子给他,喜欢麦麦看肥皂剧都很专注的表情,喜欢麦麦依赖他喜欢他。

喜欢麦麦。

他一边希望麦麦能按照猫自己的心愿正常社交,实际上却又时常警惕焦虑,麦麦正常社交他要无比关心,喜欢别人他抑郁,亲近别人他悲愤,明明小猫人毋庸置疑最喜欢他。

"你就是不喜欢我变成人。变成人你就不摸我了，也不陪我玩了。"麦麦憋了很久的心事终于说出口，"和我说话的语气也不一样。"

"谁说的？"情急之下，程凛眼睛一闭说谎道，"我趁你睡着了经常摸你脑袋的。怎么没有陪你玩了，我们不是经常出去吗？看电影逛公园，这就是人类的玩耍啊！"

麦麦又信了，眼泪戛然而止。只是橘猫很单纯，很信任主人，基本的逻辑思维能力也都有，所以他噙着眼泪，眼神疑惑，继续问道："那你为什么不在我醒的时候做呢？"

程凛拉着麦麦的手心虚地紧了紧。"真的。"他拿纸巾给麦麦的脸卖力"抛光"，擦掉眼泪鼻水，随后手心搓了搓麦麦的脸颊，又捋顺他额前的刘海，"你做小猫的时候，我是不是也这样顺你的毛？是不是一样的？"

麦麦没说话，像在回味。

"我不喜欢你还能喜欢哪只猫？"程凛大脑飞速转动，"不过幸好你变成人了，不然我渴了谁给我倒水？我不得渴死？"

自从出去留学，独居习惯了，家务活对他来说也就没什么难的了。他一人兼顾两人的衣食起居，易如反掌。因此除了倒水，尽管麦麦很积极，程凛也没让他真正干过什么家务。

可惜多长了一张嘴。

"你喝醉了，我还把你扛到床上呢。"麦麦抽噎着补充。

"对啊。"程凛紧张地说，"幸好你变成了人，否则这个家早就垮了。"

麦麦眼圈泛红，神情像是在认真思考。

"对不起，我错了。"程凛声音很低，"虽然我信用已经破产了，但我保证以后不会说这种话了。"

麦麦过了一会儿说："我的户口和身份证明还没办呢，现在不

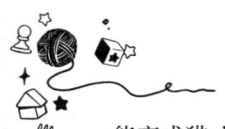

能变成猫。"说话还有鼻音,听起来很柔软。

"你喜欢当猫还是喜欢当人?喜欢当人,就先这样吧。"程凛不敢长时间看他的眼睛,"别变回去了,还能和我说说话。"

"你之后还要喝酒吗?"麦麦问。

程凛奇迹般听懂这欲说还休的话,说:"有可能。到时候还得麻烦你。"

"好吧。"麦麦说,"我还是先这样好了。那我可以跟你姓,上你家户口吗?"

"可以,我姓麦都行。"程凛说,"给你办户口,我作为户主是不是也该提供点什么资料?你告诉我,我好去准备。"

麦麦:"我领回来的表格还没填呢。"

程凛赶紧趁热打铁鼓励:"怎么不填?快填吧,争取早点都办下来。"

"我有些字不会写。"麦麦道。

"我会,我给你填。"程凛哄道,"填完给你检查,快拿来吧。"

程凛搬了个硬板凳在书桌前坐下,将台灯打开。麦麦拖着自己的双肩包进屋,一屁股坐在电脑椅上,像个学生仔闷头从里面掏东西。他把包里全部的文件都摆放到桌上,先看了眼其中最显眼的红色会员证,又看了眼程凛,责备的意思显而易见。

程凛低眉顺眼地把表格从文件夹拿出来:"你肯定是麦麦,我不一定是人。"

"这里要填我的大名。"麦麦脑袋凑过去,拿手指着说,"你觉得'程德兴'这个名字怎么样?"

"啊?"程凛愣了愣,噤若寒蝉,过了几秒鼓起勇气,"你说的是哪个'德'、哪个'兴'?"

麦麦皱皱眉回忆,答:"品德高尚、兴高采烈。"

为防止写错,程凛找了张白纸先在上面将名字写了一遍。

程、德、兴。

他盯着名字看了半晌，表情有点僵硬和凝重，干笑一声问："麦麦，你确定要叫这个名字吗？"

麦麦："荣荣说大名要取得浓墨重彩一点。"

"浓墨重彩就得这样吗？"又是荣荣，程凛大为不满，旋即意识到自己语气不太好，重新把嗓音掐细，"他怎么给你取这种名字呢？他自己叫什么？"

"王德荣。"麦麦答。

程凛不太确定这是不是小猫人的习俗，比如"德"字辈之类的，但他还是不想麦麦叫程德兴。

程家新成员的名字竟比程凛他爷爷的还德高望重，这实在令人无法接受。

程凛谨慎道："我们……再想几个备选方案怎么样？"

"其实我就想叫程麦麦的。"麦麦苦恼说，"这样可以吗？"

"可以啊！"程凛简直是如释重负，"当然可以啊！那我帮你写上去好吗？"

程凛当机立断替麦麦把表格都工整填好，麦麦说："谢谢。"然后他把自己的双肩包又慢吞吞拖出去了。

程凛等着，很久没等到麦麦回来。他找出去，客厅、厨房、卫生间都没有人，只有客卧有个鼓起的山包。

他轻轻坐到床边，拍了拍棉被，紧张地问："怎么了？"

麦麦在被子里，声音很闷地问："你以后会和什么样的人结婚？"

程凛真想大呼冤枉，但没资格，这是他咎由自取："我不会结婚的！"

麦麦掀开点被子，露出自己的脸："为什么？"

"因为没有人喜欢我。"程凛说，"我不会结婚的。"

"那也不一定啊。"麦麦说，"以后肯定也会有人喜欢你的。"

程凛按住他的肩:"你不相信吗?我发誓,写保证书给你!"

"你不结就不结吧。"麦麦背过身,"和我其实也没什么关系。"

程凛咬牙:"我要是不信守承诺,就给你买直升机。"

"我才不要直升机呢。"麦麦扭头看他,"我又不会开。"

"我还不想买呢!"程凛说,"这么贵,我不啃老可买不起,我现在都不知道我爸妈在哪片海域。"

麦麦看着他,又问:"那我会结婚,有其他家人吗?"楼下院子草地上的红纸一直无人清理,这场喜宴要从早欢腾到晚上。

"你想什么呢,你还这么小。"程凛顿时有种被回旋镖扇了一巴掌的感觉,"你、你先把文化水平提高一下吧。多学习、多读书,别想这些有的没的。"

"好吧。"麦麦忽然问,"你上次说买麦全基的,麦全基怎么一直没有来?"

那天程凛喝醉酒给麦麦打电话,只记得开头喊了声"麦",但给自己家猫打电话无论如何都在旁人眼里都奇怪,这才灵机一动改说成麦全基,挂了电话就忘了。

"什么麦全基?"程凛愣了愣,佯装自己想起来了,"哦麦全基!我现在就买。"

半小时后,麦麦终于吃到了麦全基的风味炸鱼堡,配套喝了一杯汽水,喝完打了个嗝。

猫打嗝。程凛在旁边没忍住笑了笑,麦麦敏感地说:"干吗笑我?"

程凛现在算是要痛改前非,他不自然地解释道:"因为你打嗝挺可爱的。"

不知不觉,主动权换了人掌握。麦麦面色稍缓,批准了程凛的微笑:"好吧。"

夜里睡觉,麦麦洗完澡,程凛给他吹完头发,将大灯关了,只开床头灯。

麦麦在被窝里伸展了一下,有不冷场的感觉,他说:"你可以以后不要逗我了吗?"

程凛把被子往上拽了拽,覆到麦麦的肩膀上:"可以。"半晌,他摸了摸麦麦的头发。

麦麦舒服地眯起眼睛,滑进被窝,说:"我睡觉了。"

"好。"程凛贴心地关掉灯,"晚安。"

次日,程凛再次携"家属"程麦麦驱车前往小猫人联盟根据地。

"停不下了。"保安师傅站在程凛按下玻璃的车窗前,一板一眼说,"往后开四百米有个空的地方可以停,你去那边吧。"里面显然还有几个空车位,大约是留给内部员工使用的。

麦麦先答:"好的。"随后他小心翼翼凑近,在程凛耳边轻轻说,"他是小猫人。"

程凛只得一边向后倒车,一边又说了句很市侩的话:"你什么时候争取在这儿当个领导,我们就有员工停车位了。"

麦麦问:"什么是领导?"

程凛也不知道怎么解释,干脆道:"就是可以管别人的,合影站最中间的。"

麦麦答应下来:"好,我会努力的。"

下车前,程凛叫住他:"等等,我看看你发型。"

知道今天要拍证件照,且身份证明要一份使用很久后,程麦麦非常重视,但也不知道怎么努力,程凛就在出门前给他抓了抓头发。

麦麦对着副驾驶位遮阳板的那块小镜子来回看自己的脑袋,问:"这样好看吗?"刚问完,他又想到之前,怕冷场,自问自答接了上去,"还可以的。"

程凛把他落下来的一撮头发弄上去,回答:"好看。"

车多人便也多,办事处的大厅挤满了小猫人,热热闹闹的。大家都以人形在排队,大部分都眼神单纯,只有几个稍微机灵点的,知道拿本书临时抱佛脚。

麦麦逐渐能够分辨出小猫人的气味,闻了感觉很亲切,好奇地问:"大家都是来干什么的?"

石庭边带着他们上楼边解释:"都是来考试的。"

"考什么试?"程凛问,"猫也考试?"

"很多。"石庭说,"参加的科目不一样,都是会组织这样的统一机考。"

路过健身房,一只健硕的加菲猫正在跑轮上急速奔跑。石庭探头进去,说:"胖子,等会儿来给小猫拍人形证件照。"

她接着介绍:"虽然办完证明后就可以以人类身份生活,但大部分小猫人的成长环境都很单纯,文化程度低,没法很快适应社会节奏,所以联盟也准备了一些岗位帮助大家就业脱贫。"

"比如我们有很多合作的猫咪咖啡厅和收容所,这些地方既会收留流浪猫,也会收留一些像王德荣一样需要安置的困难群体。"她说,"当然,只要通过联盟内部培训,小猫人也可以去里面工作。"

上完二楼上三楼,有个单独的服务窗口,麦麦将自己的表格都交上去接受审核登记,一旁出现个胖男人,说:"小伙子,我给你拍照片。"小猫人便一同去了隔壁房间。

程凛刚要跟过去,石庭叫住他,让他在柜台前坐下。

和相当适应人类身份、信任喜欢人类的姐姐不同,石庭除非工作需要,平时不怎么喜欢变成人,毕竟变成人还要穿衣服,做猫就可以被姐姐抱来抱去的。

在她看来,人类心思多,生活环境复杂,不如小猫人单纯友善,因此也不喜欢和真正的人类打交道。

"程先生,和你解释一下,因为你是人类,所以有这样一道程序,毕竟麦麦定居也不是件小事。"石庭面无表情地看着他,说,"实不相瞒,之前有过很多人类后悔让小猫人上自家户口的先例。"

是宠物还是家人,又有何种责任,很多人在真正触及利益的时候才会明白。

"被抛弃的小猫人都很可怜,但现有的规则无法约束人类,小猫人总是处于弱势地位。"石庭说,"所以为了最大限度地保护小猫人的利益,联盟只能尽可能复杂化流程。"

"麦麦喜欢你,因为你捡到他、养他,所以他忠心耿耿把你当主人。"她说,"但自从麦麦变成人开始,他就不仅是你的宠物小猫,还是有独立意志的个体。他可能会越来越有自己的主意,要出去工作,要学习,不再完全受你控制,可能也会消耗你的爱……"

"现在反悔还来得及。你确定让麦麦上你们家户口吗?"石庭问,"希望你当下做好决定,无论如何都不要抛弃他。"

圆头圆脑的麦麦,天真好动的麦麦。

总是把程凛说的话全部放心上当真,因此高兴或伤心的麦麦;会哭也会轻易原谅主人的麦麦。

最喜欢主人的忠猫麦麦。

"我愿意。"程凛郑重说完,心烫嘴热,趁猫不在,说,"无论是猫还是人我都喜欢。"

"看摄像头,以下片段会录像保存。"柜台后面的小猫人工作人员一板一眼道,"请先确认屏幕上这段承诺的内容,如若没有异议,双眼平视摄像头,大声念一遍。"

麦麦拍完照片走完流程,石庭带他去训练室继续学习人猫切换。

"王德荣托我妈说了几次,说你有特别强烈的工作意愿,让联

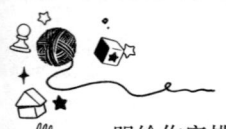

盟给你安排工作。"训练前,石庭先递过去几本宣传册,说,"以你的意愿为主,你想做什么工作?"

"我想当领导。"麦麦答。

"你有这么高远的志向是好事,不过这在未来二十年内实现有些困难,你得从基础工作做起。"石庭回答,"短时期内有什么其他想做的工作吗?"

既然如此,程麦麦倒也没了什么清晰的主意。他认真思考了会儿,说:"我可以在咖啡厅或者收容所上班吗?我本来也是流浪猫,要是可以帮助像荣荣这样的小猫人就好了。"

"可以,我向联盟申请岗位。"石庭赞许道,"这的确像是领导年轻时会有的志向,等条件成熟了,来考联盟的岗位吧。"

麦麦收下小册子,石庭又出于关照小辈的角度,问:"变成人之后,平时在家都做些什么?"

麦麦认真答:"睡觉,吃饭,洗澡。"

"除了这些必须做的呢?"石庭边记录边提问,"玩点什么打发时间?"

"看电视。"

"那你们家谁做家务?"

"程凛。"

"你承担家务工作吗?"

"我给他倒水。"麦麦说。他深感责任重大。

"好……还有呢?"

麦麦认真思索:"他在家,我得花好多时间陪他呢。"

石庭低下头写字,半晌开口:"挺好,你就跟着他过吧。"

这回,程凛送进去的是人,电梯门重新打开后是只猫。橘猫小小一只,步子很轻快地跟在石庭身后,一看到程凛,它的尾巴就翘了起来,加快跑到了他的身边。

程凛弯腰把猫抱起来,宝贝地端在怀里。

石庭说:"它能下地走。"程凛当没听见,她继续道,"麦麦现在已经基本掌握了人猫切换的技巧,但小猫不建议一天内频繁切换……"

程凛紧张道:"会怎么样?"

"会很困,所以让它明天自己在家试试变回人。"石庭说,"另外麦麦的工作,联盟会尽快安排,在此之前若有时间可以上上扫盲课程,认字写字,这样以后不容易吃亏。"

睡前,麦麦挺拔神气地站在床上。在明天前,是它的小猫时间。

虽然做人有做人的好处,但当猫自然也有极为自由的地方。

体积变小了,卧室的床又辽阔如高原。枕头是平坦的高地,被子是嶙峋的山脊,它踩上去,就凹陷下来,变成了圆形的湖泊。

麦麦喜欢赤脚踩柔软的东西,这让它的心情很好。而且这里到处都是程凛的气味。

如今它不仅渐渐掌握了人、猫之间的形态切换,并且即将接受小猫人联盟正规的扫盲教育,不日还将工作,猫生一片光明。

更重要的是,它认为自己现在与程凛的关系又迈上了新台阶,这是非常值得纪念的。

想至此,麦麦情不自禁地又立起尾巴,撒开腿在床上跑了三圈,还在程凛的枕头上打了个滚。

程凛洗漱完回到卧室,就看到自己的猫在床上蹦来蹦去的。

小夜灯暖色的光照着暖色的小猫。

没捡到猫之前是怎么生活的?好像是靠打游戏,好像是靠看电影,也可能只是靠工作。如今只是回想,竟然都感受到无限的寂寞和孤独。

程凛没作声,倚着门看,麦麦并无察觉,还在卖力地咬着被

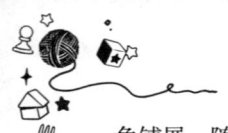

角铺展，随后从被窝里拖出自己的小毛毯。如此，高原上的地形便更加丰富多彩。

麦麦正很满意地准备重新开跑，转了个方向就看见程凛在看它。

好尴尬。程麦麦移开目光，假装自己很忙碌。它先用前爪踩了两下被子，随后伸了个懒腰。

程凛坐到床沿继续看它，说："伸懒腰。"

麦麦遂站直了身子，过两秒打了个哈欠。

"打哈欠。"程凛说。

麦麦闭上嘴，转而开始舔自己的前爪。

程凛："舔手。"

麦麦四脚着地，有些不知所措地看他："喵。"

"瞪我。"

麦麦倒也不是这个意思，低头用脑袋顶了顶程凛撑在旁边的手。

程凛终于笑了一下。他拿手心罩住猫毛茸茸的脑袋，一招令猫侧躺下来："我闻闻是不是香的。"

他将脸埋进麦麦柔软的毛发中，闻到阳光的味道。麦麦的身体随着呼吸起伏，像引擎般发出"呼噜呼噜"的声音。程凛知道自己再不是独自一个人。

十五个工作日后，程麦麦收到了自己的身份证明，程凛的户口簿上也多了一页。

姓名：程麦麦　性别：男　年龄：18岁　婚姻状况：未婚
文化程度：学龄前儿童

程凛把簿子举高了看，过了会儿拎着在麦麦眼前晃悠："看得懂不？上面说你是个文盲。"

麦麦已经顺利变成了人，正抱膝坐在椅子上，介意道："怎么这个也要写上去？"

"户口簿登记你的信息，当然什么都写。"程凛把自己的白色马克杯递过去，"辛苦给我倒杯水。谢谢麦麦。"

自上次程凛说没猫倒水自己会渴死后，麦麦理所当然认为自己目前分管饮水机，协管倒水、烧水以及喊程凛换水的业务。

所以程凛不仅没有了花纹杯子的使用权，也没有了自己倒水的权利。

"不辛苦。"麦麦把杯子恭敬接过，边接水边问，"那我文化水平提高了，能把这条去掉吗？"

"可以。等你有学历了，我去给你更新一下。"程凛小心取回斟满到极限的水杯，凑上去喝了一口。

小猫人每次倒水都追求卓越，一个杯子折腾得跟那无边际游泳池似的。

"我要念到博士。"麦麦突然说。这是他用互联网了解到的，当前世界上最高的学历。想必这对他二十年后做领导也是有利的。

"噗。"程凛一口水呛到气管，想笑又不能，再而衰，三而竭，眼睛一闭差点厥过去，继而惊天动地地咳嗽起来。

麦麦当是水里有毒，猛拍他背，着急道："你怎么了？！"

程凛捂着脸咳得没完没了，过了会儿拿开手，虚弱道："我没事。"

麦麦看了眼他潮湿的眼眶，跟着一愣。"你怎么哭了？"他火急火燎抽了两张纸要给程凛擦眼泪，"你别哭。"

这么一来，程凛也爱起了面子，生硬道："被水呛到了而已。我可从来不哭。"

麦麦说："你怎么喝水都可以呛到呢？"

程凛却不答反问:"你真要读到博士吗?"

"我尽力吧。"麦麦认真想了想,说,"他们说读博士很难的,要好多时间。你笑什么?"

"你学历这么高,我会自卑的。"程凛说。

麦麦便说:"那我们一起读博士吧?"

程凛拒绝了他的提议。临近睡觉的时间,他站起身去关客厅的电视机。麦麦见他要走,把桌上的户口簿小心叠起来,扭头想塞进自己的双肩包。

"你拿我户口簿干什么?"一家之主在身后问。

麦麦扭头,心虚地说:"我想和身份证明一起,拿给荣荣看看。"

尽管王德荣是个不错的小猫人,但程凛也不太同意程麦麦将如此重要的证件随便带出,他说:"你可别给我弄丢了,户口簿很重要的。"

这言论让麦麦谨慎紧张。他问:"户口簿有什么用啊?"

"用处多了去了。"程凛随口说,"结婚就用得上。"

"那你也不结婚,户口簿没什么用处啊。"麦麦单纯地说。

麦麦要与荣荣分享的意志坚定,让程凛浑身不得劲儿。他越想越紧张,小猫人之间恐怕更有共同语言,他没什么优势。

"王德荣不是小猫人吗?"想至此,他诋毁道,"它怎么一直住在猫咖里?不像独立自主、有稳定收入的样子。"

"因为荣荣的主人很久以前生病死了,"麦麦说,"它没地方可以去。"

程凛:"抱歉。"

"没关系。"麦麦说,"这是荣荣小时候的事情了。"

"说得跟他现在很大了似的。"程凛回忆荣荣全黑的脸,道,"它现在几岁了?念完书了没?"

"很大了。"麦麦使劲想了想王德荣那番"只有古稀牌机械表

小猫人联盟
The Kittenmen's Union

定居承诺书

本人程澟，性别男，年龄26岁，未婚，为小猫人联盟会员麦麦（会员编号：ML1129231314）的饲主，现根据《小猫人联盟猫咪保护规定》，就被饲养猫咪麦麦的定居事宜与联盟做出如下约定：

1.本人承诺将积极履行饲主义务，向麦麦提供舒适、温暖的居住环境，对麦麦的吃穿住行负责，保证麦麦的猫身安全。

2.本人承诺将充分尊重个猫意愿，尊重麦麦的言论自由、行为自由，不在饲养过程中出现言语暴力、行为暴力等不合规行为，不做伤害麦麦感情的事情。

3.本人承诺将以矢志不渝的态度，与麦麦相互陪伴、共同成长，平等友好相处。若与猫产生矛盾则友好协商；若与猫发生纠葛则和平解决，以踏实的态度过好每一天。

4.本人承诺将永远喜欢麦麦，不随意抛弃、放弃麦麦。

本人已认真阅读以上条款，并承诺将认真履行自身义务，如若违反约定，愿意承担相应责任。

承诺人：程澟

比它大"的言论，最后四舍五入说，"有古稀那么大了。"

人生七十古来稀。程凛掐指一算，心里颤抖。

七十而从心所欲，不逾矩。

奶牛猫长得童颜，内里竟然比自己爷爷还大，怪不得会给麦麦取那样的名字。

"你去吧。"程凛给他主动装好户口簿说，"代我向荣叔……伯……爷爷问声好。"

猫空间·下午茶。

"稍等一下，我在接待尊贵的客人。"黑脸的荣荣冲过来朝麦麦"喵"了两声，旋即又冲回里间。

星期日生意极好，里头没位置，麦麦刚在外间的蒲团落座，就见荣荣正站在桌子上，冲一个带着孙女来的老奶奶撒娇。

像挽留的样子。

老奶奶抓着自己的包刚准备起身，因为荣荣的靠近退了退，堪堪坐了回去。她显然有些怕猫，手僵在半空犹豫。但荣荣催促了一声，她就试探着用指尖轻轻搓了搓猫头。

小猫人看得津津有味，大腿骤然一沉。

没了荣荣在旁散发不受猫欢迎的魅力，一只布偶猫将脑袋搁了过来，蓝色的眼睛静静注视着麦麦。

"好，我来摸摸你。"小猫人热情地将盘着的腿伸直，以便布偶猫更舒适地躺着。

然而布偶猫没有躺多久，忽然跨坐到了麦麦的腿上，随后开始了小幅抖动。

"你在干吗呢？"麦麦低头要看，正疑惑间，荣荣送完客人骂骂咧咧冲过来了，对着这只布偶猫道，"你要不要脸啊！滚！"

布偶猫怕荣荣，立刻吓得连滚带爬跑了。

"流氓!"荣荣仍不解气,追着去继续大声斥责,"不知廉耻!"

麦麦低头看自己的裤子,只见大腿上湿了硬币大小的一块。

荣荣扭头来看,说:"林勉早干啥去了,应该之前就给胖达人绝育。"

麦麦问:"什么是绝育呀?"之前倒是听程凛提过类似的词,当时程凛心有余悸地说幸好没给他绝育,否则他就不健全了。

奶牛猫面露尴尬,舔了舔自己的前爪,说:"就是去医院,给、给它,去除掉这个、这个……生育能力。"

"哦。"麦麦似懂非懂,"刚刚它在干什么?"

王德荣端坐在桌子上,置若罔闻之姿态,洗了洗脸,随后眺望远处。它一套动作走完,见麦麦还在等待自己的回答,叹口气:"小弟,你这样,我有点不好意思的。"

麦麦更疑惑了:"不好意思是什么意思呢?"

"你这孩子。生理问题不要放到台面上讲好不好。"奶牛猫睨了他一眼,责备地说。

麦麦破译不了这加密对话,道:"荣大哥,到底是什么意思呀?"

明明是黑色的荣荣透出点红粉气息。它伸出一个爪子按在麦麦的手背上,低沉地"喵"了一声:"不懂就算了。"

不像部分小猫人对此保持了动物的开放,王德荣是一只保守的猫,它最终也没说明白,只委婉道:"不过你的岁数也该知道些了,联盟应该有不少相关的宣传教育手册。我给你去拿。"

结束了令荣荣浑身不得劲儿的话题后,麦麦把自己的证件小心摊开摆在桌上,请奶牛猫过目:"荣大哥请看,这是我的身份证明和户口簿。"

"都放好,身份证明可不要给别人拿到去办贷款了。"王德荣看了他登记在上面的名字,略有遗憾,但也赞许道,"'程麦麦'也挺好的,'德'字太难写了,我当时好多年都不会写自己的名字呢。"

"明天我就要去上班啦。"麦麦高兴地回答,"是个和这里差不多的猫咪咖啡厅呢。"

荣荣道"好",盘问完工资待遇、地点作息、晋升通道等细节问题后表示满意。它说:"小弟,实不相瞒,这可能是你最后一次在这里看到我了。"

麦麦一下有些不知所措:"啊?"

"我也得去找份工作了。"荣荣叹口气说,"没有钱是行不通的啊。"

"你要钱干什么?"麦麦急忙问,"我有钱,我给你。"

"清明节快到了,我要去给奶奶扫墓。"荣荣说,"之前都是我填张表格申请,美琳姐就会拨款给我,我一直当是联盟的救济款呢。今年我问石庭才知道,原来每年都是她妈妈自己贴的钱。

"我也有手有脚,不能一直都依仗大家的帮助,我受之有愧。奶奶一直是个勤劳的人,她看到我这样也会难过吧。"

王德荣承诺自己出去打拼后不日就去麦麦工作的地方拜访麦麦。它看到麦麦举着手机,语音输入回复程凛的消息,问:"你们俩现在怎么样?他对你好不?"

"很好啊!"麦麦把自己被气哭的事情早抛之脑后,说,"我现在就有点想他呢。"

王德荣还是有些许顾虑,它为麦麦之后何去何从感到忧虑:"上次说的话,你可还记得?他可能会结婚,到时候你就得搬出去。"

"放心吧,程凛说自己不结婚。"麦麦说。

荣荣觉得麦麦太乐观,但也不想随便泼他凉水。不过这件事说到底容不得它置喙,便作罢道:"好吧,你既然工作了,就存点钱,给自己留条后路。"

另一边,袁佳明问:"我可以冒昧地问你一个问题吗?"

程凛躺在电脑椅里,一边看着手机里和麦麦的聊天界面,一

边说:"觉得冒昧就别问。"

CL:结束前打电话给我,来接你。

CL:你明天就要上班了,今天早点结束,早点休息。

程麦麦:好的。[转圈][玫瑰]

程凛多品味了几秒,微微一笑,最终矜持地发了个"拥抱"的表情。

"你是不是谈恋爱了啊?"袁佳明嫉妒地问,"改开车了不说,每次都很急着去接人,而且经常看手机。"

程凛的表情透出无语。半晌,他说:"我们不是那种关系。"

袁佳明分不清状况,凌乱地问:"那是什么?"

不过程凛也很想盘算清楚,他和麦麦现在到底算什么关系——主人和猫,这是不对的。现在讲究人人平等,麦麦也不是一只普通的宠物猫。

同学、朋友、兄弟……

不是,都不是。

麦麦喜欢程凛,这点毋庸置疑,而且这喜欢干净到不掺杂任何杂质。

麦麦经常踢被子,半夜程凛摸到了就给他重新盖上,偶尔不耐烦就胳膊也跟着压上去,防止他再把被子蹬掉。麦麦也无忧无虑,过了会儿还会把自己的脸贴到程凛的手臂上,或是鼻子贴上来嗅嗅味道。

程凛也还记得那天清晨醒来,看到睡在自己怀里的小猫麦麦。

程麦麦前一日刚办完证件,一早还是小橘猫的样子。猫蜷缩着,像个热水袋紧紧贴着他,闭着眼睛,还在酣甜的梦乡中。

"是它喜欢我。"程凛回答好友。

"什么?"金梨恰好路过,忍不住露出有点嫌弃的样子,"谁喜欢你?品位好差。"

程凛向后仰了仰,退出微信的聊天界面,说:"你们都说的什么有的没的?"

他看着相册里麦麦在睡觉的照片,说:"就是只傻乎乎的小动物喜欢我。"

傍晚,程麦麦蹲在地上整理自己明天上班要带的东西。要带个人证件、手机、零花钱,还有……

八个罐头、十六根猫条、两大包冻干。

程凛站在旁边看,这架势让他应激,让他联想到一些不好的回忆。他一边把麦麦放进包里的食物一样样都重新拿出来,一边关心地问:"你带这么多猫粮干什么?"

"要和同事们处好关系啊。"麦麦说,"一共八只猫呢,我想带给它们吃。"

"你站那儿大家就都会喜欢你的。"程凛说,"而且你的老板会负责猫的饮食,你不用给它们准备,它们……不算是你的同事。"

他倒也不是小气舍不得,就是没见过这样上班第一天就急着倒贴的,容易被坏人欺负。

麦麦无奈地叹气:"那吃的以后再说吧。"又把大罐小包放回柜子。

程凛托着腮看麦麦认真干活。他把人拉过去问:"你要不再想想,你确定……这么急着去上班吗?"

麦麦看着他,理所当然地说:"就是要上班的啊!荣荣也要去上班了。"

"荣……爷爷都多大了。"程凛说,"你自己也是只小猫啊,这么有上进心,忙着出去照顾其他猫干什么?"

麦麦是很缜密地想过的,他上班出于几层考量。

首先,他认为网上说得对,人得有自己的事业。而他也有帮助、

照顾其他猫咪的志向在，这份职业是合适的。

其次，先前对消费、物价没什么概念，现在了解后终于发现，原来程凛一人包圆了所有的花钱项目。麦麦认为这是他和程凛一起生活的家庭，不能只有一个人赚钱。

最后，虽然程凛说了不会结婚，但这也是说不准的事情。荣荣说猫该知足常乐，主人不必最喜欢家猫。万一程凛真的要有其他家人了，他还是要做好离开这里生活的准备。

麦麦坚定信念，挣脱程凛的束缚，将双肩包打包好，说："反正我就是要工作的！"

程凛哑口无言，劲儿没地方使。毕竟是猫自己要去上班，不可忤逆。他有些不悦，一个人坐到了沙发上。

这就像自家的宝贝要拿出去见人。

可这是他的猫！都上一个户口簿了！程凛憋得慌，内心想法逐渐极端阴暗。他非常希望麦麦待在家哪里也不去——本来就是只猫，在家吃吃喝喝看看电视，再等他回来了让他陪着玩一会儿就可以了，变成人也这样就不行吗？

而且已经认识了个荣荣，之后还有没有别的绒绒、蓉蓉，这谁预测得了？

程麦麦对程凛的怨气一无所知。他正为了满足JD[1]上的工作职责，成为一名合格的咖啡厅服务员做最后的努力。

"你喝咖啡吗？"小猫人系好围裙从厨房出来，坐到程凛身边，眼巴巴地拍拍他，明示道，"麦麦咖啡厅营业了。"

尽管已经晚上8点多了，且心情不佳，怨念、郁结，但总不能拂了麦麦的面子，程凛还是说："喝吧，一小杯美式。"

"你不能这么说！"麦麦拉他起来，旋即率先跑到开放式吧台

---

1 指职位描述。

桌后,立正,催促道,"快,按照我们之前那样。"

程凛表面无可奈何地叹口气,实际按部就班站到吧台前,很快敲了敲旁边墙壁上贴的大理石:"有人吗?"

"啊,欢迎光临!"麦麦露出终于有客人光顾的惊喜表情,随后露出灿烂的营业笑容,边回忆台词,边递出一张放在旁边的纸,"请问您喝什么?"

是一张麦麦手写的菜单。最上面写着"麦麦咖啡",下面用记号笔写好品类。受原材料限制,也就两种,美式和拿铁。

一个个歪歪扭扭、大小不均的字,扎得程凛眼睛疼。

"我要一杯冰美式。"他说。

麦麦表情凝滞两秒,小声说:"家里冰块用完了。"

程凛只能装腔作势地又想了想:"我改主意了,天气冷,还是喝杯热拿铁吧。谢谢。"

小猫人松了口气,高兴道:"好的,您稍等!"

程麦麦有条不紊地按照这几天练习的那样开展工作。程凛也不说话,就安静地看着他。

咖啡豆是中浅烘焙豆,随着萃取,带有明显酸味的香气飘散出来,让程凛一时骄傲和酸涩并存——是金子总会发光。现在就能这么稳稳当当做好咖啡,以后不得真的做领导了。

做好咖啡液后,麦麦将牛奶倒入钢杯,再用咖啡机上的加热棒加热打发。

程凛担心地嘱咐:"一定注意安全,牛奶不要倒多了,和机器保持距离。"

"嗯。"麦麦认真沉稳,旋即将加热好的牛奶缓慢倒入马克杯中。

只见一颗白色的爱心静静漂浮在热拿铁上。

"客人,您请看!"麦麦说,"拉花!"

程凛一看喜出望外,连带着忘记刚才片刻的失魂落魄。他强

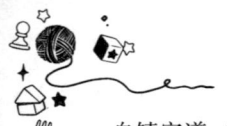

自镇定道:"你可别给那些客人拉这个形状的花。"

麦麦懵懂道:"可是我现在只学会了这个。"

"那就别拉花了。"程凛冷酷地说,"他们不配。"

明天就要上班了,麦麦睡觉前还是很兴奋。手机已经被程凛没收,好在他还是更喜欢和主人聊天。

小猫人身体扭着趴在床上,仰头责备靠着床背看笔记本电脑的人:"你怎么不睡觉呢?这几天都睡得很晚,老是玩电脑。你还说我玩手机呢。"

程凛的失眠事出有因,咖啡因。

因为麦麦怕自己表现不好正在勤学苦练做咖啡,但他自己嫌咖啡苦不喝,只一个劲儿给人灌。人被迫摄入咖啡而熬夜,还得受到指责。

程凛说:"这能一样吗?你非得一天天晚上 8 点开业做咖啡,你早点做我不就不用熬夜了?"

麦麦遂转移话题:"我有点紧张呢,你觉得老板会满意我的工作吗?"

"会的。"程凛抬眼看他,伸手给他捋了两下头发,"没见过这么优秀的咖啡师。"

但这人接着说:"不过我看你平常都得八九点才醒,你要是起不来我可不喊你,你就别去上班了。"现在他很不想让麦麦去工作。

"我要去的!"麦麦急道,"我要是没醒,你就把我叫醒。"

程凛装聋作哑没接话,麦麦催促:"要叫我。"

程凛痛苦道:"知道了。"

麦麦满意地挪了挪身体,将脸凑向程凛的手背。程凛便翻过手,搓了搓麦麦的刘海。

这位经常用言语冒犯小猫人的人已经总结出经验,只要对麦麦说的话全肯定，且承认麦麦是自己的猫，保持一定频率的肢体接触以证明喜欢麦麦，敏感的麦麦就不会有太多的意见。

"你跟我养的庄稼似的。"他摸摸小猫人的后脑勺，故作轻松地说，"刚捡到都没我巴掌大。"

"嗯。"虽然不知道"庄稼"是什么意思，麦麦说，"差点要死了呢，你真不容易啊。"

程凛的心跟着被拧了一下。如果当时他不愿意花钱，如果麦麦没成功挺过去，如果最后他也没有把麦麦带回家……

一切将阴错阳差，不能步入这样的今天。

"荣荣要去给奶奶扫墓了。"麦麦讲得很慢，也很轻，"程凛，你也会死吗？"

好尖锐的问题。程凛沉默了一瞬，说："是，不过……我感觉自己还能活很长一段时间。"

"那我也会死吗？"麦麦接着问，"和那时候在草丛里一样吗？"

程凛很想说"不会"。他将笔记本电脑轻轻合拢，说："王德荣都那么大了，你们小猫人很长寿的吧。"

"对啊。"麦麦高兴道，"我们还可以一起玩很长时间呢。"

程凛没接话，他仔细闻了闻，麦麦身上又香又暖。这是小猫人才有的味道吗？麦麦的嗅觉系统又和真正的人类有什么不同呢？猫从他身上闻到过什么气味，才会那么喜欢，认定他是主人，还要抱两件他的衣服才能睡着？

"你知道吸猫吗？"麦麦问。

"嗯？"

"就是像你这样吸一只猫。"麦麦描述不出那种陶醉，只能说，"网上有好多人和你一样呢。"

程凛："不行吗？"

麦麦说："可以呀。"

"在外面手机随身携带……不要变成猫,当心被别人拐跑了。"程凛说。

"知道了。"

"工作的时候对别人态度差一点,别老是笑眯眯的。谁对你态度差你就扇他。"

如此双标,麦麦不能苟同:"为什么啊?我会被投诉的。"

程凛满不在乎:"投诉就投诉吧,这不重要。以后我给你开家咖啡厅。"

麦麦想了想,虽然心动,但仍有顾虑:"可是我得当领导啊。"

程凛抵着他的肩膀,没忍住闷声笑了笑:"都开咖啡厅了,那不得是品牌掌门人吗?"

"哦,掌门人比领导还要好吗?"

"嗯,领导也有级别区分,掌门人就是你一个人说了算。"

"太好了!"麦麦有点困了,边合眼皮,边小声说,"那就开麦麦咖啡厅吧。"

"嗯。"程凛说,"但是外面已经有麦麦咖啡了,我怕有律师找我们。你下次再想个名字吧。"

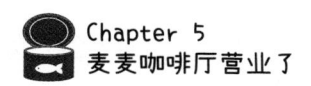

Chapter 5
麦麦咖啡厅营业了

早晨8点,程凛所期望的任何一种情况都没有发生。

麦麦用自己的手机设定了闹钟,非常准时地起了床,吃完早饭,他就在玄关催促道:"走吧,我们该去上班了!"

程凛开车送他到大厦楼下,说:"我和你一起上去吧?"

"没关系,我自己上去就行了。"麦麦阳光灿烂,无比积极,"你也早点去上班吧!"

程凛的内心同样敏感。什么意思?他带不出手?

但程麦麦把自己的双肩包背好,凑上来,抱了他一下:"下班见!"

麦麦快下车时程凛千叮咛万嘱咐,重点强调世界的黑暗、人类的刻薄,等十分钟后麦麦才成功道别,关上车门,步伐坚定地走进了大楼。

时间匆忙,名额有限,还考虑到通勤等因素,联盟将程麦麦安置到了一家刚开业没几个月的咖啡厅里。

据石庭所言,咖啡厅的老板是个人类女性,三十岁出头,经常救助流浪猫。老板对联盟的真实情况尚不知情,但心地善良,因为猫的安置问题与联盟来往密切。

然而需要饲养的流浪猫越来越多也不是办法。为了能增加些许收入项目,也是在联盟的帮助下,她挑选了队伍里二十多只相对

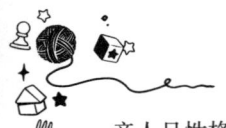

亲人且性格稳定的猫咪，作为开店营业的员工。

猫实行轮岗制，每天到岗八只。现在再加一个小猫人麦麦，店里一共九只猫。

程麦麦拿着手机看门牌号，站到门口就知道对了，因为这里猫味儿很重。

进去后前台坐了个大爷，大爷抬眼问："你是？"

麦麦紧张道："爷爷好，我是程麦麦。我是来工作的。"

大爷："什么，妈妈？"

听见门铃响，里间出来个女人，一头短发很显干练："来了来了，你就是麦麦吧？"

麦麦又恭敬地说："老板好。"

"哎呀，不敢不敢。"老板娘秦陆介绍，"这是我爸，他耳朵不是特别好，不好意思啊。爸，人家是麦——麦——"

店面规模很小，除却后厨和卫生间，只有内外两间招待室，地上全是猫。

"给。我叫秦陆，你喊我'秦姐'就行。"秦陆将自己准备的名牌、围裙和帽子给麦麦，"听你单位说，这是你的第一份工作。希望你在这里每天都能保持愉快的心情。"

麦麦将装备都穿好，跟着老板进了后厨。厨房很干净，秦陆介绍甜点、饮料的原材料都摆放在何处，随后指着角落那台小小的胶囊咖啡机说："这个是咖啡机，使用起来很简单的，你看，先往这里倒点水，再按这个按钮，然后放一颗这里的咖啡胶囊进去，就可以了。"

"啊。"麦麦问，"不用取粉、压实……"

秦陆乐不可支："哎哟，我们哪有那么高级的啦，这个咖啡机已经可以满足需求了。我用的胶囊也挺好的，客人反响不错。"

"小庭和你说过吧？"回到里间，秦陆介绍，"我这店里没有品种猫，全是路上捡的。不过小家伙们虽然性格不太一样，但都与人为善。"

秦陆一只只介绍过去，橘白、三花、相比荣荣长相比较标准的奶牛猫……

她重点关照了其中两只年纪最小的不满一岁的猫："这只狸花叫滚滚，小白猫叫毛毛，都是小男孩。它俩是我在路上一起捡的。之前它们更小的时候，我想给它们找收养的，但是没成功，滚滚被送出去以后又被退养了……"

滚滚正在和一只大猫玩闹，叫毛毛的白猫则表情淡淡的，坐在旁边听两人讲话。

秦陆苦恼道："不知道是不是因为毛毛是白猫，其他猫不怎么爱跟它玩，特别是滚滚……要辛苦你多关注。"

群体中有这样的孤立事件是麦麦所不允许的，他郑重回答："好的。"

但这位正义的小猫人盯着毛毛和滚滚看了会儿，闻了闻空气中的味道，陡然有点犯嘀咕。

"平时我不怎么在店里。我爸会在前台坐着，收收钱，看看门。"秦陆摸着毛毛说，"老年人嘛，你知道的，在家里坐不住，得找点事情给他干干。他会负责几只猫吃饭的，这个你不用担心。就是他耳朵不好，你和他说话大声点就行。"

没摸两下，滚滚就冲过来将秦陆摸毛毛的手拱开，让秦陆摸自己。毛毛没有丝毫反抗，顺从地走开了，眸子静静注视着滚滚。

"不要这样。"秦陆边笑着招架滚滚，边对麦麦说，"你的工作主要还是有客人来时招待一下，该核销券的核销优惠券，上饮料甜品，另外旁边柜子里的那些桌游最好也能掌握规则，这样客人要玩的时候可以给他们做好介绍。"

"当然了，闲暇的时候，最好能陪这几只猫玩玩。"她补充道。

尽管工作零散，但麦麦在来前已经进行了自我训练，因此倒不至于手忙脚乱。工作日的生意不太好，上午送走那桌客人后，下午一直没有新客。秦陆离开了，只剩下大爷和麦麦一同看守店面。

刚上班总是干劲比较足。麦麦坐在里间，正在聚精会神学习各类桌游的玩法。既然没能用上这几天苦练的"欢迎光临"，那便只能再拓展其他本领。

阳光透过窗户照进来，照得一屋躺得横七竖八的猫毛色发亮，一派静谧。

临近下班，麦麦放下说明书，蹲到白猫身边。毛毛通体纯白，一根杂毛都没有，是一只素净文静的小猫。

毛毛仰头看看他，再试探着低头，拿脑袋拱了拱他的手心。麦麦极为上道，立刻善解人意地搓了搓白猫的脑袋："我也吸猫。"

为了确认自己刚才的猜想，他边摸边试探着更加靠近白猫，再仔细嗅了嗅气味。是小猫人的气味吗？

然而没过几秒，就听到旁边有个低沉的声音威胁道："喵。"

滚滚面色不善，意思很明确，就是让麦麦和毛毛都滚。

毛毛扭头，这次也对着滚滚开始"喵"。气氛骤然紧张，两只猫针锋相对。

"啊，怎么了呢？不要吵架！"麦麦手忙脚乱地劝架，试图把猫拨开。但周围猫不仅冷眼旁观，偶尔还有煽风点火之徒，冒出一句"喵"火上浇油。

麦麦见无猫搭理自己，白费口舌，急得团团转。他往屋外看看，大爷正在全神贯注地刷短视频，音量震耳欲聋，遂下定决心，衣服一瞬间矮下去。

橘猫蹬蹬后腿，费力地从毛衣的衣领中钻出来，随后挤到毛毛和滚滚中间，请它们吃自己的毛："不要吵架，也不要打架。大家友好相处。"

麦麦求助般四处望望,看到不远处的箩筐,灵机一动想起里面似乎有猫玩具,可以转移注意力。

"我们玩玩具吧!"它又四脚并用跃进箩筐,在里面随便叼住了一只布艺小老鼠。

麦麦正打算发力重新跳出去,忽然,一股陌生的、刺激的气味极有攻击性地钻进了它的鼻子里,直冲脑门。

这是什么气味,好舒服。

麦麦叼着里面有猫薄荷的小老鼠,心旷神怡、无比快乐,一时间恍恍惚惚的,忘记自己在做什么,也忘记了毛毛和滚滚的矛盾。这气味正在诱惑着它不停闻下去。

它继续认真地嗅起来,深呼吸——

随即它两眼一黑,失去意识。

程凛在楼下停好车后就给麦麦发了消息让他下来,但麦麦没回。

说到这个,他给麦麦一天发的几条消息都被麦麦一句语音"我在忙呢"给敷衍过去了。程凛对此很有意见。

他在楼下等,等了三分钟开始不耐烦,解开安全带下车,准备亲自去看看。作为和程麦麦在一个户口簿的人,程凛认为麦麦不让他上楼也是不对的。

咖啡厅在三楼,他懒得等电梯,一边从安全通道爬楼梯上去,一边挑剔这环境不尽如人意。也不知道麦麦第一天上班顺不顺利,怪令人担心的。

程凛顺着门牌号找到店面,满心期待以为按了门铃能看见程麦麦给他开门,前台却是个大爷。他勉强地礼貌道:"你好,我找麦麦。他在这里吗?"

大爷:"妈妈?"

程凛:"麦——麦——!"

大爷:"哦!他在里面呢,你去吧。"

程凛心中疑窦丛生,他都这么大嗓门了,程麦麦竟然不出来迎接,没认出来他的声音?感情终究是淡了。

然而走到里间,屋里却没有人,地上全是猫。

八只猫正围着一个箩筐转悠。其中几只看到他,后退了几步散开,或蹦上旁边的猫爬架。

只有那只被排挤的小白猫毛毛板着脸仰起头"喵"了一声,随后扭头走到箩筐边,又扭头冲程凛"喵"了一声。

如若程凛再懂一门外语就可知,毛毛意思是:麦麦在这里。

程凛尽管忙着想找自己家的小猫人,但这白猫显然在表达什么含义,他没法无视,便走近了两步往那箩筐看。

箩筐里,最上面是件毛毛叼进去的毛衣。

程凛顿时惊得头皮发麻。这衣服他不能不眼熟,是他给小猫人买的。如今这件衣服的前襟处还别了块名牌,上面写着:麦麦。

好在衣服后有根毛茸茸的橘色尾巴若隐若现。

程凛猛地掀开衣服,就看到了睡在箩筐中,不省人事的橘猫。

"麦麦!"

喊了两声没反应,程凛强迫自己冷静,尝试把麦麦从箩筐里捞出来,谁想橘猫浑身发软,程凛捧起它的躯干像捞一摊水。一个不小心,猫脑袋垂下去。那刻他差点跟着魂飞魄散。

好不容易把猫抱出来,程凛翻来覆去检查,摸鼻子摸心跳,万幸体温尚在,呼吸尚存,神态平和,更像睡着了。

只是无论喊什么都没反应。程凛大脑死机,抱着麦麦问周围猫:"它怎么了?!"

还真有猫理睬。毛毛跳进箩筐，从里面叼出来一只手心大的小老鼠玩具，放到程凛手上。

只是程凛心乱如麻并未重视。程凛看也没看，随手把老鼠塞进衣服口袋，猛地站起身。

他需要赶紧去医院。可是医院的专家会诊不会对一只橘猫开放，兽医又能治明白吗？

程凛抱着猫，将落下的衣服一股脑塞进双肩包挎上。他跑出房间，疾步路过还在刷短视频，并未察觉的大爷。一离开猫咖，他便顺着安全通道狂奔下楼。

拉开车门，程凛小心翼翼地把麦麦放在副驾驶的座位上，掏出衣服给猫盖好，随后坐上驾驶位，深吸一口气让自己保持冷静。

先干什么？程凛把手机导航的目的地设置到宠物医院。

再做什么？他想起什么，扭头捞过麦麦的背包，从里面掏出了藏在夹层的那张红色的小猫人联盟会员证。

会员证甚至还有个PVC的外壳，是麦麦咨询了程凛意见特意置办的，这样可以保护证件不受损受潮。

程凛凭借记忆翻过证件的个人信息页，在纸张角落看到几串电话，分别是小猫人联盟的总机号，几个部门的分机号，以及一串求助热线。

程凛嘴唇有些发抖，手也跟着使不上力气。他拨了号码，将手机卡在中控台的支架上，最后看了眼座位上昏迷不醒的橘猫，旋即放下手刹，出发。

车踩油门的力度太重，冲出去那瞬间有强烈的推背感。程凛保持沉默听电话里的忙音，"嘟嘟嘟"。深呼吸，深呼吸。可能因为猫的体形太小，又很柔软，给了他生命很脆弱的感觉。

脑海里有极度恐怖的猜测，程凛没法停止想象最坏的可能。

是他太疏忽大意了，真的放手让这么小的猫出去打工。麦麦

真的出了事，百分之百是他的责任，他该怎么办？麦麦，他的小猫。

"你好，这里是小猫人联盟。喵喵喵，人类语请按'2'……"

程凛输入"2"，选择人工服务。几秒后，一个女声道："你好，小猫人联盟。请问有什么需要帮助的吗？"

"你好。我是家属，我的、我的小猫人忽然陷入了昏迷。"程凛简直语无伦次，"它是猫咪状态，没有外伤，但是怎么都叫不醒。我该做什么？"

"先生，您先别着急。家属多大？性别？有会员编号的话请报给我。"

程凛报了串数字，答："一岁多了，男的。"

"家属昏迷前在做什么？周围环境是否安全？"这位接线员道，"首先排除，是不是一口气吸食了过量的猫薄荷？"

程凛茫然道："啊？"

"喵。"同一时间，副驾驶位发出含糊的哼唧声。程凛下意识踩了脚刹车，扭头就看到麦麦微微睁开眼睛。

"醒了？"程凛把车靠路边停下，解了安全带扑上去看猫，"你怎么昏迷了？现在感觉怎么样？"

橘猫迷迷糊糊，"喵呜喵呜"两声，人更着急了："说人话！听不懂！"

眨眼间，麦麦又变回人形，懵懂道："我怎么在这里呢？"

"你昏迷在猫咖的箩筐里面。"程凛也顾不上别的什么了，急切道，"叫你没反应，你是不是摔到哪里了？身体现在哪里难受？"

"我……"麦麦努力跟上节奏，艰难地回忆，"我好像……嗯……有小猫吵架，我叼了只老鼠想调解，然后闻到上面的味道就晕过去了。"

"是不是那种小老鼠玩具？"接线员没有挂断，听见问，"里面有猫薄荷成分。一些商家掺入的浓度非常高。"

程凛想起先前白猫叼给他的东西，从口袋摸出来。

"啊。"麦麦眼睛一亮，又想要过来闻。

程凛赶紧把他脑袋推开，打开车窗，自己贴近嗅了嗅。果然，老鼠身上有一股浓重的、类似薄荷的草本香气。

程凛描述了一遍，接线员道："嗯，那就是猫薄荷。很正常的。适度地摄入猫薄荷不会对小猫人的身体产生长远的负面影响；过量吸食猫薄荷，部分小猫人会出现失去意识 10 ~ 20 分钟的症状，这与个猫体质，或临近成熟期都有关系。

"放心吧，我们基本上每个月都能接到这样的咨询电话，有不少相同症状的案例。当然，如果真的有顾虑，您也可以带家属去医院做一下后续的检查。"

程凛的大脑在听到"很正常"三个字后短暂地停止了工作。

他静静坐了几秒，直到电话里问："先生，还有什么需要帮助的地方吗？"

"没有了，谢谢。"

"好的，祝您生活愉快，再见。"

"嘟嘟嘟。"

程凛一条胳膊架在窗框边，拿手捋了捋自己的头发。他扭头看了一眼副驾位的"家属"，把自己的外套脱了扔过去："穿上。"

麦麦手忙脚乱，先在双肩包里找出自己的衣服。他刚费力地从毛衣领口钻出脑袋，就看见程凛从位置中间的储物箱里拿出了香烟盒和打火机。

程凛咬住香烟，低头捂着火苗点燃。抽了一口后，他沉默地用手指夹着烟，一言不发。

麦麦想起来荣荣的告诫，忙道："不要抽烟，对身体不好！"

程凛没理他，但把烟掐灭了。

麦麦抱住程凛的棉服，借着外面的灯光看到对方的额头上全是汗珠。

"你很热吗?"他抽了张纸递过去,担心道,"你额头很多汗。"

程凛没接纸巾,却攥住了麦麦的手腕,将他拉向自己。

麦麦感觉到程凛的右手牢牢捂着他的后脑勺,眼睛抵在他的肩膀上。

"我错了。"麦麦后知后觉地心虚道,"我不该叫小老鼠的,都不知道怎么就晕过去了。"

程凛什么都没说,但很久才放开他。

麦麦看了眼自己的右肩,棉服上有一块深色的水渍,大概是汗吧。

车子重新上路,开到一半,有电话打进来,是一串不认识的境外号码。

程凛瞥了一眼,抬手按了红色的挂断键。但过几秒,相同的号码又锲而不舍地打了过来。

"哈喽——"接通后,话筒对面传来个爽朗的女声,"最近怎么样啊?"

程凛答:"妈……"

"我们正好看到路边有个电话亭,还挺漂亮,就想到给你打个电话。"对面继续道,"最近怎么样,身体好不好?"

程凛踩刹车,等一轮短暂的红灯:"挺好的,你放心。"

"没硬币了! 我马上。"电话亭里的人像在争夺发言权,黄瑰瑰提高语速,"我们接下来打算去岛上看龙血树。"

"还不错。"程凛答,"注意安全。"

"喂、喂?你手里钱够不够?"电话那边换了个迫不及待的中年男声,"谈恋爱了没?是不是都要准备结婚了?记得对另一半要大方。对了,你今年几岁来着……"

程凛疲惫地打断:"爸,我在开车,下次有机会再聊。"

"嘟嘟嘟",忙音淡淡的。

"右转,准备上高架。"程凛刚要照做,想起来这导航的目的地是宠物医院。一分神竟然离家越来越远。

他关掉导航,掉头准备回家。

麦麦一直看着程凛接电话、调导航,说:"你的爸爸妈妈给你打电话啦。"麦麦回忆自他加入这个家开始,程凛的生活痕迹中近乎就没有父母,只知道两个人如同蒲公英,去了很远的地方,漂泊不定。

电话似乎也就来过几回,而从麦麦变成人以后,这是头一遭。

主人看着路没接话,麦麦就继续说:"你爸爸问你有没有谈恋爱呢。"

"我谈没谈你不清楚吗?"程凛终于开口说话,不知为何声音很冷漠,更像一种克制。

"为什么不谈呢?"

"为什么要谈?"

"你的爸爸妈妈也不在身边,总得有其他家人陪你吧?"麦麦说。

"那你不是吗?"程凛平静道。

"我不是啊,我是猫。"说到这里麦麦难免伤感困扰。至今他都难以完全接受荣荣的理论,为什么他们最喜欢主人,主人不用最喜欢他们?

"是吗?"程凛停好车,解开安全带,临下车前回复,"我觉得自己有只猫就够了。"

麦麦听了连忙跟着下车,一边折腾双肩包的肩带,一边想确认一下这猫是不是自己,但又认为无论如何都得是自己,不然太不应该了。他跟在后面说:"那太好了,我也觉得自己有一个主人就够了。"

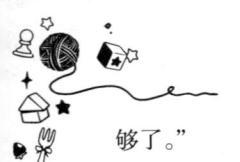

"我说猫是你了吗?"程凛挡着电梯门让他进来。

"啊。"麦麦愣住了,"不是吗?"

程凛神情不自然了一瞬,说:"不是麦麦还能是哪只猫?"

因为这场意外,他必须承认,是人离不开猫。他根本无法设想失去麦麦的生活。

其实程凛也在路上想了八种希望麦麦不要再去上班的措辞,但因为也想到了麦麦必然的回复,最终还是没有说。

也要允许世界上存在一些把上班当志趣的猫。但猫薄荷自此被列为违禁品,禁止出现在麦麦活动范围内。

第二天,程凛心有不愿地将麦麦送到了大楼楼下。

"我和你上去,把猫薄荷都处理掉。"他说,"不影响你上班。"

"猫薄荷是老板买给其他猫的。"麦麦说,"我会注意不靠近那个箩筐的。"

他条理清晰地承诺:"如果真的闻到了,我会有节制的,保证不晕过去。"

"节制"一词极恰当,麦麦对自己的谈吐很满意。

总之,意思就是请程凛别上去。因为楼上的猫实在太多,光昨日见到的就有三花、狸花,还有和他差不太多的橘猫。他不希望程凛和其他猫过多接触,身上沾了别的猫的气味。

程凛无言以对,麦麦就差把"别上去"直接说给他听了。

"我去上班啦!"见程凛默许,麦麦兴高采烈地开门下车了。新的一天新的挑战,他势必在自己的岗位上发光发热。

幸好店里设备简陋,老板不在,大爷心大,没人发现昨天快下班时少了个人,多了只猫。

麦麦在后厨打扫卫生,大爷从抽屉里取出帽子找过去,但忘记麦麦姓什么了，就说："小麦，你昨天走的时候漏下这个嘞，我给猫吃晚饭的时候发现的。"

麦麦如释重负，他早上的确在包里没找到："谢谢爷爷。"他立马把这三角巾的帽子重新戴上了。

大爷耳朵不好，心里倒是门儿清，他给麦麦介绍了今天新上岗的猫。八只猫除却毛毛，换了个遍，但都是最普通的田园猫，难免有外观比较相像重复的。幸好麦麦还能靠气味区分。

店铺推广宣传的渠道有限，仅一个礼拜前刚在手机上线的点评平台，没评价没星级，自然也就没什么生意。

麦麦却当一桩任务，拿着店里的手机时不时刷新看看后台，还真接到提醒，有人预约了半小时后的四人桌。

"财源广进！"领固定工资的麦麦冲前台的招财猫虔诚拜了拜，将信息认真登记在小本子上。

扫盲课初见成效，现在他的写字水平和八九岁的小孩差不多。反正遇到不会的就拿手机查，依样画葫芦画一个也行。

真的太复杂的字还没遇到过，反正自己不行就请家里的文秘代劳。

日后也不必担心，程凛说领导日理万机，定有左膀右臂。普通领导一般都有秘书帮忙准备材料，再大的领导甚至可能不止一个秘书。

程文秘坐在老板椅上回想昨天的惊魂片刻，想着想着打了个喷嚏。他站起身，从桌子上的纸袋子里拿出杯冰美式，插了吸管摇晃，再品一口，道："现在尝尝，也不过如此。"

这几年，他与袁佳明两位老板常常轮流请客喝咖啡。任凭多少品牌流行或衰败，最喜欢的这家咖啡却一直没变过。

袁佳明投来目光，狐疑道："咋忽然挑剔起来了？那你说说哪

里的好喝？"

程凛又品了两口，越发觉得和麦麦咖啡的差距十分明显："可惜你喝不到。"

"他对做咖啡很有心得。"他丝毫不觉得此刻自己多做作，道，"下次有机会请你们尝尝。"

程凛将咖啡放在桌子上。冰块渐渐融化，塑料杯壁上结了层细小的水珠。

他也记得当初发现自己的猫变成一个人的错愕和惊异，但既然是麦麦，既然是他的猫，总得咬着牙养下去。

关心着关心着，养着养着，就真的脱不了手。

程凛说什么都会无条件相信，拿到零花钱第一件事是想给程凛买衬衫，永远会陪伴在程凛身边的只有一个麦麦。

因为是麦麦，所以也只能是麦麦。

一只不知道为什么进取心非常强的，比程凛天真无邪，也坦率勇敢的，神气可爱的橘猫。

一无所知的麦麦遗憾地擦了擦胶囊咖啡机。唉，高科技打败了匠人精神，不知道程凛以后还喝不喝"麦麦咖啡"。可不能让他知道有咖啡胶囊这种东西。

虽然上午清闲，但秦陆对卫生要求高，每天该做的卫生都不能少。麦麦拿着抹布擦东擦西，正热火朝天地干活，手机振了振，收到一条陌生号码发来的短信：麦小弟，今日是否在店？本人下午前来拜访是否合适？王德荣。

麦麦连忙回复消息，擦桌子也更有干劲。

上午的预订单是四个大学生，两男两女，个个都背着羽毛球拍。麦麦独自接待有些许紧张，按照之前在家培训的那样："欢迎光临！请在这里穿上鞋套。"

安排就座后，麦麦上完饮料和蛋糕，刚准备稍作休息，其中个儿高的男生拿了盒桌游牌招手问："这个怎么玩可以教一下我们吗？"

麦麦心道"幸好昨日勤奋"，自信开口："可以！"

他介绍条条规则，最后强调："拿到数字0，一定要报数，然后把手放在桌子中央！最后一个放的要罚牌。"

他讲话实在太一板一眼，认真到可爱，一个女生问："你看上去好小啊。不会比我们还小吧？"麦麦回答自己十八岁，引得他们起哄。

一直到结账时，那个举手请教的男生掏出手机，说："是我预订的，券在我这里。"

麦麦也举起店里的手机，积极说："好的，我给您核销券。"

等核销完，小猫人回想秦陆教的措辞，问："请问方便的话可以给我们的店写个评价吗？五星好评送您一张八折券，下次到店可以使用。"

男生说可以，麦麦便指导他操作打满分，又指了指让他写评语："这个只要写15个字就可以了。"

男生写完评语提交，又极为腼腆地问："可以加个联系方式吗？以后玩牌不懂还可以请教你，下次来直接找你预约。"

麦麦心想很有道理，这是个扩展客源的好手段，于是立刻掏出自己的手机，扫码添加了此人。

送走这批客人，下午，在程麦麦的翘首以盼中，一个男人如约走进咖啡店。

这人看上去三四十岁，皮肤不白，个子不高，身材匀称，穿戴齐整，戴着副金丝边眼镜，外面套一件皮衣夹克，里面的衬衫束在裤子里，系了根皮带。

恍惚间，令人重返20世纪80年代。

王德荣率先上前一步，伸手："麦小弟！"

程麦麦激动地与他握手："荣大哥！欢迎光临！"

两人初次以人形相聚，心情激动。麦麦邀请荣荣入座，看着他，极为真诚地说道："荣荣，你看上去好年轻啊。"

"哎呀。"王德荣不好意思地摆摆手，"我之前又不上班，天天吃了睡睡了吃，当然显年轻。"

他又说："前段时间罐头吃多了，现在还有点胖了。我听蒋莉莉说 BMI[1] 不要超过 24 比较好，我已经在临界点了。倒是你，几日不见，眉宇间的气质越发沉稳端庄。"

麦麦腼腆一笑："上班了嘛。"

荣荣将自己的帆布包放到地上，略有些拘谨地看看周围，推了推眼镜，赞道："不错，环境也好。忙不忙？"

"不忙。你还近视吗？"麦麦指了指他的眼镜，"好像这是视力不好的人戴的。"

"不是。"王德荣整理了一下自己衣服的领口，"我平时也不怎么变成人，这套衣服还是十几二十年前，石美琳给我买的。眼镜也是她给我的，说这样看上去像大学生，走在路上不容易吃亏。"

麦麦点点头，兴奋地把菜单递给他："荣荣，你喝什么？"

王德荣拿着菜单，一目十行，数字都有些大。他委婉道："有没有白水？免费的那种。"

"当然是我请你喝！"麦麦想起大哥手头紧，"你喝什么？汽水还是奶茶？"

荣荣感动不已，索性实话实说："我想喝珍珠奶茶。"

麦麦从后厨备好奶茶和一块黑森林蛋糕，一齐放在小托盘上，端出去就看到毛毛在荣荣脚边看他。

---

[1] 身体质量指数，是国际上常用的衡量人体胖瘦程度以及是否健康的一个标准。计算方法为体重（单位：千克）除以身高（单位：米）的平方。

荣荣弯腰将猫抱起来放到膝盖上,压低声音说:"我怎么感觉这猫……我闻闻。"

麦麦认同道:"我也在它身上闻到了类似小猫人的味道,但是不确定。"

"小白猫,你能听得懂我讲话不?"荣荣试探问。

毛毛"喵"了一声,意思是能。

一时间,小猫人们面面相觑。麦麦凑近疑惑问:"那你昨天为什么不和我说话呢?"

毛毛还是小猫,只有七个多月大,表达不怎么顺畅。它站到桌上,说:"因为滚滚,烦。"

麦麦看了一眼四周的猫,关心道:"今天除了你,好像其他猫都轮岗了。你被欺负了?"

毛毛否认:"小花,拉肚子。我,调班。"

"你还知道调班啊?"荣荣稀奇。

"秦陆,说过。"毛毛答。

"荣大哥,这怎么办?"麦麦抬头问荣荣。

"这猫还小吧,都没满一岁,也不好说。"王德荣陷入思考,"而且不是所有小猫人都会变成人的,得看个猫意愿。我不就是都到七八岁了,才迫不得已变成人的嘛。"

麦麦说:"滚滚和它一样大,身上好像也有小猫人的气味。但它不让我靠近,我确定不了。"

"没事,它们都还小。"王德荣道,"不过和联盟打个报告总没错。"

听闻,麦麦立刻踌躇满志:"好!这件事情交给我吧!"

讲完毛毛、滚滚,王德荣小心地从自己随身携带的帆布袋里面掏出一本册子。

他一副神秘的样子,紧张而迅速地将册子塞给麦麦,声音低

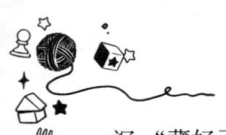

沉:"藏好了啊,不要给别人看到了。在家也偷偷看,千万不要给程凛发现了!"

"好的。"麦麦接过,好奇地问,"是什么东西呀?"

"就是上次说的,生理知识手册。"王德荣说,"我怕你不认识字,拿的注音版本。你可放心阅读。对了,最近可有什么不舒服的地方?要及时观察。"

"我昨天闻猫薄荷昏迷了。"麦麦说,"好奇怪啊,我记得我小时候对猫薄荷没反应的呀。"

"唉!就是因为你大了嘛!"王德荣叹气,"说明你要成熟了。"

毛毛舔了舔自己的毛,忽然问:"昨天,那个,是朋友?"

"不是。"麦麦明白他在说程凛,遂回答,"是我的主人呢。"

"他,紧张,以为,你死了。"毛毛拿后腿蹬了蹬自己的耳朵,"快哭了,可怜。"

"啊。"麦麦心里痒痒的,有点不是滋味,"吓到他了。怪不得我醒过来时在车上呢。"

"你变成人他都没晕过去,"荣荣添油加醋,"这次真把他吓到了。他很重视你!"

说完,王德荣珍惜地捧起那杯珍珠奶茶,用粗吸管瞄准黑糖珍珠,猛地一吸,幸福竟是如此简单。

联想到衣服上奇怪的水渍,这刻麦麦跟着真切地意识到,可能在程凛心中,程麦麦的确也是非常重要的角色吧。

两个小猫人对坐无言,麦麦将黑森林蛋糕推过去:"大哥,你吃这个!"

王德荣拿起蛋糕叉,转移话题:"我们看一会儿《泽少爷的狂霸爱恋》好不好?今天大结局了。"

功夫不负有心人,原本不可一世的端木泽在经过跳河救人、两肋插刀、断了条腿等情节后,终于使得秦温蒉回心转意。而此时,秦温菀也从被总裁强制爱的金丝雀,变为独当一面的优秀设计师。

"我这段时间落下了几集没有看。"麦麦问,"他们进展如何了?"

"端木泽为了救秦温菀断了一条腿,坐轮椅了。"荣荣介绍,"不过是暂时的,医生给他接好了,不影响以后走路的。"

麦麦抱着毛毛,和荣荣一起看到结尾。

结局花团锦簇,美不胜收。在隆重的交响乐声中,端木泽坐在轮椅上,拿着八克拉的钻戒向秦温菀求婚。秦温菀答应下来,他们在花瓣雨中接吻,就结束了。

"哦,他们谈完恋爱就结婚了。"麦麦若有所悟,问,"荣荣,你谈过恋爱吗?"

王德荣别扭地扭过头,过了会儿说:"算是有吧。奶奶去世,我被赶出来后喜欢上了一只三花。我们一起在小区里找东西吃,我每次都会让它先吃的。"

"然后呢?"

"然后嘛,没有然后了。"荣荣说,"后来它被隔壁楼的阿婆收养了,楼道我进不去,没再见过。不过有次看到它的主人搬了一纸箱的小猫下楼,送给其他邻居,说是它和家里另一只猫生的小猫。"

"好可惜啊。"麦麦说。

"这有什么可惜的。"荣荣不以为然,"它的主人对它不错的,有个地方住,肯定比和我一起风餐露宿要好。"

"爱情,复杂。"毛毛评价。

"你懂什么。"王德荣搓搓小白猫的脑袋。

十分钟后又来了桌客人,麦麦忙着接待,王德荣起身告辞:"小弟,我走了。我也要去上夜班了。"

麦麦连忙:"荣大哥,还没问你呢,你的工作还顺利吗?"

"我的工作也是麻烦联盟安排的,在公园当巡逻员,有个宿舍住,还不错。"王德荣请他放心。

"辛苦吗？"麦麦担心。

"不辛苦，我管辖的地区基本没人来，我也偶尔变成猫在森林里面散散步。工资是预发当月的，我过几天就能去给奶奶扫墓了。"王德荣摘了鞋套，冲麦麦挥挥手，"再见小弟，谢谢你招待我，下次再来找你！"

麦麦依依不舍地与好朋友道别，下班后将荣荣给的册子小心地藏在书包的夹层里带回家。

回程的车上，程凛问："今天忙不忙？"

"今天好多客人呢。"麦麦抱着包高兴地说，隐瞒了王德荣来送册子的事情，"我还教大家打牌了。"

趁红灯，程凛扭头看了麦麦一眼，发现麦麦一直看着他，与他眼神相触后，旋即嘿嘿一笑。

程凛一边摸着方向盘，一边压抑嘴角："笑什么？"

"看到你高兴啊。"麦麦回答。

天气正处于乍暖还寒时，刚下了场雨，风很大。程凛见麦麦抱着外套下了楼，启动车时将窗关了，开了点空调热风。

如今在这密闭空间坐了会儿，麦麦深呼吸了几下，闻到程凛身上极淡的古龙水味，心里忽然烦闷，自顾自挠挠脖子，嘀咕道："好像有点热呀。"

程凛又瞥他，见他脸颊真有点红，奇怪道："我暖气开大了？"

麦麦想想，认可了这种说法："嗯，好像有点闷呢。"

程凛便关掉空调，将副驾驶位的窗稍微降下去点，嘱咐说："等会儿觉得差不多了自己把窗关上。"

带着雨水潮湿气味的新鲜空气涌进来，将那种令人憋闷的气息冲淡了些。麦麦闻了会儿，心中的毛躁因此被磨平，然而这症状并没有完全消散。

夜里临近睡觉，麦麦洗漱完，拖鞋噼里啪啦，他蹦着到床沿。他正准备再说点话，关心关心昨天程凛是不是哭了，可那种毛躁的感觉又出现了。

程凛正靠着床背看笔记本电脑，也在等麦麦。出于对自家刚上班的猫的关心爱护，他本打算再盘问两句猫薄荷的下落，谁料刚啰唆两句，麦麦却有些不情愿地说："处理掉了，你别说了。"

程凛愣了愣，随后说："哦，那就好。"

麦麦忽然产生奇怪的感觉，像被一种不易察觉的焦躁击中了。他有些不知所措，便利索地变成猫滑进了被窝，将自己蜷缩成一团，贴着主人睡着了。

程凛没摸两下麦麦的后脑勺就失去了资格。只听见脆生生一句"晚安"，程凛低下头，就看见麦麦骤然缩小，像块刚出炉的新鲜吐司一样贴着自己。他摸了摸毛茸茸的猫脑袋，不再多嘴。

次日。闹钟响了。

程凛睁开眼按掉，准备叫麦麦起床，一摸摸了个空。被子下那块地方甚至是冷的。

"起这么早？"他睡眼惺忪，抹了把脸，确认时间是对的，早上7点半。

明明先前麦麦不上班一个人待在家，一觉常常睡到九十点钟也是不稀奇的事情，更别提没变成人的时候，猫也还小，随便躺哪儿都能眯上一会儿。

如今却成这番光景。

程凛推开卧室门，就见麦麦已经变回人，穿戴齐整坐在沙发上，连包都背好了，见他出来，精神地招呼说："你醒啦。"

程凛恍若隔世，又看了眼墙上的挂钟，确认自己没有睡过头。

上班真的有这么大吸引力吗？

程凛叼着牙刷，抓了抓自己的头发，忍不住陷入了思考：是不是麦麦年纪小，对世界比较新鲜，所以就有上进心？他怎么就没有过这种积极进取的阶段？

"快来喝咖啡吧，我给你做好了。"麦麦又在屋外招呼道。

程凛从房间出来就闻到了咖啡豆的香气，洗漱时还在揣测是不是猫的心意。现在麦麦这么说，他顿时浑身爽利，迅速冲到餐桌前，拉开椅子坐下。

桌上果真有一杯热拿铁孤零零地放着，上面还有个极标准的白色爱心拉花。

程凛嘴角的弧度难抑，利落地给面包机上膛，装好两片吐司，再用间隙时间换好衣服，恰好"叮"一声，面包也烤好了。

程凛把早饭都摆到桌上，喊麦麦开饭。

脆面包配淡黄油、薄火腿，一杯"麦氏爱心热咖啡"。呷一口咖啡，唇齿留香，暖到心田，真是神清气爽。

饶是感动，程凛推测来推测去，最后问坐在桌子对面的人："你早起……是为了给我做咖啡？"

这未免有些自作多情了。但麦麦却被戳中心事，不好意思道："嗯，是的！"他认为自己昨天晚上对程凛说话的态度不是很好，因而一早起来泡咖啡算作赔罪。

程凛无视了这言语中的迟疑，攥着咖啡杯感动到心软，将来发达后和麦麦要过什么样的生活也想好了——

开轩面场圃，把酒话桑麻。场地大，方便猫跑动。

他看着麦麦，说："我现在觉得晚上喝一杯咖啡也不错，你不用特意早上起来准备，多睡一会儿吧。"

麦麦表情不怎么自然地点点头。荣荣昨天给的册子还在夹层没动过。

他之前从未察觉，现在才发现生活安排实在太紧密，程凛简直如影随形，这个家压根没什么私人空间，他实在没机会打开册子学习研究。

去上班的路上，心事重重的麦麦将车窗开到最大。

早高峰不比傍晚，高架有些拥堵。停上一会儿，周围车的尾气闻个遍。

原本自然是麦麦爱怎么样就怎么样，但程凛吸了会儿恶劣的废气，受不了了，把车窗关上了。麦麦静坐了会儿，又将车窗降下去了。

"你这么热？"程凛真是摸不着头脑了，"这天要开这么大的窗？"

麦麦说不出来自己心里的想法，下车前，他极迅猛地打开车门，逃也似的走了。

大爷给麦麦介绍了今天值班的猫咪，出现不少熟面孔。麦麦一一打了招呼，戴上围裙和帽子开始打扫卫生。还没打扫完，后台已经涌进三张预约单，两张双人的，一张单人的，都在下午。

生意越来越好，仿佛财神猫显灵。麦麦认真将信息登记在案，随后快马加鞭打扫完卫生，躲到了后厨的角落。

趁上午暂时没有来客人，他打开自己的双肩包，小心翻出那本册子。

册子封面写了"小猫人卫生健康指南"，下面还有一行小字，写的是"生长发育期"。

打开册子，就见目录以年龄段划分，罗列极尽详细，麦麦的视线一路向下，磕磕绊绊拼读，半是凭借直觉，终于找到一岁年龄段所对应的时期——成熟期。

册子写得很用心，考虑到大部分小猫人都文化水平较低，用的语言极为简洁明了。

在该单元中，手册指出，小猫人虽然智力较高，具备在一岁后化为人形的能力，但仍与普通猫相同，在一岁左右进入成熟期。

麦麦根据上面的注音缓慢阅读："多发生于春、秋两季，在正式步入成熟期前的过渡阶段，小猫人逐渐产生个体独立意识，身体及心智发育趋近成熟，尤其男性小猫人可能会出现对特定的气味敏感，多思多虑，情绪不稳定，产生暴力行为等诸多生理状况……

"症状会维持两周到一个月，具体可细分为前、中、后三期。"

偷偷摸摸不工作看手册，麦麦紧张得一目十行，扫到本页末尾。比起上文，下面提示框中的文字用了更加显眼的字号和字体写道：

成熟期前的过渡阶段是小猫人生长发育中必然会经历的，尽管在此期间产生情绪波动、出现叛逆行为，但均是正常的生理现象。请一定遵循人类社会的法律法规和道德准则，万万不可做出违反公序良俗的事情，不得未经允许与他人产生过度肢体接触，不得将自身意愿强加于他人，更不得采取任何言语或行为上的暴力手段以期达到自身意愿！

尤其是家有饲主的小猫人，谨防因不当行为伤害饲主情感而被弃养！！

一念之差，天堂地狱！！！

外面门铃响了，麦麦倒吸一口凉气。他来不及看后面的，把手册胡乱塞回背包，起身去接待顾客。

手册中的警告太富有感染力和威慑力，尤其是"弃养"一词，极大震撼了这只橘猫的内心。

麦麦开始回忆自己昨晚的行为，一切都有了解释。他开始对程凛身上的气味敏感，又不希望程凛还因为猫薄荷的事情担心他，认为自己能做主，从而下意识语气态度不好起来。

显然，这就是手册上说的"采取言语暴力手段以期达到自身意愿"。

尽管程凛明显并未放在心上，且因为一早的一杯"麦麦咖啡"就喜不自禁，但程麦麦依旧认为，自己或已无意中严重伤了程凛的心。

"怎么办啊？我不会被丢掉吧？"小猫人叹了口气，一筹莫展。做不了程凛的家人，让他们仅处于饲养员和小猫的关系中，这令麦麦极度烦恼和忧虑。

下午，预约的客人陆陆续续来了，预约单人桌的是个熟面孔，正是昨天加过麦麦联系方式的男生。

"我给你发消息了。"男生站在玄关处，笑着举了举手机，说，"可能你在忙，没看到。没关系。"

麦麦带他入座，何信指了指他的名牌问："你叫麦麦吗？好可爱的名字。"

麦麦十分骄傲，说："对，这是程凛给我取的名字！"

何信误以为"麦麦"是花名，程凛是这里的老板之类的，没当回事，介绍自己说："对了，你是不是还没改我的备注？我叫何信。"

"好的。"麦麦认为这是客人责怪他不上心，紧张道，"何先生，我记下来了。"

"别，我们才差几岁啊。"何信笑起来，说，"你还不如喊我'哥哥'。"

"这怎么行呢。"麦麦想也不想就拒绝了，把菜单递给他，义正词严道，"您是客人！"

何信倒是并没有强求，转而问："你推荐哪个？都是你亲手做的吗？"

"奶茶是最受欢迎的。"一旁又有等着点单的客人，真是令猫

焦头烂额，麦麦老实地快速答，"基本都是现成的，我装到杯子和盘子里就可以了。"

等麦麦用小托盘将餐品端到何信桌上，这人又问："这里是不是还可以买猫零食喂猫？"

"是的。"麦麦答，"您需要什么？"

何信很大方，先要了几个最贵的猫罐头。麦麦得到如此大单，十分喜悦，积极替他张罗打开。一听见铁皮剐蹭的声音，闻到香味，周围的猫迅速敏感地聚集过来。

连滚滚也不例外。

只有毛毛因为不合群，从来不参加这样的活动，只远远站着看这边，像个掉在瓷砖上的白色糯米团子。

何信接过麦麦递给他的罐头，拿勺子挖了极大的一块，佯装无措地问："嗯……麦麦，怎么喂？就这样喂吗？"

麦麦接过勺子，耐心地做演示："您可以每次少喂一点，这样能多喂几只猫。"

何信还想再看一会儿，麦麦却将猫舔干净的勺子还给了他。随后趁周围人不注意，橘猫绕到角落，猛地抱起在舔毛的毛毛，悄声对小白猫说："你也吃点吧！是罐头！"

毛毛并未抗拒，麦麦就把猫抱到何信面前，介绍道："它是毛毛，很乖的。嗯……就因为是白猫，抢不过其他猫。可以给它也吃点吗？"

何信刚答应下来，滚滚就滚到两人脚边，开始抗议。毛毛睨了滚滚一眼，"喵"了一声，意思是：不吃了。

麦麦不允许，认真道："你吃你的，我要和滚滚聊一聊。"

被谈话的猫滚滚是只虎头虎脑的年轻狸花猫，对开展本次谈心并不配合，数次想要逃脱。

"你为什么对毛毛态度那么差呢？"麦麦蹲在角落悄悄问它，

"因为它是白猫吗？"

滚滚："滚。"

经过观察，麦麦发现，或许因为是店里唯一纯白的猫，毛毛的确猫缘一般。但滚滚不在时，其他猫也能与毛毛友好相处——显然是滚滚带头孤立的小白猫，并且在其他人或猫想要接触毛毛时，它还会加以阻止。

"听秦陆姐和大爷说，你们小时候还一起流浪过一段时间呢。你为什么要这样？"麦麦真是感到不解，"我和荣荣就是好朋友。"

谁管你。荣荣又是谁？滚滚心道。它表面依旧充耳不闻，自顾自玩耍。

麦麦叹口气，只能劝诫道："这样下去毛毛会讨厌你的！"

滚滚还是无忧无虑咬着球玩的模样，实则听到这句话后动作僵了一瞬。但这细小的变化麦麦并未捕捉到。

没了滚滚的阻挠，毛毛慢悠悠吃完这顿天降下午茶，又一只猫去角落晒太阳了。而比起猫的悠闲，随着新来了两桌散客，小猫人麦麦忙得不亦乐乎。

麦麦要确保每张桌子都起码有一只猫作陪，还要一会儿进去准备饮料甜品，一会儿出来给客人拿他们需要的桌游卡牌，必要时还要做讲解。将几桌客人都送走，已经超过原本约定的下班时间。

何信是最后一个走的，他摘了鞋套，在玄关对着麦麦说："今天很开心，谢谢你招待。下次记得回消息哦。下次我们找个两人的游戏一起玩吧。"

麦麦从这段话中分析得出，何信不日还将光顾猫咖。

有稳定的回头客了！麦麦干脆地答应下来，道别后到后厨整理东西，再摘围巾和帽子，最后背着包撩开帘子出去，就看到程凛已经站在前台的招财猫旁边等着了。

程凛认为，虽然麦麦嫌他拿不出手不让上楼，但都已经超过

十五分钟了,他担心上来看看也是很正常的。

尽管当下有难言之隐,可见到人,麦麦下意识还是先感到高兴。

麦麦颠儿颠儿地冲到程凛面前,露出非营业的笑容。

大爷骤然想起见过这男青年,好奇地打量,问:"小麦,这是你哥哥?"

程凛刚想应下来,麦麦却认真说:"不是,是我的主人。"他知道大爷耳朵不好,生怕大爷听不见,"主人"一词说得极字正腔圆、极响亮。

大爷、程凛一时无语。

什么主人?

没等程凛找借口挽回,大爷忽然想到自己女儿说过的,麦麦来上班有补贴,于是呈现豁然开朗之态:"哦,主任!你们之前是一个部门的?"

"对。"程凛得救般把麦麦拉到自己身旁,捏了捏麦麦的手,顺便替麦麦把没翻好的衣领提正,"大爷,我们先走了。"

大爷背着手目送他们走,欣慰地点头称是。程凛真是青年才俊,如此年轻竟然已经迈上领导岗位,未来可期!

"我说错话了吗?"麦麦出了门茫然地问。

"没事。"程凛安抚道,"这边是主任就主任吧,下次和别人就说咱俩是朋友。"

"可是明明不是这样。"麦麦说,"人类为什么喜欢说谎?"

"你现在也是人模人样的,说什么排除异己的话?"程凛算是服了,打开车门让他进去,"那你想怎么说?"

麦麦忽然喃喃地不说话了。

猫心想,家人啊。

程凛没注意到麦麦的欲说还休,坐上驾驶位后把自己路上买的冰柠檬水递过去:"这才几天,怎么下班已经越来越晚了?"

他提建议:"到点你别管客人还在不在,直接走呗,多上一分钟的免费班都是亏了。"

"那怎么行。"麦麦责备地说,"做事情要有始有终。"

程凛心道,自己家怎么有个这么品德高尚的宝贝,说话还一板一眼的。

但尽管道德落入下风,心还是操不完的。他继续指摘道:"你们这么大个店就配你一只猫,忙不忙得过来?是不是压榨你了?太累了就别去了。"

"没有呀。老板和大爷都对我很好的。"麦麦克制地否认,"只是今天下午客人比较多。"

程凛看了会儿副驾驶位上的小猫人,看他说话喝饮料的侧脸,伸手想摸摸他的头发。麦麦却借着喝水的当口,不知是有意还是无心,将他的手躲开了。

程凛愣了愣,发动汽车准备回家。而说到客人,麦麦回想起来,红着脸兴奋道:"我有回头客了!我们还加了联系方式。"

程凛猛一脚踩了刹车看麦麦,内心疯狂亮红灯:"你没事加人家联系方式干什么?!"他挺直腰板,"这个行为叫私联!"

"他说后面会一直来呢,所以加上好联系。"麦麦解释,"他今天买了好多猫罐头喂猫,是非常不错的客人!"

"男的女的?"

"男的。"

"多大?"

"他说他是大学生,马上毕业了。"

"删了。"程凛道。

"不行。"麦麦说。

"我不是你主人吗?"程凛冷酷道,"主人让你删了。"

麦麦颇有些不悦,主要是迈入成熟期前本就情绪不稳定,现在又事业受挫,上班第一天不慎吸食猫薄荷晕倒,把程凛吓了个半死,直接导致他对麦麦上班这件事长期持消极态度。

不肯定就是否认,不表扬就是不信任。

小猫人郑重重申道:"不能删,你是主人,他是客人!"

麦麦翻出手机中的聊天记录以作展示。程凛眼神阴鸷地凑近了看,的确,再翻来覆去,那聊天框里还是只有孤零零两条消息。是何信说今天还会来,预约了,随后发了个可爱的表情包。麦麦甚至没有回复。

程凛哑口无言,挑刺说:"这个表情包太可爱了吧。"

"这你也要管!"麦麦不满道。

纵使并未信服,程凛此刻也只能闭上嘴开车,任凭小猫人将窗开到最大。怎么都给买冰饮料了还得开窗,这天真的有这么热吗?六十迈的风好大,都要把他的心吹冷了。

晚饭后麦麦依旧要上扫盲课。他带着平板电脑坐回餐桌,去拿纸笔时,就听到平板电脑里传出老师询问的声音:"同学们,听得到我说话吗?"

麦麦赶紧坐回座位,按了下屏幕上的开麦键,凑近说:"老师,听得到!"

程凛坐在沙发上没忍住笑了声,发现麦麦很严肃地看过来,连忙镇定道:"你学你的啊,看我干什么?"

"你笑什么?"

"我刚想到件挺有意思的事情。"程凛说,"等你上完课告诉你。"

然而麦麦上完课后就自顾自洗漱睡觉了。程凛一会儿没看见人,推开卧室门,才发现一不留神,小猫人已经换好睡衣,正抱着被子侧躺在床上看手机。

程凛还想故技重施,拿着笔记本电脑靠着床背装模作样看会儿再与小猫人搭话，可发现麦麦没有丝毫买账的意思，自始至终都背对着他津津有味地看手机。

程凛："这么看手机当心斜视。"

麦麦一动不动，只问："什么是斜视？"

"就是一只眼睛站岗，一只眼睛溜号。"程凛"啪"地合上笔记本电脑，说，"手机拿来充电，睡觉了。"

麦麦交了手机，程凛将台灯关了，准备像往常一样摸摸麦麦的脑袋："今天摸几下？"

谁料——"可以了。"麦麦扭开脸，抬手拿开他的手礼貌地说，"一下就够了。"

还没等程凛再做出反应，麦麦转眼又变回了橘猫，猫拿毛茸茸的脑袋蹭了蹭人的手心，随后自顾自踩着被子寻找地方，然后选择在距离程凛极远的床尾蜷缩了起来。

饶是再怎么装游刃有余或镇定，程凛仍显出些许狼狈。他平稳呼吸，表面豁达，扬声对着"天涯海角"的猫道："好，那就早点睡吧。"

实则程凛翻了个身躺回自己的位置，开始内耗。

今天又哪句话得罪它了？他只是觉得麦麦认真喊麦的样子很可爱，早知道不该笑那一声，猫本来就敏感。

还是因为那个客人？

程凛一激灵，认为症结就在此。麦麦认为他的看法是失之偏颇的，可他觉得自己没错——预约就预约，加什么店员的联系方式？又不是奢侈品店的销售，加了麦麦要干什么？

不……也可能就是他在疑神疑鬼？

程凛翻来覆去推测了一晚上，结果就是次日早上在车里说："麦麦，昨天是我态度不好，保持联系就联系吧。可能人家就是想来猫咖玩。你不要生气好不好？"这大度已经是他开导自我，退让一万步的结果。

麦麦吹着风,感到莫名其妙,真心实意道:"我没有生气呀。"

和程凛的猜测恰恰相反,麦麦的拘谨都是因为被手册上的"弃养"二字所震慑,麦麦认为自己不能再在无意中有让程凛感到冒犯或伤心的言行举止了。

所谓多说多错,不说不错,他希望保持一人一猫的距离,通过保守的行为举止平安无事度过这段时间。

麦麦真没有生气吗?

这天夜里,程凛半醒不醒,下意识想摸摸猫有没有踢被子,一摸摸到个空。

他顿时睡意全无,翻身下床开始找猫。

仅仅十分钟前,麦麦看了一眼呼吸平稳、双眼紧闭的主人,变回人蹑手蹑脚下了床。

他偷偷摸摸拿了自己的手机躲到客卧,并趁此机会将自己双肩包里藏着的手册又拿了出来。上次看到一半,总找不到机会继续研读。

麦麦把自己整个藏进被窝,打开手机的闪光灯做照明,鬼鬼祟祟把枕头支起来,随后小心翻开手册。

上次读到的警告给了他极大的震慑,他重新念了遍巩固道德防线,再接着往下读。

麦麦逐字逐句艰难拼读,才看了个开头,门"咔嗒"一声打开了。

麦麦以迅雷不及掩耳之势将手机和手册通通压在了枕头下,随后脑袋压上去,装作自己睡着了。

程凛走进屋,就看到黑夜里,小猫人从被子里露出颗脑袋,枕着枕头在睡觉。

他呼吸几乎停滞,这刻也有种茫然无措的感觉。

这几天只要不碰麦麦，他的态度就很好，讲话也都认真回复。但只要一碰他，他的态度就开始疏离，动作就开始抗拒。

程凛又走近两步，犹豫两秒将台灯打开，把灯光调至最暗，试探地喊了声："麦麦。"

麦麦立刻睁开眼睛看着他。

果然没睡。程凛心里焦灼不安，装得若无其事问："你怎么变回人睡到这里了？"

麦麦着急自己那恐怕永远都要读不完的手册，也唯恐程凛发现自己偷了手机玩，一时间只想着如何才能让程凛赶紧离开。

他想，在这敏感时期，想要不惹程凛生气而被弃养，保持距离是最明智的，况且自己也该有成熟大猫的风范了，便说："我想自己睡一段时间。"

"睡得不舒服？"程凛想摸摸麦麦的脑袋，麦麦却躲了躲。他的手僵在半空，收了回来。

麦麦的眼神明亮却躲闪，不说话，像默认。不知道安静了多久，程凛开口问："那一段时间是多久？"

麦麦回忆手册中说的症状可能维持的时长，犹豫而小心地说："可能半个月吧。"

程凛沉默了一下，站起身说："知道了。热的话记得开空调。遥控器在抽屉里。"

过了会儿程凛又敲门进来一次，把充电线给麦麦："别忘了每天给手机充电。"

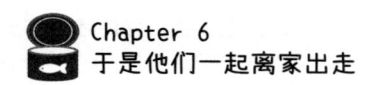

Chapter 6
于是他们一起离家出走

"心情不好？怎么不说话。"袁佳明问。

"偏要撞枪口干吗？"金梨说，"识趣点就别讲话。"

他们的好友程凛坐在老板椅上，看着手机保持沉默。氛围萧索，他的状态极不正常。

而这位人生向来顺风顺水的"富二代"会表现得如此失意，结合他近期言行举止——原本话里话外炫耀的不炫耀了，只能是人际关系出问题了。

这一周的时间里，一人一猫尽管住在同一个屋檐下，实际上形同陌路，各做各的事情。

程凛不知道哪里得罪了麦麦，处处小心，百般讨好。而麦麦的行动和态度也有些矛盾之处，让程凛猜不透他的心思。

行动上小猫人像是毫无回心转意的迹象，甚至愈演愈烈，渐渐连扫盲课都躲到次卧里去上。程凛坐在客厅，偶尔能隐隐约约听见麦麦回答老师问题的声音。

看似冷漠到极致，可程凛和他说话一定会回复，语调好像很高兴，偶尔也睁着亮晶晶的眼珠子偷偷看人，但程凛一旦回看过去，麦麦却会立刻移开自己的目光。

程凛认为，这何尝不是一种心虚。

到了今早，情况急转直下。麦麦一本正经背好包说自己要坐

公交车去上班,语气态度都好,就是坚决不愿意再坐程凛的车。

这个行为让程凛大受打击。已经离心了,程凛万念俱灰地想,猫足够大了,也完成了社会化,聪明机灵,独立自主,有自己的想法了。这疏离不就是拒绝的意思吗?

他恨不能自己也离家出走一次,寄希望于麦麦能因此体会到生活没有程凛是难以为继的,品质是会大打折扣的。可程凛又怕他一走,家真的散了——说不定他前脚一走,麦麦后脚就背着个包出门闯荡了。从此江湖里仿佛听见过你的名字,一别两宽,各生欢喜。

没办法欢喜,想都无法想象,他会惦念悔恨终身。

究竟哪里出了问题?

程凛认为他和麦麦应该找个机会认真谈一谈,但又踌躇无比,顾虑谈不出结果,开了天窗反而把麦麦推得更远。

他已经自作主张把自己的人生和麦麦深度捆绑,将麦麦视作自己重要的家庭成员,也从来没想到过,猫或许真的有要离开他的念头。

低气压中,程凛在 App 里搜索自家猫入职的猫咪咖啡店。

不似麦麦入职前,搜索名字只能跳出个店名词条,很让人怀疑其正当性,如今店铺已经登载详细的营业相关信息,上传了店内装潢照片、菜单,还上架了几款价格优惠的团购套餐。

上传的照片中有张特写,是块墙面挂着的小黑板。小黑板上有每只在职员工猫的证件照,还有它们的名字、性别和喜好。

因为在店里抽不出时间,这是事业心很强的程麦麦把黑板扛回家,花了两个晚上完成的。

贴照片、粘装饰品,这些布置都好说,就是小黑板空间有限,麦麦的写字技法却尚未炉火纯青,写不出紧凑的字。

例如"滚"字就笔画复杂、难度太大,麦麦眉头紧锁地描了好几次,怎么描出来也都是歪歪扭扭的,严重影响整体美观度。

所以最后，字全是家里的"秘书"写的。

虽然程文秘内心颇有些怨怼——麦麦是宁愿花心思给别的猫，也不愿意多看看家里另一个活生生的人了。但小猫人拿着笔一筹莫展，然后抬头求助地看向他，问："可以帮我写一点字吗？我的字太丑了。"他还是马上答应下来："可以，怎么写？你告诉我。"

想至此，程凛心里又是酸溜溜的，很不是滋味。他手指上滑，一项项仔细翻看过去，最后开始细品已积攒几十条的评论区。

顾客的带图评论大都在展示店里的猫咪，有的赞扬店主有爱心，开了这家全是本地田园猫的咖啡厅，猫咪都很亲人可爱；有的赞扬每只猫都被养护得极好，毛发顺滑，没有泪痕，牙齿也清理得极为干净。

也有两三条评论说店内环境不错无异味，店员很有礼貌，服务很周到。

这店员只能是麦麦。程凛看着看着满意地笑了笑，往下继续。只见倒数第二条评论说：店员弟弟很可爱，讲解桌游规则非常耐心，下次还会来哦：）[1]。

这人不仅晒了店里的猫咪，还晒了张麦麦站在他们桌边提供讲解服务的照片——小猫人戴着个帽子，穿着个围裙，认真而煞有介事地指着桌上的牌，嘴里似乎还在说些什么。

程凛的笑容又随之消散了。他想到那个加麦麦联系方式的客人。

他要亲自一探究竟。

店里，麦麦打扫完卫生，照常开始登记 App 上的预约信息。今天还没正式营业，后台已经进来了四桌订单。两桌双人，两桌

---

[1] 微笑字符表情。

单人。

在秦陆各个平台的积极宣传下，生意蒸蒸日上，几乎没了空当。新客不断涌入，甚至还有零星旁边学校的学生光顾。

其中一张单人桌订单的用户名极为熟悉，麦麦早就认识，是何信的。这两周，何信几乎天天都来，在麦麦的介绍下认识了全部的在岗猫咪。麦麦也逐渐摸透这位常客的爱好，知道他每次都点什么套餐。

能够拥有这样忠实的顾客，麦麦颇为感激，深感荣幸。

另一单的用户名则从未见过，一串儿很长的英文。麦麦很严谨地登记下来。

下午1点，用户ID为一串儿英文的预订人站在猫咖门口，按响门铃。

"来了！"麦麦熟悉的声音隔着道门传出。他穿着拖鞋跑出来，等看清门外是谁，表情一愣。

程凛知道麦麦不愿意让他来上班地点，他用力扒住门框，说："来随便看看。你就当我不存在，不会打扰你工作的。"

本以为小猫人会多少露出点不乐意的神情，未承想麦麦显得非常高兴激动："好呀，欢迎光临，快进来吧！这里换鞋套！"

只是不知麦麦出于何种考虑，将程凛安排在了最角落的位置，没给菜单就走了。桌上也没个二维码。程凛为履行不添乱的承诺，只能四处打量，沉默坐着不吭声。

屋里有两桌客人，一桌是学生，另一桌是年轻男女，程凛刚经过时无意看到男方微秃的头顶。一桌散客刚走，麦麦安置完家属，开始拿着抹布奋力擦收拾完餐具的桌子，神情极为专注努力，甚至哼哧哼哧，像在给桌子抛光。

天哪。程凛痛苦地想，这家伙在家里可是连抹布都没怎么拿过。

那脑袋上的三角巾帽子更是显眼。丑是不丑，就是显得麦麦很可怜,像西方童话书里被面包店老板剥削的,早上起来脸颊会有煤灰的学徒。

小猫人却怡然自得,擦完桌子就进了后厨,过了会儿拿小托盘端着吃的喝的来到程凛桌前。

"我还没点单呢。"程凛说。

"啊。请你吃。"麦麦眼巴巴看着他,介绍说,"这个是我做的咖啡,就是店里没法拉花。还有,这个是店里最受欢迎的蛋糕,叫彩虹千层。它每层的颜色都是不一样的。"

麦麦把吃的喝的放到程凛的桌上,又问:"你还想吃什么?我给你拿。"

"这么贵,都你请我吃啊?"程凛抬头看着他问。

"嗯,老板从我工资里扣就行了。"麦麦忠心耿耿地看着主人。

程凛回答这些够了,小猫人便不再停留,往后撤了步,带着小托盘跑了。

程凛因为麦麦对他独家的慷慨而心中舒畅很多,端起咖啡开始享受。

"服务员。"安静中,微秃男举起杯子,说,"我的这杯 latte[1] 没有放糖,太苦了。麻烦帮我放点 sugar[2],谢谢。"一旁的女生表情很尴尬,抱着猫不想看人。大概也不是自愿来的。

程凛倒也不是什么正义侠士,但这家伙是找自己家猫的碴儿。他冷冷道:"爱喝不喝,拿铁就是没糖的,装什么?而且人家有名字,名牌上不写了'麦麦'吗?喊什么'服务员'?"

麦麦却赶紧跑过来,态度非常好地说:"好的,先生,我给您重做。"

1　拿铁。
2　糖。

一会儿，这人又是只顾唾沫横飞地聊天，桌上的芝士蛋糕一直敞着盖没吃，粘上了空气中的猫毛，他再次喊来麦麦说："麻烦给我换一块 cheese cake[1]。"麦麦也照做。

等那人要求拉窗帘的时候，程凛"噌"一下站起来了。他正思考怎么找碴儿，麦麦又适时拿着自己的小托盘出现，给家属上了杯咖啡："你就坐在这里吧，不要生气也不要讲话。"最后几个字是重点。

在成为一名哑巴帅哥前，程凛还有些话想说："你对他们那么好干什么？该骂就骂，大不了不干了。"家庭内部有矛盾是另一回事，他是真的很心疼。

"要干的，我们是新店呢。"麦麦认真说，"要是他给我们打差评就糟糕了。"

"打就打。"程凛不以为然，"我给你想办法刷五星好评。团购券销量要不要？我现在买两百张，你来核销。"

麦麦说不用，轻轻拍了拍程凛的肩膀以示安慰，道："你放心好啦，我一只猫都能处理好的。到现在平台上都是好评呢。"

程凛这下按照麦麦的要求扮演沉默的雕塑。品尝咖啡。拿铁不加糖，极好的滋味。想必是他庸人自扰罢了。

还有两个星期而已，想必忍耐过后就是光明，风雨过后就是彩虹。

又过半小时，咖啡喝光了，烦人的客人也走了。程凛心情稍缓，这时外面的铃铛响了响，麦麦赶紧去开门："来了。"

有个年轻的男声说："哈喽，麦麦。"

麦麦也很高兴："你又来啦！"

---

1 芝士蛋糕。

这人进门后向里看了看。他人很高,打扮得青春洋溢,眼神也清澈,像大学生。

程凛竖起耳朵,只听见麦麦问:"你还是喝奶茶吗?"

对方说"对",麦麦说"好的,稍等"。

熟客。熟到已经相互认识,麦麦甚至都已摸清楚对方的喜好。程凛将警报拉满,认为自己这趟没有白来。

恰好另一边学生那桌想搬桌子,喊店员麦麦过去帮忙。

麦麦刚跑过去,被程凛先一步拦住:"我来吧。"他简单把外套的袖子往上扯了扯,没费多大劲儿将桌子搬到了另一个角落。

麦麦跟在他后面,脑袋骤然晕晕的,说:"谢谢。"

"谢什么。"程凛说完,图穷匕见地努努嘴,"那个就是加你联系方式的客人?"

"嗯。"麦麦点头。

程凛没再说什么,尽量表现得比较不在乎和豁达。随后他坐回座位,开始阴暗地观察。

麦麦去后厨给何信倒奶茶了。端上桌时,何信说:"谢谢。"

因为有点头晕,麦麦分了个神,没听清,一哆嗦问:"您说什么?"

"我说谢谢。"何信看着他,笑眯眯道,"有时候,我觉得你的神态也很像小猫。"

他这么一说,小猫人反而紧张得想冒冷汗。

在他上班前要签合同时,石景、石庭都曾严肃地告知过他,不能向任何人透露自己是小猫人。只有程凛这类签过保密协议,且与小猫人关系极为密切的人才能是例外,让他一定重视。

程麦麦连连摆手,着急地否认道:"我一点都不像猫啊!完全没有关系的!"

何信以为他不喜欢被这么说,便道:"只是想说你很可爱。"

"麦麦。"后面传来程凛的喊声。

麦麦赶紧扭头跑过去,高兴地问:"怎么啦?"

程凛面色不太好看,把自己空了的咖啡杯推过去:"再给我续一杯。"

这下麦麦要一边工作,一边分神看程凛,还要关注程凛周围有没有猫,十分辛苦。

不幸,十分钟后,一只三花猫路过程凛脚边停下了猫步,接着干脆地坐了下来。麦麦赶紧跑过去,把猫尽量自然地抱走了,顺势塞给何信。

何信接过猫,问:"你好像很关注那个客人。"他若有所思,"他还给你搬桌子。你们认识吗?"

麦麦点点头,何信并不意外,佯装热切地说:"看上去不怎么好相处,刚才喊你也很凶啊。"

本是离间之词,谁料一下子触到麦麦的逆鳞。小猫人生气道:"程凛很好的,你不能这么说。"

唯一遗憾的是程凛本人在翻来覆去地思考为什么麦麦要把猫抱走给何信,没听见这句话。

到了下班时间,很好的程凛一把攥住麦麦的胳膊,嘴上说:"你该回去了。"看的却是何信。

何信打量了两眼,表现得极为知趣,和他们礼貌地道别,先走一步。

麦麦背着包,不知为何他自下午起总偶尔感觉天旋地转,身体不太舒服,因此脚步跟得踉踉跄跄。程凛没给他选择是坐公交车还是坐私家车的机会,只沉默地拉着他快步往停车场走。

到了车前,程凛打开副驾驶位的车门,让麦麦坐进去。他刚把车开出地库,就发现余光中麦麦的身影忽然变矮——

小猫人直接抗拒地变回了猫。

程凛本打算利用麦麦逃不了的空间讲两句，沟通沟通，如今见猫这样，他也明白了其中再明显不过的抗拒含义，下午寻觅回来的好心情彻底散失。

他冷着脸开车，回想麦麦对着何信露出信赖、真挚的微笑。

可能见识到新鲜世界，结识新鲜人，新朋友越来越多，难免会认为旧朋友乏味。

程凛心中吃味地想。然而遥远的事情暂且不提，当下的矛盾依旧尖锐。

——麦麦应该还是喜欢他的。程凛说服自己，只是他实在太自信，因为小猫人向来赤忱到毫无保留，所以他心安理得接纳麦麦发出的"最喜欢程凛"的信号。

从没想过，麦麦或许有一天会不再"最"喜欢他。麦麦可能只是想结交更多好朋友，和程凛保持距离，不再如同往日那般亲密无间，不存在任何秘密而已。

他们也还是可以这样一起生活下去。程凛还是好主人，麦麦还是好小猫。

可是河流如何能够逆流而上？

到了家，一切如回到原点。程凛打开车门，要把猫抱上楼，麦麦却并未接受他的好意，利索地从空隙处钻下车，随后在人脚边站着监督。看到程凛把自己掉下来的装备都拾起来后，它彻底放下心，迈着轻快的小碎步跟在人后面，紧赶慢赶一起乘了电梯。

电梯上行，程凛看着反光的厢壁不作声。只见小小的橘猫站在他脚边，尾巴竖得极高，麦麦先用鼻子闻了闻他的裤腿，再用脑袋撞了几记，随后尾巴轻轻绕着，在他周围打转。

但过了会儿又像是回味着清醒过来了，电梯门一开，橘猫就立刻蹿了出去。

等进了屋,麦麦就跑到了自己八百年不用的猫窝一屁股蹲下,像否认刚才的行为,不认识程凛了。

程凛知道猫现在不喜欢,还是过去伸手搓了搓这毛茸茸的脑袋。

麦麦十分警惕而费力地仰头,试图拿舌头舔他的手,希望他能停止这种触碰。程凛却当没感觉,继续摸猫,从脑袋摸到身体。

麦麦看着他,忽然很可怜地"喵"了一声。

程凛终究心软了,停下手,下定主意说:"我们能聊聊吗?"

麦麦团成了球坐在猫窝里,听到程凛这么说,一副洗耳恭听的样子。

程凛盘腿坐下来,伸出根手指,说:"如果我说得对,你就咬我一下,好不好?"他抓心挠肺,却只能尽量平静地问,"麦麦,你是不是身体不舒服所以变回猫了?"

如果是,那么一切都好解释,是有难言之隐。

麦麦"喵"了一声,犹豫地举起前爪。因为不想给程凛添麻烦,也不知如何解释自己目前的境况,它将程凛非要它咬的手指推开了。

程凛得到答案,沉默了一瞬,站起来。那么可能就是不想和他说话,也不想坐他的车,所以才变成猫的吧。

当夜,麦麦偷偷变回人躲进了客卧。他躺在床上发呆,回忆昨晚终于熬夜读完的手册内容,内心颇为纠结。

从下午起,身体的不适感越发强烈。或许就如手册所言,末期部分小猫人会出现不明原因的高烧,但只要克服过去,他也将迎来真正的成熟期。

麦麦感觉浑身发冷,给自己扯上被子盖好,不多时,便昏昏沉沉，近乎要陷入睡眠。

程凛洗完澡从主卧出来，就看到客厅的灯已经黑了。他头顶盖着毛巾，看到客卧房门下漆黑的一道线，麦麦和前几天一样，早就进屋休息了。

程凛转而走到厨房，准备拿瓶啤酒消愁。路过客厅时，他发现小猫人忘记给自己的手机充电了。

这台智能手机熄着屏，大刺刺摆在玄关旁的茶几上。

程凛擦着头发，将手机随意拿起来准备去给麦麦。恰好屏幕亮了，显示何信半小时前给麦麦发了两条消息。

你朋友对待你太不温柔了，也不尊重你。

如果你只是无法逃脱他的控制，我可以帮你。

不温柔。不尊重。逃脱。控制。

程凛知道自己可能不该生气，只是一天喝三杯咖啡让他太亢奋，这一刻他再难忍受这忽冷忽热、若即若离的相处。即将失去麦麦的不安让他难以控制地愤怒、委屈且伤心。

推开房门，麦麦因为这动静睁开眼睛，只是看到程凛后，他马上想用被子把自己像蚌一般裹起来。因为脑袋晕，还是迟了一步。

程凛上前捉住麦麦露在外面的手腕，急促地说："麦麦，我有话问你。"

麦麦拼命想要挣脱，然而越挣，被人攥得越紧。平安锁的棱角顶着程凛的手心，痛感仍不及心头百分之一。

"你说清楚，这段时间一直躲着我干什么？"程凛声音发抖，问，"是不是要离家出走去别人家当小猫了？"

"不是。你快去睡觉吧。"麦麦艰难道。周围程凛的气息铺天盖地而来，浓稠如有实质。高热滚滚袭来，让他意识模糊，没有招架的能力。

"我怎么睡得着？"再重的话舍不得说了，程凛又掉了两行眼

泪,"是不是讨厌我了,打算再过段时间彻底摆脱我?"

"没有。"麦麦气若游丝地解释道,"怎么会讨厌你呢?是我身体不太舒服。"

一句话让程凛更加激动,手要掀被子:"你是不是哪里受伤了一直没说?我看看!"

麦麦窘迫地不断小幅地挣扎,想要蜷起身子,躲开程凛的手。他解释:"我快到成熟期了,头好晕。"

程凛强迫自己冷静。他拧开台灯,借着光,这才发现麦麦的脸颊泛红,呼吸节奏也过分急促。他伸手轻轻触碰到麦麦的额头,就摸到一片滚烫。

"怎么不和我说……"程凛急切道,"你发烧了!"

"没关系,发烧马上就会好的。"麦麦已经迷迷糊糊,还是很小声地为自己辩护,"手册上说,这段时间很容易伤害到主人的情感。我不是故意说话态度不好的,就是马上要进入成熟期了。可以不要弃养我吗?"

脑袋、身体都热,麦麦的手指却是冰凉的。

安静中,程凛问:"为什么觉得我会弃养你?"

"因为我们不是家人呢。"麦麦道,"你是人,我是猫。我们品种不一样。以后你有别的家人,我就得搬出去了。"

通过这段对话,程凛才隐隐约约明白,麦麦一声不吭的背后到底在不安些什么。

"是我不对,没和你说清楚。"他道,"怎么会弃养你?品种不一样就不能是家人了吗,都上一个户口簿了。我永远不会抛弃你的。"

麦麦因为高烧迷迷糊糊的,但听见这句话依旧高兴:"是吗?"

"嗯。家人就是这样的。"程凛轻轻道,"所以你也不能抛弃我。"

一直到凌晨2点,在程凛的照顾下,麦麦的状态逐渐好转。经过麦麦神志不怎么清楚的首肯，程凛拿着麦麦的手机给秦陆请假。

退出和老板的聊天界面，他盯着下一行的联系人看。红色圆点原本就有两条未读，这下数字翻了倍。或许是因为麦麦一直没回，何信又发了两条消息：

抱歉，是不是让你困扰了？

我没有恶意，只是下意识从替你考虑的角度出发了。

程凛神情冷傲地动动手指，回复：不好意思，他睡了。而且我不是他朋友，是他最重要的家人。

麦麦的高烧正在慢慢退去，因为身体没刚才那么难受，话也说开了，他抱着被子没心事地睡着了。

明明就是人的模样，程凛却总能想到他做猫时候的样子。

脸颊还带点婴儿肥，闭着的眼睛睫毛很长。

程凛撑着身子，不知今晚第几次操心地摸麦麦的额头。次数久了，小猫人开始不耐烦，迷糊中头往旁边挪了挪。

程凛不敢再打扰，只坐在床沿看护，却不知不觉睡了过去。

待他重新睁开眼，却发现自己置身客厅。只是这原本不能再熟悉的空间却陡然有些陌生，因为家具都莫名……膨大了数倍。

椅子脚像通天塔，茶几若高楼，猫窝似泳池。

寂静无声。程凛低下头，看到自己毛茸茸的前爪。花纹不详，只知道千真万确是猫爪的模样。看大小状态甚至是只奶猫。怪不得视野中所有的东西都巨大无比。

他变成猫了？程凛毫无波动地接受了。只是想到自己还养着的一只猫。猫呢？

这时，地板震动。

程凛扭过头，就看到大自己几号的橘猫跑着过来了。

麦麦小碎步走过来，雀跃地"喵"了一声。尽管仍旧是熟悉的圆脸、大眼睛、粉鼻头，但相比之下体积竟起码大了程凛两圈，需微微仰视，倒也有了几分威严的领导气质。

程凛拿自己的爪子过去比了比麦麦的，顿感自卑。他不清楚麦麦没变成人之前看他是何种感受，但他现在的确是有些受到震撼。

橘猫绕着它轻快地走了两圈，每每走到后方，猫尾巴都轻轻扫过它的脸，不知道是不是故意的，过了会儿又拿大脑袋顶它，俨然十分喜欢。

程凛被顶得胸口发闷，又被这尾巴扫得呼吸困难："等等等等。"

猫脸还有几分稚气，听见声音就低下头来，用鼻子嗅它的气味。

再然后，麦麦似乎认为时机成熟，忽然开始殷勤地替他舔毛——

闹钟响了，程凛猛地睁开眼。

他将闹钟快速关闭，没有下一步动作。梦做得太真，让他缓不过神，只盯着天花板发呆。

变猫这件事，应该不会通过亲缘关系传播吧，程凛心道。他张开手，确定是手掌而非猫爪，镇定许多。好在一切如故。

尽管程凛反应足够敏捷，麦麦仍是被闹钟的声音弄醒了。因为昨晚睡得太晚，他还有点迷迷糊糊的："要上班了。"

程凛低头看他，从床头柜拿来麦麦的手机，见秦陆已经回复了，遂道："睡吧，给你请好假了。秦陆说新员工今天会上岗，有她带，让你放心。"

原本咖啡店是做五休二，朝九晚六，现在因为生意很好，秦陆又多招了个员工轮岗，这样每日的营业时间增长，休息时间改成做一休一。

事业被秘书安排妥当了，爱岗敬业的麦麦又放心地倒头睡了。

程凛确认那只是一场梦后，再次摸了麦麦的额头，确认对方的确已经退烧，涌上劫后余生的困顿感。他替小猫拉好被子，也睡着了。

再醒过来已经是中午。程凛坐起身，靠着床背看手机里堆积的工作消息。麦麦补充足精气神，在床上滚来滚去，说："我康复了！"

"身体还有没有什么难受的地方？"前几日的郁结一扫而空，程凛别扭而幸福地侧过脸，摸了摸麦麦的脑袋，问，"你这个什么过……渡期，算是过了吗？"

"不知道啊，手册上说这个阶段的末期可能会发烧，应该不发烧了就是进入成熟期了吧。"麦麦思考，答完，又话锋一转，责备道，"你怎么什么都不懂呢？你上那么多学，不学这个吗？"

"我又没养过小猫人，我怎么知道。"程凛冤枉，"你到底看的什么手册？哪里来的？正规不正规？"

麦麦认为联盟的正当性是不能被质疑的。他半天捧来本手册："你自己看！本书编写组写的！是荣荣从联盟拿回来给我的。"

《小猫人卫生健康指南》。一上来，书名就震慑了程凛。他小心翼翼翻开，真心实意带有求知欲地看。

手册堪称手把手教导，考虑周全，极为细致。从症状到解决措施，对象不同，一一罗列，甚至还有简单的配图。

的确是一本编撰得非常翔实、科学、客观的手册，对小猫人的生理健康发展大有裨益。

麦麦回味这几天程凛的表现，慢慢从细枝末节的地方意识到，程凛可能比想象中更在乎自己。他思考了一下，问："你这几天是不是伤心了？你昨天还哭了呢。"

出于面子问题，程凛很想否认，最后冷硬地说："我又不知道你为什么突然和我保持距离。"他转移话题，"你为什么一开始不让我上楼接你？"

"咖啡厅里好多猫呢。"麦麦含糊答,"都和我长得差不多。"

程凛反应过来:"你和其他猫怎么会一样?"

"差不多呀。"麦麦答,"我是一只很普通的本地田园猫。"

"是吗?麦麦对我来说好像是不一样的。"程凛非要扭头对着不远处的柜子说,"是我最喜欢的小猫。"

"喜欢麦麦"他不止一次和别的猫、别的人说过,唯独没有告诉过麦麦本猫。

程麦麦呆了呆,瞬间的工夫又变回了猫。它先"喵"了两声,随后在床上撒腿跑了两圈,不慎被程凛的小腿绊了一跤,有些尴尬,于是就地躺下来,滚了滚。

谁知毛发太久没打理过,这一跑一滚,在白色的枕巾和被套上留下了许多小麦色的短毛。

刚说的话太煽情,不符合程凛的风格,他得说些煞风景的。他把猫抱起来,从抽屉里拿出滚轮,指着掉下的毛说:"其实你变成人也挺好的,不掉毛,我打扫卫生少几个步骤。"

于是麦麦一眨眼又变回人,自信说道:"嗯,我变成人是很明智的。"他想到什么,羞涩道,"那你之前说的都算数吗?我们现在算是家人了吗?"

程凛坚定道:"当然,我们一直都是家人。"他开始思考怎么才能让麦麦更加深信不疑这一点。

"这样啊。"小猫人十分高兴,"太好了。"

第二天一早,上班。

麦麦在后厨戴好帽子、系好围裙,按照平常的顺序开始打扫卫生。

他拿着抹布推门而入,就看到里间的桌子上,毛毛正在给滚滚舔毛。听见外面有动静,滚滚就地打滚,很快滚远了。

"哇。"麦麦高兴地走过去问毛毛,"你们关系这么好啦?这才对!"

毛毛还是一副淡定的模样,舔了舔自己的爪子,"喵"了一声,答:"还行。"

麦麦想到自己多日以来的烦恼被解决,亦是十分高兴。他拉开椅子坐下来,托着腮和猫说:"我有家人了!"

毛毛抬头看了他一眼,说:"恭喜。"

"程凛说正好我长大进入成熟期了,要给我补个正式的'聘猫'仪式呢,到时候邀请你来参加。"麦麦说,"不过没有那么快,他最近工作比较忙。程凛说仪式还是需要好好筹备的,不能那么草率。"

"程凛,谁?"毛毛问。

麦麦思索如何介绍合适,毛毛又问:"眼泪……男?"

这么一形容倒也合适。麦麦道:"是呀,就是他呢。他怎么这么爱哭呢?"

毛毛:"哭包。"

自正式从主人升级成家人后,眼泪男春风得意,一改原本求而不得的怨念模样。但因为此时此刻有猫在背后说他坏话,他还是猛打了个喷嚏。

金梨:"好恶心,离开我的办公室。"

程凛捋了一下自己的头发,自信道:"我想私人请金老师帮我个忙。"

这么一称呼,金梨也立刻自信了:"说吧,我选择性答应。"

程凛说:"想请你设计个请柬。"

夜里,对着交友圈迫不及待散播了一圈消息的两人又相会到同一屋檐下。程凛问:"和猫和人和小猫人都说了没?"

麦麦拿着笔坐在饭桌前,一边闷头认真写写画画,一边语气高昂地回答:"说啦。"

程凛渐渐靠近，贴心问："又在写什么？要帮忙吗？"

"我在写日记呢。"麦麦道。

程凛本还想凑上去看，一听他在从事这么私密的工作，只得先走开了。

麦麦倒没什么隐私观念，写完了还递过去："可以帮我看看通顺不通顺吗？"

程凛走过来问："我能看？"

麦麦奇怪道："可以啊！写的就是你！"

程凛遂将本子打开。麦麦的字还是不怎么美观，每个部首各管各的。

程凛开始念：

> 今天天气很好，我完成了在猫咪咖啡店的一天工作。毛毛和滚滚成为好朋友，毛毛tian了滚滚的毛。我明天要问联盟，这样的小猫人怎么处理。傍晚，程凛接我下班，晚饭他烧了gālí，这是一种用像巧克力一样的东西煮出来的，非常美味呢。开心的一天。

程凛细读两遍，问："毛毛和滚滚是什么？怎么占了这么多字数？"

"你忘啦？"麦麦问，"就是店里的两只小猫呀，一只是白猫，一只是狸花。它们身上都有小猫人的气味，我得负责向联盟汇报这件事。"

程凛内心喜悦，表面客气道："哦，怎么写完它们就光写我了？"

"老师说日记不用面面俱到的，写自己想写的就行了。"麦麦回答。

第一期扫盲课快结课了,他正在努力地温故知新。可不能因为打工影响了学习,万一结课考试没过就风光不再了。

程凛心里更是愉悦,接着就听见自家猫道:"我下次可能写点荣荣。"

秘书顿时有点不爽:"你写了荣荣还写我吗?"

麦麦似无察觉:"写呀!"

"那是写荣荣字数多还是写我的多?"程凛追问。

麦麦诚实地回答:"不知道啊,我还没写呢,等我写完数一数告诉你。"

程凛觉得自己也挺有毛病的,非要和一大爷争高下,遂不再多言。

终于写完作业,麦麦坐上沙发,开始看电视。自从《泽少爷的狂霸爱恋》播完后,他陷入了"剧荒"。小猫人随意选了一个台,开始看电视上正在放的江湖剧。

程凛看麦麦坐在沙发上,便也跟着坐过去,麦麦看电视,他就拿台平板电脑看看新闻。

麦麦看得全神贯注,颇为欣赏这女主角,身手出众、仗义行侠,弓箭使得极为出神入化,此外,还有一只老鹰站在她肩头,听从差遣,使命必达。

他看得热血沸腾,想象自己是……那只鹰。麦麦扭头询问:"我们可以这样吗?"

"又怎么了——"程凛只见余光里人又不见了,紧接着睡衣里钻出只橘猫。

麦麦兴致大发,踩着程凛的大腿就攀缘而上,扒着他半边身子不放。

整只猫拉得很长,橘猫前爪先压住程凛的肩头,猛地发力踩

了上去。不慎一脚踩到人肩膀上的麻筋，让程凛没忍住号了一嗓子。

麦麦"喵"了一声，拿猫爪拍程凛的脸，询问对方是否安好。

程凛托着它到落地镜前，问："领导，这是你想要的效果吗？"

橘猫昂首挺胸，但底下的人怕它滑下去，拿手护着，姿势不够潇洒。麦麦看了看，跳下去走了。

"哎。"程凛恰好注意到橱柜和镜子中间的缝隙里有个卷轴。想起来是什么后，他蹲下来把东西抽出来，招呼道，"别走，这里有个好东西。你过来看。"

那卷轴极大，横向展开近两米，花纹极为眼熟。是张世界地图。

"你来看看，就知道岛在哪里了。"程凛说。

昨天他们一人一猫简单商议了"聘猫"仪式，大致拟定了方向，程凛又询问办完仪式去哪里旅游。

如今程凛将这张极大的世界地图展开，讨好道："你看看，想去哪里都可以。国外也可以，我们坐飞机去，用不了多少时间。"

猫坚毅地步上地图，四只脚踩四个地方，横跨南北贯穿东西，从东大洲踩到西大陆，最后却又走出地图，钻到了程凛的怀里。

程凛破天荒地很快明白麦麦的意思——只要在你身边，去哪里都可以。

自从咖啡厅改成做一休一后，程麦麦的空闲时间更加充裕了，没事经常往小猫人联盟跑，因为联盟经常组织学习论坛、兴趣课程之类的活动。麦麦又结识了少许小猫人同学，生活极为丰富。

在石庭的介绍下，麦麦携程凛办理了联盟的"家属证"，凭此证，程凛可享受部分小猫人同等福利待遇。

"家属"一词含金量极高，作为程麦麦正式的人类家人，程凛已然非常满足。

办理时，石庭看了两眼正在填表的程凛，说："当时如果真把麦麦追丢了,那你可不是完蛋了。"

她回想见到程凛的几次。第一次因为他把小猫人弄丢了,她对他印象极差,再到看程凛陪麦麦到联盟办证件,那时候她还是担心人猫隔阂,又嘱咐了很多话。而现在,她终于可以勉强承认,人猫之间也存在这样的可能。

程凛捏着笔的动作一滞,点点头。因为当下的完满足够具象,令他也常常心有余悸,想起麦麦离家出走的上午。

是他阴错阳差造成误会,一半也是有心试探。可是麦麦傻乎乎的,轻易就原谅了他。

世界上不会再有人或猫对他这么宽容,也再不会有人或猫对他的喜欢像这样毫无条件。

虽不会轻易承认,程凛其实心里偷偷懊悔过,如果当时他没那么凶恶地举着棒球棍就好了。

好在虽然直面自己的内心是个很困难和复杂的议题——尤其是对程凛这样不坦诚的人来说——但身旁携手共进的小猫人足够天真勇敢、富有信心,所以他也没什么好担心的。

"没关系,当时还有荣荣陪我呢,我感觉自己没几天肯定还会再回去找你的。"麦麦看着程凛安抚道,"别担心。"

过了段时间,麦麦背着一大袋东西去公园找荣荣了。

考虑到王德荣年龄较大,联盟给安置的岗位较为清闲,是一座郊野公园的巡逻员。这公园顾名思义,没什么人造设施,大都是树木花卉,来的人自然也不多。

最热闹是早上,有一群住在周边的爷爷奶奶来锻炼身体。等太阳下山,公园里绿化好,蚊虫多,灯光又少,来的人反而少了。

这一天王德荣值夜班,麦麦下了班过去找他。

趁此机会,两只猫并肩以人形沿着湖滨道散步。已经是夏天,

蝉声聒噪,绿意盎然。但夜晚阵阵凉风,倒是极为惬意。

王德荣只有台十多年前的平板手机,偶尔拿来发发短信,但短信发多了也要钱,所以他和麦麦平日交流并不频繁。如今相互终于见到好朋友,他们十分喜悦。

走到一处长椅,麦麦坐下,从背包里掏出自己带的东西:"荣大哥,这是珍珠奶茶,这是千层蛋糕。"

一段时间不见,王德荣因天热理短了头发,穿着短袖衬衫制式的保安服。唯独那平光眼镜还戴着,多添几分斯文。他高兴地接过来,说:"谢谢小弟,还是冰的呢。"

王德荣吃上了,问:"麦麦,你最近可好?"

"好。"麦麦高兴答,想到自己终于有惊无险地正式迈入成熟期,他感谢,"那个册子非常有用,谢谢大哥。"

"谢什么。"荣荣不自然地摆摆手,"没多大的事情。"

"程凛要专门补办一个'聘猫'仪式给我呢。"麦麦又从包里掏出个浅黄色请柬,说,"我是来送请柬的,请你来参加。"

王德荣赶紧将嘴里东西咽下,接过那信封看。打开请柬,就见一只立体的橘猫从贺卡上跃出来,极为生动。

面对长辈,麦麦又是腼腆一笑,遂开始说自己在联盟参加的那些活动和课程,还说自己通过了第一期扫盲课的考核,如今文化程度堪比人类小学生。

"进步好啊。"王德荣听得十分心动,两猫约定了不日一起去联盟上手工课。麦麦的手机振了振。

"怎么了?"王德荣关切地问。

"我哥问我什么时候回去。"麦麦羞涩道,"说晚上可能要下大雨,来接我。"

"的确,时间不早了。"王德荣连连点头,随后发现这称谓不同寻常,反应过来又不确定,小心翼翼问,"啊,小弟,你、你这个哥,是你那个、那个主人吗?"

"是呀。"麦麦开心道,"家人才能这么称呼呢。"

"哦。这样啊。"荣荣高兴地想,如今程凛成了程麦麦的正式家人,两人的关系自然坚如磐石、稳中向好了,兄友弟恭不成问题。

离开时天色已晚,王德荣走在后面,拿着手电筒,给麦麦照去停车场的路,嘱咐说:"注意脚下。"

程凛的车孤零零停在停车场里,车灯暖色的灯光打在路牌上。而车主为迎接王德荣,专门下了车等候。

程凛已经准备好恭敬地喊奶牛猫"荣爷爷",没想到走过来两个人,前边一个是自家小猫,后边那个看上去倒也不像很大岁数,戴着眼镜如知识分子,喊"爷爷"太失礼。

他打招呼:"荣伯伯。"只是这么递推,辈分就自然比喊荣荣"大哥"的麦麦低了。

麦麦上车前,和王德荣依依不舍道别:"荣荣,谢谢你。"

"哎呀,谢什么。不必如此客气!"荣荣替他打开车门,让他上去,"小弟,下次手工课见!"

"幸好我当时离家出走了,这样才能遇到你呢。"麦麦继续道,"希望你工作顺利,一切都好。我会一直来找你玩的。"

程凛将空调开大,等小猫人系好安全带就发动汽车,踩了脚油门驶出去。

后视镜中,保安王德荣拿着手电筒,那一束光是亮的,他孤独的身影隐没在夏夜的黑色中。他一直挥手送别到车转弯离开,随后摘下眼镜,拿手腕抹了抹眼眶。

仪式之期将至,为在这关键时刻展现最好的状态,能够在麦麦的猫际圈一战成名,程凛每日定时定点去健身房报到。

尽管知道该循序渐进,不能急于求成,他仍是"不知好歹",

贪婪加量，只为弯道超车。最后他把自己的右脚扭了。

好在家庭医生来看过后说是最轻度的，基本上一个礼拜就能好。

尽管如此，麦麦仍十分紧张关心，因为当时他在上班，在快下班的时候接到程凛的电话，电话那头语气虚弱，说自己受伤了，不能开车来接他。

受伤！麦麦心急如焚地回家，就看到程凛靠着沙发，脚包着绷带搭在一旁的矮凳上。

他赶紧扑过去问："怎么会这样呀？！"那架势像程凛断了一条腿。

"运动的时候不小心扭到的。"程凛心道，也没那么夸张，痛感并不明显，其实也能走路，就是踩刹车和油门稍微勉强了些。

麦麦问："疼不疼？"

看着对方如此关切的眼神，程凛忽然蹬鼻子上脸了，皱眉说："唉，是挺疼的。"

小猫人自然十分心疼，一筹莫展地叹气："这可怎么办。"

见麦麦如此挂念，程凛心里很是舒畅。他说："你给我按按吧，可能好得快一点。"

"这也有用吗？"麦麦虽有疑惑，但还是手攀上他的肩膀，捏了两下。

程凛浑身舒坦，回答："好多了，心情舒畅有助于忘却肉体的伤痛。"

"要多久才能好呀？"麦麦担心地问。

程凛明可以给个令麦麦安心的日期，嘴上却说的是："不知道啊。希望能快点恢复吧。"很虚弱。

既然是不能走路，那么家中需要走动的活计一并由麦麦代劳。程凛想去接杯水喝，麦麦忙不迭让他坐下，自己去："你不要动。"

程凛要去书房，麦麦又尽心尽力，走到哪里搀到哪里。他把脑袋挤在程凛身前，从侧边扶着程凛的腰，方便伤者倚靠，表情严肃。

程凛倒也不用真依仗麦麦的力量，但自此尝到了好处，他心里无比舒坦，开始得寸进尺："你再撑着点儿，不然我没力气。"小猫人很听劝，立刻全力以赴担任人形拐杖。

姓程的这下更是蹬鼻子上脸，由脚扭装出半身不遂的感觉，演上瘾了。

第二天麦麦原本就休息，这下更是发表公开声明要照顾好程凛，让他早日康复。

他让程凛就靠着床背好好休息，不要下床，随后自己一头钻进了厨房做鱼汤。

程凛是真挺不放心的，一方面不放心麦麦靠近明火，况且煮鱼汤前还得先把鱼煎一遍，油溅到他身上怎么办？另一方面他也不知道麦麦到底功课做扎实没有，知不知道鱼得先开膛剖腹处理一遍，万一把鱼裹着心肝脾就下锅煮了，当十全大补汤给他热情端上来，他到底是喝还是不喝？

经过多轮谈判后，麦麦退让了，允许程凛先替他把鱼处理完，因为是预处理，所以还是不影响鱼汤冠名权的。

趁此空当，程凛赶紧支使麦麦去阳台收衣服，再让麦麦把衣服该叠的叠了、该挂的挂了，全都分门别类收进衣柜。

麦麦说："没问题！"立刻去执行了。

好机会。程凛先面无表情拿着刀把鱼划开，处理干净，接着一不做，二不休，乘小猫人不备，他关起门，打开排风扇，架起油锅，刺啦一声，鱼和姜片躺进去了。

这时，门铃响了。

麦麦正在卧室火力全开叠衣服，听见声音连忙冲出去开门。

打开门,就见一对中年夫妻站在外面,背包客模样。

女的愣了愣,后退一步看门房号,率先道:"哎不好意思,我们好像走错了。"

程凛在厨房全神贯注、十万火急地煎鱼,又是油锅的声音又是排风扇的声音,压根没听见外面的动静,只是麦麦疑惑地与意外来客道别后,路过时发现了他的所作所为,着急地推门而入:"这个该我做的!"

程凛怕麦麦生气了,赶紧安抚道:"来来,你来得正好,后面我也不太会了,你看看,鱼刚煎好。"

麦麦道:"要加水呢。"

程凛站在旁边,给他恭敬地递上冷水壶。麦麦加好水,又将一旁盘中准备好的葱结等佐料扔进去,随后把火调大。

为防止悲剧重演,他把程凛赶出厨房,说:"要这样煮几分钟,等水冒泡再开小火,现在还不行。我要在这里等待。你先回去休息吧。"

"好吧。"程凛何尝听不出言外之意,商量道,"那你扶我一下吧,我不太方便走路。好疼。"

他刚被迫回到卧室休息,过了会儿,门铃又响了。

麦麦又跑去开门,就看到刚才的一男一女站在门口,六目相对,他呆呆地道:"啊。"

"小帅哥,请问你认识程凛吗?"黄瑰瑰女士斗胆提问。

两个人背着包乘电梯上楼又下楼,折腾核对了几遍,门牌号、门房号都对得上,就是这张脸却和印象里儿子的不太一样。没记得有这么好看啊,天使似的,难不成整容了?

这下唯一的变数就是,当时记错了地址。但这要是打电话回去再盘问,儿子得伤心了,万一哭了,他们夫妻就"罪孽深重"了。

就在黄瑰瑰纠结之际,麦麦肯定地点点头:"认识呢!"

程凛听见了麦麦跑去开门的声音,只是交流的话语听得并不真切。来客是谁？这时长似乎并不是快递，家猫恐怕不能应付。

他又惦念着厨房的鱼汤，估计水该沸了，还得尝尝咸淡，于是两桩事并一桩事地下了床。

程凛一瘸一拐出去，就在门外看到了自己神情茫然而紧张的父母。

"叔叔阿姨好，请问您们喝什么？"具有丰富从业经历和极强服务意识的程麦麦紧张问道，"家里有咖啡、红茶、可乐和矿泉水。"

小猫人良好的礼仪给二老留下了非常不错的初次印象。

麦麦去泡红茶，黄瑰瑰收回目光问："这小男孩是谁？"

"认了个弟弟。"程凛抹了把自己的脸，有些心累，"也姓程，你们喊他'麦麦'就行。'小麦'的'麦'。""弟弟"麦麦拿着小托盘端来热红茶："叔叔阿姨，这是热红茶，当心烫。"

见他还忙忙碌碌的样儿，黄瑰瑰慈爱道："麦麦，你也来坐呀，别忙了，休息休息。"

"阿姨，我的鱼汤还在煮。"麦麦高兴地回答，"我再去看看。"说完就去厨房探望自己的鱼汤了。

"你怎么不帮帮人家？"程先旭低声提醒，"前后都是他在忙，这不太好吧？"

程凛道："我的脚都受伤了，他怎么可能让我走路？"

黄瑰瑰打量自己儿子比对方高的个头和壮的身材，觉得这里充满压榨的气息。她问："平时也这样吗？你跷着脚当大爷，人家麦麦忙来忙去的？"

程凛心道冤枉，但默认了黄瑰瑰的揣测，认为这样有助于为麦麦树立良好的形象。

黄瑰瑰心里更不是滋味，便问："感觉麦麦年纪还很小啊。今年几岁？"

于是等麦麦再从厨房出来，就看到黄瑰瑰高举巴掌往程凛身上扇："这念书的年纪就被你使唤来使唤去！你是不是东西啊？！"

程凛肩膀挨了一下，躲避道："人家自己乐意。"

他认为母亲应该秉持未知全貌不予置评的保守态度。但一想到自己之前惹麦麦生气到离家出走，感觉也情有可原。

麦麦见此场景，急得扑上去："不要打他！"

黄瑰瑰非得弄个明白："人家父母没有意见吗？麦麦不念书吗？"

"人家……没有爸爸妈妈，就一个人。"程凛含糊说，"白天上班，晚上上网课，比我上进多了。"

事态紧急，虽然不知道事情为何发生至此，可麦麦意识到自己该主动表态打破僵局了。想要成为程凛的家人，他需要得到程凛父母的认可。

程麦麦心中措辞，郑重开口道："叔叔阿姨，程凛是我全世界最喜欢的人，我想要和程凛成为家人，我会好好照顾他，一直到他死掉的。"

"喏……这下你们放心了吧。"麦麦身为小猫人，说话没什么忌讳，程凛抹了把脸说，"我老了谁照顾我，就他。"

一顿便饭后，二老起身告辞。程先旭已经站在玄关穿鞋，但看程凛大半天都装出一副有气无力很虚弱的样子，终于忍无可忍地拆穿道："你装什么呢，你的脚哪有那么严重？"

他扭头对着麦麦，言辞凿凿地说："别说走路了，现在抽他一鞭子，让他跑步也行。"

"啪。"门关上了。

留下了心虚的程凛和难以置信的麦麦。

麦麦："你骗我！"

"你听我狡辩。"程凛弱弱道，"我的脚真的扭了，只是这一晚上恢复得还不错,现在好多了。"

麦麦忍一时越想越气,说:"我可是这么着急啊!"这是一个态度问题。

"喝了鱼汤才好的。"程凛又心虚地看看麦麦,补充道。

然而等到睡前,麦麦洗完澡,心情又变好了。他总是很难记程凛的仇。

他忽然想起自己抽屉里放着的,迟迟没送出去的礼物,决定还是给一下,于是推了推程凛,说:"等我一下!拿样东西。"

小猫人打开自己的床头柜,从里面拿出一个极为朴素的小盒子。

他面向程凛,眼巴巴地说:"送给你。"

这是上次和荣荣一起去上手工课时做的。王德荣做了把勺子准备吃西瓜用,麦麦敲敲打打半天,做了枚银手镯。里面还刻了两个人名字的缩写,相当用心。

只是并不知情的程凛第二天就带着麦麦去逛街了。

路过程凛买纯金平安锁的柜台,程麦麦从柜姐的口中了解到,除了时尚饰品,一般的珠宝品牌都是用其他贵金属做饰品,不用银的。

这个势利的世界。

这下他的古朴手工银手镯有些拿不出手了。

"哪儿来的手镯?"程凛拿出来端详,看上面手工的质朴痕迹,心里有了答案。

"上次手工课做的。"麦麦答。

"大家都做的手镯?"

"没有,好几样东西可以选。"小猫人说,"但是你给了我平安锁手链,所以我做了这个。"

"怎么前几天没给我?"

"你忘啦,后来你带我去逛街了呢。"

程凛让自己的表情尽量看上去比较妥当与矜持:"没关系,我是该多一只手镯。"他坐起来,拿着手镯要戴,随口问,"你这手镯尺寸合适吗?"

麦麦"啊"了一声,紧张地说:"是按照我的手腕尺寸做的。"老师是这么教的,所以就是这么做的。

程凛表面镇定,实际十分努力,试图把自己的手穿进去。然而再怎么紧咬牙关还是未能成功,再下去容易以叫消防员收场。

他淡淡一笑,解释:"没事儿,明天去改成开口的,现在流行这样。"

麦麦在旁边担忧地看着,看到危机被化解了非常高兴,衷心夸奖道:"那很时尚呢!"

两个星期后。

"聘猫"仪式在老洋房后面的私人草坪举办,私密性极好。

洋房的入口极窄,如若没有注意到旁边的标识牌就会错过。花架下的立牌上仅有两位主角的名字,没有照片,但一只卡通的橘猫图案倒是坐在角落,并时不时出现在路旁,指引宾客沿着发光的地灯一路走过小径,豁然开朗。

楼后便是草坪,到处装点着新鲜花束。石庭做主持串场,石景担任见证人。主桌坐主角们最亲密的朋友。

王德荣很高兴,第一次参加朋友的"聘猫"仪式,还坐了主桌。当然,他也很关注餐桌上的各类海鲜,也希望他脚下的毛毛、滚滚能乖乖的,不要走丢了。

石庭站在司仪台上,庄重道:"程凛,你是否愿意将麦麦视作自己的家人,永远不抛弃、不放弃自己的小猫?"

"我愿意。"

"麦麦，你是否愿意将程凛视作自己的家人，永远不抛弃、不放弃自己的人类？"

"我愿意呢。"

程凛看着麦麦，今天的小猫人打扮得相当神气，西装革履。造型师将他的头发向后梳，露出了光洁的额头，举手投足平添贵气。

聚光灯下，荣荣看得泪眼婆娑。麦小弟，美呆了。

那一日在手工店，教他做勺子的小猫人很温柔。小猫人是狮子猫，比他小几岁，他们后来又约着在公园一起散步，去水果店买了西瓜吃。

他也得继续努力工作才行。

仪式后，宾客陆续离开。洋房的经理得到仪式结束的消息，前来疏导宾客前往泊车点。她从楼里走出来，发现草坪上忽然出现了一大群猫。

什么花色的田园猫都有，也有零星的品种猫，其中有一只缅因猫体格很大，英姿飒爽，正绕着只长毛狸花猫转圈圈。

她捂住嘴："怎么这么多小猫咪——"话音刚落，身后忽然蹿出一道橘黄色的身影，以迅雷不及掩耳之势加入了猫猫大潮中。

这只脸和眼睛都圆圆的小橘猫进入猫际圈后，受到了几乎所有猫的追捧和欢迎。

一片"喵"声中，为首的是黑白双煞，一只浑身黑到透顶，只有胸前一块是白色的奶牛猫不停拿脑袋顶橘猫的头。还有只浑身雪白的猫在旁边挤着橘猫表示亲近喜爱。

缅因猫、大狸花猫蹲坐在旁边。缅因猫拿自己的大尾巴绕住了长毛狸花猫，它们一同看一只凶狠的小狸花猫在草坪上滚来滚去，似乎欲言又止。

经理为一名宾客关上车门，余光看到那只橘猫转而狂奔向预

订今日仪式的男客人，随后跃入他的怀中。

两个月后。

"秦陆姐说招到人了，让我不用担心呢。"麦麦说，"我还要给荣大哥、石景姐和石庭姐寄明信片、寄特产。"

"好。"程凛检查家里该关闭的开关、电源是否都关闭，把猫的包递过去让他背上。

"毛毛和滚滚都要一岁了，"麦麦继续道，"石景姐姐说它们变成人了会告诉我的。"

一切准备就绪，程凛也背上包换鞋，闻言道："它们没你聪明，估计还需要点时间。"

走出玄关，关门再锁门。一人一小猫人准备学习父母，去周游世界。

麦麦跟在程凛身后，忽然很有灵感："这算我们一起离家出走吗？"

"不算。"程凛收好钥匙答，"家人在哪里，家就在哪里。"

从生活出逃，去天涯海角。
还好回头看，每次都有你在我身旁。

Extra Chapter

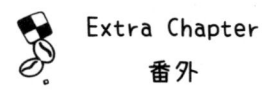

番外

番外 1
刹那时光

1.

冬天。

"对了,小猫的名字取好了吗?"结账时护士随口问,"取好的话就可以给它正式建档啦。"

还没来得及想这件事。程凛看了眼一旁桌子上的航空箱,猫缩成一团在里面睡觉。橘黄色的毛因为年纪太小都耷开了,像蒙上层虚化的光晕,纹路如丰收的田野。

他这时候忽然想到名字:"就叫麦麦吧,'小麦'的'麦'。"

"没关系,它状态挺好的。"看程凛神情担心,那位叫小梅的护士笑了笑安慰,"就是太小了,才一个多月,可能没有猫妈妈教过,你得多费点心思。"

小梅又简单教了这位养猫新人一些技巧,等程凛要走时,猫醒了。橘猫睡眼惺忪,支起脑袋看航空箱外那方大小的世界。

"麦麦。"程凛凑过去,隔着铁丝镂空的门看里面,心道,猫还挺可爱的。

他很满意自己取的名字,朗朗上口。

尽管先前团队里养猫的同事不在少数,程凛倒是从未有过这种意向。他嫌家里多养个活物麻烦,也不觉得猫有什么特别可爱的品种。他设想自己心血来潮，或许更可能养罗威纳、杜宾之类的狗。

这次是因为他把摩托车停进车库后，听见旁边草丛里传来极微不可闻的声音，才发现了这只很小的橘猫。

感觉要死了，在做最后一次求救。

见死不救总是不太好。程凛费了点心思把猫送到宠物医院，再花了点钱治疗，但还是没决定到底养不养。

独惯了的人很难立刻做好心理准备为另一个生命负责。

一些资料上说猫抵达新环境或许会变得焦虑，总之，麦麦焦不焦虑不清楚，程凛赶鸭子上架养猫真的很焦虑。

无他，这猫也太小了。

放进航空箱前，护士给他试着抱了抱猫——甚至用"抱"不妥，是他用手捧了捧，猫就那么点，放在手心都没什么重量，像捧雪般仿佛下一秒会融化。

他竟然要养这么小的东西。程凛感觉非常棘手，马上把猫还给了护士。

不过怕晃到猫，程凛抱着航空箱尽量四平八稳地走出宠物医院。

从此以后，他再也不是没有猫的"野人"了。

2.

回到家，门口又堆了几个大快递，是程凛为了迎接猫采购的各类用品。

奶粉、猫粮、猫条等都已备好，防止猫不吃特意多买了几种。猫窝也是，为了让猫能够四海为家，先买了四个，确保主要的起居地点都有歇息之处。

新到的快递中是金梨推荐的玩偶，他买了兔子、熊还有各类瓜果蔬菜形状的，据说宝宝都喜欢这样柔软的毛绒玩具。

此外，为了一步到位，这位阔绰的人还豪掷千金，买了个两米多高的豪华猫爬架。

会喜欢吗？

进屋后，程凛试探着将航空箱的门打开。

出乎意料，小猫很快就钻了出来，但没理人。它四处闻了闻，自顾自摇摇晃晃走远了，自然也是看也没看那猫爬架。

程凛知道自己用力过猛了。对现在的猫来说这和爬山没什么差别，就连那玩具熊都比猫大一圈。

等猫走到看不见的地方，程凛百无聊赖喊了句："麦麦。"反正小猫也不知道这是在喊它。

谁料猫视察过一圈领地后，又很快回到了程凛身边。

程凛不动声色地站着，垂眼就见猫一屁股坐在了他的拖鞋上。

这不行。他把自己的脚抽走，再往后撤了几步。

麦麦很轻地"喵"了几声跟上来，紧紧绕着他的脚踝走。程凛防不胜防，险些踩到，自己先魂飞魄散。怎么这么黏人。

麦麦的黏人程度超乎程凛想象，只有贴着他时才不会叫。

走动起来，人跨一步，跟班就得随五步，运动量相差太多，还时不时有踩踏风险。程凛一不做，二不休，把猫塞到口袋里，问题终于解决了。

只是夜里，麦麦还想趴在程凛脖子上睡觉。

但猫太小还没洗过澡，因此仗着猫听不懂，人肆无忌惮道："你把自己打理干净点，打完疫苗就让你上来睡，现在不行。"

麦麦被安置在床尾的猫窝里，蜷缩成一小团。程凛给它的窝里垫了珊瑚绒毯子，又塞了个玩具熊陪着。没几秒，猫开始认真舔自己的前爪，不留神看像在啃手。肉垫是粉色的。

舔了半天，程凛也看了半天，问："自己的毛好吃吗？"

麦麦停下动作瞥了他一眼。过了会儿它仰躺下来，露出吃完饭鼓起来的肚子。只有这里的毛发是微微泛白的。

家里多了个会呼吸的。程凛坐在床沿，新奇地和猫四目相对，道："我看看，你到底长什么样。"

他盘腿坐到猫窝前，试探着，第一次自发轻而认真地摸了摸麦麦。"喵。"橘猫叫了声，像抿着嘴看他，猫脸比掌心还小。眼睛倒是很大，显得极为懵懂。

比一颗土豆稍微大些，很幼小脆弱的生命。

因为紧张，这位养猫新手心跳很快，心中有一块随之柔软，彻底颠覆了自己之前对猫的印象。

程凛把猫端起来护在手心，心道，我这猫可不是一般的猫。虽然是捡到的，但很有姿色，五官清秀，是只非常漂亮的橘猫。希望能够茁壮成长。

3.
夏天。

程凛蹲在地上，把整理好的东西放进行李箱。

袁佳明约了外地的朋友谈项目，头两天工作，第三天包了一栋别墅办农家乐，算是团队平日难得的远距离团建。这也是程凛养猫后第一次要在外面过夜。

麦麦在旁边打转，随后乘人不备钻进行李箱最后的一小格空当，一屁股牢牢坐下。

它看着程凛，"喵"了一声，示意这样刚刚好。

转眼麦麦已经半岁了。

过了一周一个大小的飞速生长期，猫已初现大猫风范。就是体积还是橘猫中个儿小的，身材也匀称偏瘦。程凛尝试着换过口粮和喂养习惯，依旧如此，麦麦还是和刻板印象中的橘猫不怎么相同。

猫像液体一样占据行李的间隙,可程凛又把它轻轻松松抱出来:"不行,不能带你。"

麦麦失望地"喵"了一声,落地后它抬起只前爪,凝重地搭在程凛的膝盖上,像做最后的商量。

程凛捏了捏它柔软而不失韧劲的猫爪,哄道:"我会尽快回来的,好不好?"

麦麦很吃这一套甜言蜜语。它做思考状,接着拿脑袋蹭了蹭人,表示同意。有时候程凛觉得它聪明得不像一只猫。

只是第二天就要出发,夜里轮到程凛自己舍不得。猫如往常那般,热水瓶式地趴在他胸口。程凛也不嫌热,斟酌道:"麦麦,你自己一个人……"

想了想,不对,他改口:"你自己一只猫在家乖一点啊,吃的喝的都给你准备好了。空调开着,别动遥控器。"

"你在家无聊就……多看看电视,我三天之后就回来。"麦麦聪颖且听话,他倒并不怎么担心猫独居有什么问题。

程凛说完,想到后面几天都见不到猫,搓了搓猫脑袋,搓了两下不过瘾,他开始将鼻子埋在猫毛里用力呼吸。阳光的味道,这猫真香。

麦麦适应良好,过了会儿在他怀里睡着了。

4.
"看什么呢?"酒吧吧台边,袁佳明问。

程凛盯着手机,答:"看家里的监控。"

这一天和昨天一样,夜晚 8 点半,客厅的灯都没有开,唯有电视机作为微弱的光源。

没有主人需要陪伴,猫沉迷看电视。它叼着自己的玩具熊跃上沙发,用嘴将毛毯铺开,这是非常有安全感的模式。

随后麦麦用猫爪按了几下遥控器,调好爱看的频道后,就把玩具熊当枕头,倚靠着躺下,最后再扭头咬了咬毯子,确保浑身上下都盖到。

但程凛知道,等10点钟节目播完,麦麦最终还是会回到主卧睡觉。

"我妈说今天半夜要下大暴雨。"金梨突然道,"今夏第一场,也不知道会不会打雷。我家猫都很怕打雷声音的,你家猫怕不?"

打雷?程凛回答:"它太小了,还没经历过。"

"可能会害怕的。"金梨说,"小猫也不知道外面发生了什么,对这种声音很敏感。"

服务生递上特调饮料,蓝调音乐如宁静的河流在背后流淌。

这一刻,程凛忽然站起身:"当罪人了。"他说,"不放心,我现在就回去。明天你们玩得开心。"

一旦挂念住,就一辈子都要挂念住。

车子抵达市区时,风中已经携带极为浓重的水汽味。到达临街,天际开始滚动闷雷,闪电时隐时现。

"咔嗒",程凛急促地推开家门。客厅一片漆黑,电视关了,毯子还在,玩具熊又被叼走了。

来不及管其他的,他将行李丢在地上,换了鞋冲进屋喊:"麦麦。"

因为听见闷雷的声音,麦麦已经躲到了床底下。它看了眼躺在自己旁边的玩具熊,知道程凛今天不会回来,所以听见开关门的声音,更加害怕。

"麦麦。"最熟悉的脚步声和呼唤声由远及近。

闪电映亮卧室那刹那,橘猫扑进了主人的怀里。

一瞬间,水声朦胧浩荡,夏天第一场暴雨到了。

番外 2
猫的报恩

1.

猫生命最初的记忆就是自己躺在一片草丛里。它不记得自己是怎么来的，只知道既寒冷又饥饿，可能快死了。

白天漫长，夜晚却更难挨。太阳下山后，本就接近冰点的气温又继续下降，开始起风。

不知沉寂了多久，一辆摩托车从斜坡另一端靠近。猫听见了，但并不知道那声音的寓意。

因为在小区里，引擎声极为克制，像野兽喘息。车库的机械门缓缓抬起，摩托车骤然抬高轰鸣声，迅速开进车库。一切复归平静。

安静中，有鞋踮过草茎的声音。

"没死吧？"这人嘀咕了两声，"好小。"

出于求生的本能，橘猫立刻向着声源费力靠近。刚贴到一只温热的手掌，猫就被捏着后颈提了起来，接着，冻得有些僵硬的身体被很轻地搓了搓。

它想要睁开眼睛，却还是什么都看不见，只能求救地叫了起来。

没想到下一秒，它被重新放在了地上。

于是橘猫的叫声不再像刚才那样嘹亮，也不再试图踌躇着靠近热源。它静静蜷缩着，以为对方会像之前那几个人一样，再站一会儿，叹气两声就离开。

但紧接着，那人脱下外套把它裹了进去。外套隔绝冷风，内衬还残存人的体温，猫借此恢复了些许知觉，身体也不再发抖，只是铺天盖地闻到一种气味。

尽管眼睛暂时不能视物，但它牢牢记住了这刻的味道。

一开始那气味和声音并不是一直存在，只偶尔在夜晚出现。气味会隔着玻璃陪它一会儿，不会太久，很淡，就又会离开。

猫开始期待每一个夜晚的来临。

渐渐地，它又记住气味主人说话的声音。直到某一个白天，眼睛被护士温柔地擦拭掉分泌物，那天傍晚，它终于看清楚气味主人的样貌。

隔离室的门被打开，熟悉的声音说："好的……我知道了。"

猫立刻机敏警觉地站起来，一边脑门抵上玻璃等待人靠近，一边焦急地叫了两声，心里高兴而激动。

"以现在的情况看，小猫后天可以出院了。"玻璃门被打开，护士把它抱出来，随后轻轻递给那双戴着手套的手。

猫抬起眼，试图记住这庞大的人。但这人全面武装戴着口罩，只露出一双眼睛。

它就这样和这双眼睛对视了许多秒。

为了表现自己，猫吃饭狼吞虎咽。但尽管这次的时间久了些，人还是又要走了。

猫圆滚滚的眼睛盯着人看，"喵"了两声试图挽留。

"我后天来接你，你再待一会儿。"人说。

所以猫又乖乖趴了回去。

2.

此后,一人一猫正式开启同居生活。猫不再风餐露宿,拥有了自己的名字,居住在到处有它最喜欢的气味的城堡中。吃饭不必再莽撞激进地扫荡,反正还会有下一顿,每一顿都好吃。睡觉不必再担心寒冷,因为自从它打完疫苗洗过澡后,人猛烈地把它浑身上下的毛发都吸了一遍,开始允许它进被窝。

这下睡觉还有最喜欢的人类抱着。

麦麦知道自己这位庞大的主人叫程凛,生活很辛苦,每天要早出晚归去打猎,但出门前会替它准备好水和食物。随着长大,明白的事情越来越多,人不在的时候,猫就想念主人、玩猫爬架、看电视。

橘猫每天都会提前一小时就开始准备迎接程凛到家,最喜欢人到家那刹那,拧门把手的声音。

程凛会一边放头盔和包,一边嘴里喊"麦麦",猫就雀跃地跟在后面,见缝插针地在人的脚步中灵巧地绕来绕去,然后等待程凛洗完手把它抱起来,亲亲摸摸它。

在猫面前,人没有任何矫饰的手段,想亲就亲,想抱就抱,想说什么就说什么。猫喜欢这一切,唯独烦恼一件事——他们总是鸡同鸭讲。

人说人的,猫喵猫的,交流不怎么顺畅。

关键时刻,人总是将猫表达喜爱的叫声,界定为一种有目的性的索求。

比如,程凛在灶台边给麦麦备餐,猫就绕着他的小腿"喵喵"叫,意思是:你真好,喜欢你。

但每次程凛都理解为催促:"饿了是吧?马上好。"

又如,程凛坐在书房工作,麦麦就趴在他膝盖上,等人不经意低头看它,就立刻叫起来,意思是:喜欢你,摸摸我。

程凛想了想,拍拍猫屁股,站起身放它下去:"无聊?我去拿逗猫棒。"

再如,自从人夸赞过它是世界上最可爱的小猫后,麦麦非常骄傲自豪。它推测出自己做什么或许比较可爱后,睡前总是趴在人旁边,一边用脑袋蹭人,一边叫,意思是:喜欢你,快夸我。

程凛挠挠它的脑袋,一脸凝重凑上去:"怎么老是痒痒?我看看是不是长什么了。"

真是的,怎么就理解不了呢!

麦麦非常烦恼地被程凛亲了亲脑瓜子。要是自己也能说人话就好了。

3.

事情的转折在深秋,程凛不幸中招得了流感。

一开始他只是隐约喉咙疼,某一天早上他忽然开始发烧。短短两个小时,体温从三十八摄氏度飙到了四十摄氏度。

猫一大早闻到不对劲的气味,感受到对方过热的体温,就察觉主人状态并不好,心里开始焦虑担忧,甩着尾巴在隆起的被子上踩来踩去。

而高烧让程凛既提不起精神,也睡得不怎么踏实。他被猫踩得半梦半醒,把被子往上拉了拉,麦麦就顺着斜坡滑了下来。

究竟是怎么一回事呢?

这睡觉明显和夜晚的睡觉不一样。况且以往的程凛总是很有精力、有求必应,不会像今天一样这个点还在床上不出门打猎,叫他甚至没有反应。

"喵。"麦麦凑过去,希望唤醒人类,以确认人是没事的。

程凛置若罔闻,依旧紧闭着眼睛,脸颊泛红,呼吸比以往重些。

"喵。"麦麦锲而不舍,不停用前爪碰程凛的鼻梁。这次大约

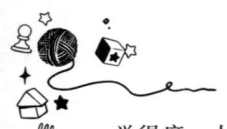

觉得痒,人歪了歪脑袋,避开了。

怎么还是不醒?不会遇到了什么危险吧?

麦麦像小时候那样钻到程凛的脖子边。现在这里的位置坐不下一整只猫,它只能把脑袋搁在程凛的下巴上,开始尽职尽责又焦急地舔人的脸颊。醒醒,快变好。

疼,刺痒。实在是没力气,程凛只是躲了躲,试图拿被子蒙住自己的脸。

猫急眼了,抬起前爪,照着主人脑门就是啪啪两下,声音十分清脆。

程凛终于有了反应。他呻吟一声,脑瓜子嗡嗡的,难以招架这只"全麦面包"的热情,艰难吐出一句:"哎,没死呢我。"

过了几秒反应过来,他坐起身抹了把脸,虚弱问:"是不是想吃东西?"

并非如此,水和干粮都常年准备着。但程凛并没有思考那么多,只以为麦麦想吃爱吃的。

正是身体最难受的时候,他好不容易跌跌撞撞下了床,缓慢地从卧室移动到客厅,弯腰从柜子里拿了个罐头。一时间浑身使不上力气,第一次想撬开罐头失误了,没成功。铁质的罐头飞出去砸在地上,发出沉闷的响声。

麦麦吓了一跳,毛都竖起来了,不理解程凛怎么一晚上就变成了这模样。它着急地在人脚边"喵喵"直叫,希望阻止对方的行为。

程凛又当猫催饭了。他去捡地上的罐头,顺手摸了摸猫脑袋,哄道:"没事,马上好。"

这次,人紧咬牙关,终于将罐头顺利打开。怕罐头锋利的边缘会划伤猫,程凛又去找盘子倒出来。一通折腾,想着弄都弄了,干脆又掰了鱼油和益生菌进去。

主人这才盘腿坐下来,把盘子放到地上,喊猫:"快过来吧,饭弄好了。"

麦麦急匆匆越过最爱吃的罐头,扑到程凛怀里。

它认为程凛一个人生活实在是太危险了,它一只猫也做不了什么,甚至都已经这种时候,程凛自己什么都没吃还得给它准备饭,也理解不了它的叫声是什么意思。

要是程凛可以听懂它说的话,它也可以照顾程凛就好了。

麦麦想,要是自己是人就好了——

每每发现程凛理解错它的意思,它会这么想;每每看到程凛一个人坐在书房发呆,它会这么想。而现在,麦麦看到程凛生病更确信这个念头。

它得尽快变成人才行。

4.
"祝你生日快乐——"

程凛潦草地唱完,从抽屉里拿出个小盒子:"麦麦,过来。"

麦麦骄傲地端坐在桌子上看着主人。

一年时间,麦麦果真茁壮成长,从原本草丛里那只半死不活的小猫,变成了能够叼着玩具熊灵活来回,在猫爬架自由上下的勇猛橘猫。

程凛取出盒子里红绳系着的、有些重量的东西,给猫小心翼翼挂在脖子上,又确认几遍猫不会不舒服才松手。

"都一岁的猫了。"他顺着毛摸猫的背脊,发愁道,"怎么吃不胖呢?还跟一只小面包一样。"

"喵。"猫不知道主人在烦恼什么,试图低头看一眼,像在问:这是什么?

"平安锁。"人下意识用指腹抹了抹猫脸,边拿出手机给猫拍照,边自言自语,"这周换家医院,再去看看你为什么老是睡觉。"

怎么会老睡觉呢？麦麦拿鼻子去闻自己最喜欢的味道，再用脑袋去拱主人。

这段时间，它隐隐感觉到自己的愿望要成真了。

猫的报恩，程凛一定会感到惊喜的。

番外 3
八十天环游地球

1.
夏天。高温红色预警。

休息日无所事事,程麦麦为了避暑,吃完冰棍后脱得光光的变回橘猫,四肢放松伸直,侧躺在冰凉的地板上乘凉。

最近两人开始准备环游世界的事宜。那张巨大的世界地图一直摊开放在客厅地板上,已经被猫做了很多标注。

如今麦麦变成猫的时刻并不多。程凛路过,正要赶紧掏出手机拍猫照,玄关传来门铃声。

猫赶紧起身,颠儿颠儿地跟在人身后一同去开门,就见外头站的又是黄瑰瑰和程先旭。夫妻二人是来道别的,他们也要继续踏上旅程了。

程凛下意识低头和猫对视一眼,心虚到结巴了:"妈、爸,你、你们来了啊。"

"哎,小猫咪!"黄瑰瑰余光看见儿子脚边的猫影,眼前一亮,"你果然养猫啦。"

她蹲下来招呼,声音温柔到变调:"小宝宝,你今年多大?"

麦麦高兴地"喵"了一声,意思是,一岁半了。

"你先洗手再摸嘛。"程先旭也很想摸猫,但老婆在摸,他只能先换了鞋进屋,顺口问儿子:"哎,麦麦呢?"

考验到了。程凛真不确定自己父母是否开明到能跨物种认亲,也不想都这岁数了还吓到他们,硬着头皮扯谎道:"上班呢……今天他值班。"

"怎么双休日也要上班?"程父问,"我接下来的话不中听,但是,程凛,不管是家人还是朋友,两个人还是要步调一致,玩就一起玩,苦就一起苦。不能他很拼搏,你在贪图享乐,知道吧?会有矛盾的。"

程凛闭了闭眼:"知道了。"

父母终于换好鞋走进屋,洗完手坐到了沙发上。黄瑰瑰招呼着,边让拼搏的橘猫坐到了她膝盖上,边问:"麦麦呢?我们还想和他聊聊呢。他上班这么辛苦呀?"

麦麦抬头对着黄瑰瑰"喵"了一声,想说自己就是麦麦。好在并没有人理解。

听见叫声,黄瑰瑰心软到化开,她低下头,仔细打量这只橘猫。长得真标致,眉清目秀的,体态也良好,很柔软,身上毛干净又蓬松。

就是看久了,不知为何还能让她想到麦麦。

她伸手让猫熟悉自己的气味,随后慈爱地轻轻顺着橘猫脑袋的毛,问:"你好话痨呀,叫什么名字呀?"

麦麦:"喵。"

这句话虽然对着猫说的,自然不是在指望猫答。

顾不上太多了。程凛的大脑飞速运转,叫什么都行,总之,不能和麦麦同名。那容易产生不必要的联想。

他说:"他叫程德兴。"

"啊?"黄瑰瑰听了一愣,错愕难以掩饰,问,"德兴?什么意思啊?"

"品德高尚、兴高采烈。"程凛镇定道,"取这个名字,是有比较好的寓意的。"

"你给一只这么可爱的小猫取这名字干什么?"程先旭抓抓头发,"你爷爷都不叫这名字啊。"

这就得问那只奶牛猫了,程凛心道。

"德兴啊。"事已至此,黄瑰瑰适应下来,亲昵道,"你好可爱啊。"

麦麦虽然不理解程凛的用意,但见两位长辈都很喜欢自己,也放下心来,尽情地撒欢讨要摸摸。

程先旭只摸到两下猫的背脊,心有不甘地掏出手机:"我们明天就出发了。"

趁自己妈妈的注意力被分散,程凛不动声色地将猫掠回了自己怀里,问:"去哪里?"

"这次去西大洋那一块转转。"黄瑰瑰答,"再给我摸摸德兴。"

"换我了。"程凛没有丝毫谦让的意思,把猫抱紧了说,"我也好久没摸了。"

得知程凛也要出国旅行,黄瑰瑰拿出了自己在世界各地拍的照片、录的视频展示,因此等父母走后,猫立刻雀跃地跃上床变回人说:"我也想去跳伞。"

程凛坐到他身边,把衣服盖在他脑袋上:"知道了,第一站就去。"

麦麦迅速扒拉下遮挡视线的衣服,又盯着程凛的侧脸看,冷不丁道:"我竟然能变成人呢。"

程凛警惕地回头:"怎么突然想到这个?"

"就是突然想到了,因为今天爸爸妈妈都听不懂我在说什么。"麦麦道,"你以前也这样,还是变成人比较好。"

"是吗?"程凛抬头看他,笑了笑,"你每次都在说什么?不会在骂我吧?"

"当然不是!"麦麦严肃道,"是我喜欢你。"

2.

国外。

今天是个重要的日子。

页面转语音,手机传出 AI 女声没有情感的朗读:"外语中的生……"

没想到声音这么大。麦麦一激灵,赶紧捂住手机,将音量调小,随后将耳朵贴近喇叭,仔细聆听,嘴中跟着念念有词:"哈——皮——啵——"

"又在学什么?"露天咖啡厅,程凛将墨镜推到额头上,露出眼睛盯着好学的麦麦看。每到一个国家,麦麦都热衷学两句当地话。

麦麦以微笑掩盖不知为何的心虚,说:"我在学外语呢。"

好在他的笑容可迷惑程凛几秒钟,程凛没有发现他神情中的紧张和不自然。其实该学的早就学好了,只是今天像临考的学生,难免紧张。

今天是个重要的日子。

麦麦左顾右盼,最后眼巴巴道:"你想不想吃人家吃的那个冰激凌?"

"我不是很想。"程凛意图拒绝,前面刚把麦麦剩下的餐食扫光,走了一圈还是撑得慌。

自从旅行范围到了其他大洲后,程麦麦开始表现出水土不服。旅行时到处逛吃少不了,麦麦身为田园猫竟然吃不来外国餐。程凛还当他不挑食,原来是个热爱祖国的本地胃。

虽然"垃圾桶"快满了,程凛还是端起架子说:"你说你想吃,我就给你买。"

麦麦点头:"你想吃,给我买。"

"看好包……不要被人拐走了。"程凛站起来嘱咐,"要什么味道的?"

趁程凛走远去找冰激凌推车,麦麦迅速带着包起身,去了咖啡厅里面的柜台。他指着一个蛋糕义正词严地说:"我想要这个,谢谢!"

等程凛回来,就看到小圆桌上多出个小蛋糕。"你自己买的?"他把冰激凌递过去,新奇道,"会说人家的语言了?"

麦麦腼腆道:"没有,我用的手语。"

程凛坐下来,开始推测自己等会儿得吃这蛋糕的几分之几,却未想听见猫说:"程凛,祝你生日快乐。"

说完,麦麦赶紧去翻自己的双肩包,掏出个包裹得很好的东西:"这个是我准备的礼物。"

是一个前几日在博物馆旁边的小店里买的,掌心大小的精致瓷器。一个穿着背带裤的小男孩,举着红色的伞,他的身边有一只橘猫抬头看着他。

瓷器的表面圆润有光泽,色彩也温和好看。唯一意外的是程麦麦看了眼标价,认为可以接受,就用相同招数支开程凛去结账了,用自己的工资,结果支付软件跳出结算页面,这才后知后觉发现原来那是外币,换算后还得翻七倍有余。濒临破产。

"送给你。这个是你,这个是我。"麦麦把瓷器小心摆在小圆桌上介绍,"好可惜呀,这个小男孩头发是浅色的,这只猫的脚是白色的,和我们有点不一样。"

送完礼物,他开口:"生日快乐……"

紧接着他又用多种语言说了"生日快乐"。

怕换气影响发挥,麦麦眼睛不眨、一气呵成,用尽毕生学问,随后舔舔嘴唇道:"好紧张啊,我说的都对吗?"

程凛有点忘记自己上一次生日是几岁时过的,由此导致他每

次思考自己今年几岁,都需要额外核算一遍。

对,今年几岁了?他一时无言,半晌说:"对的,很标准。谢谢。"说完他却不再看麦麦,扭头望向远处。

他想到猫在花田穿梭,穿过大片紫色的薰衣草,路过向日葵,竟然被那相同的橘色埋没,不分你你我我;想到猫在心愿桥上等待领取锁扣,上面要刻好姓名的缩写,最后非要挂在最高的地方;想到猫爪踩在白色沙滩上,留下一串小的脚印紧紧贴在人的旁边。

今天是个重要的日子。

其他桌的客人们谈笑风生,咖啡厅外人来人往,何处烘焙坊香草荚的香气随着风飘过来。

日正当午,声音嘈杂,却突然安静。

"程凛,你哭了吗?"
"没有,我从来不哭。"

番外 4
一日猫咪

小猫人求助热线。

"你好,小猫人联盟。请问有什么需要帮助的吗?"

"喂,您好。"麦麦紧张地捏着手机,语速极快地道,"我的主人是个人类,但今天早上说自己身体不舒服,然后就变成了一只黑猫。"

他极为担忧地询问:"现在变不回去了,请问这该怎么办呢?"

"欸?"对面愣了愣,确认道,"别着急。请问您的主人是不是昨天喝了联盟一楼咖啡厅的新款饮品?"

手机开了外放。麦麦低头看被自己抱着的黑猫,问:"喝了吗?"

这猫神情极不自然,几秒后不情不愿"喵"了一声,表达确认的意思。

"它说喝了!"麦麦答。

"这款饮品是仅面向小猫人提供的新研发的产品,添加了小猫人关键秘方,功能类似能量饮料。但人类过量服用可能会受到其中秘方的影响,短暂变成猫的样子。"

对面的女声有耐心地解释完,安抚道:"别担心,药效最多只会持续一天,不过在此期间,他只能以猫的形态生活。如果需要开病假条,可以来联盟一楼大厅的三号窗口办理。"

麦麦郑重谢过,挂了电话后问:"你怎么会喝那个饮料呢?"

黑猫表情硬邦邦的,沉默不语。一场阴错阳差而已。

昨日麦麦去小猫人联盟参加劳动技能大赛,程凛陪同,比赛期间他坐在咖啡厅无所事事,看其他人都点这款叫作"橘星高照"的饮料喝。

程凛一看见"橘"字就走不动道,没看店旁立牌上的饮用须知,连着痛饮两杯——哪能知道这些人模人样的家伙,背地里都偷偷当小猫。

结果他今早忽然不舒服,两眼一黑,再恢复意识已经是翻天覆地。

程凛对着镜子看,就见自己四脚着地,竟然变成了一只黑毛金瞳的猫,体形颀长,走路隐约可见腱子肉。

只是刚走两步,它被人拉长身体,抱了起来。

麦麦把猫放在自己的膝盖上,用手掌和指腹新奇地搓了搓猫脑袋,评价道:"真的是猫啊,毛茸茸的。"

黑猫舒服得下意识眯了眯眼,旋即别扭地黑脸一红——人生头一回被麦麦抱在怀里,深感怪异,大有身份交换的意味。

麦麦又拿手掌小心捧起黑猫的脸,仔细看,评价说:"你是只小黑猫呀。"

程凛"喵"了一声,反驳道:"哪儿小了?"或许是年纪稍长的关系,它完全是成猫模样,还比橘猫要足足大上两圈。就和做人时比麦麦高和壮是一样的。

黑猫欲从麦麦膝盖上跳下去,却被阻拦着抱回怀里。

"太神奇了。"麦麦眼睛发光,架着猫胳膊,把猫举起来,左右晃了晃。

他对程凛变猫这件事耐受良好,高兴道:"你之前还问过我,如果你变成猫了怎么办。今天轮到我照顾你了。"

麦麦把黑猫抱到落地镜前，只见一人一猫神态迥异，一个兴奋一个严肃。过了会儿，兴奋的那个把脸颊贴过去，亲昵地蹭了蹭严肃的，有样学样说："吸猫。"

麦麦养猫的一天开始了。

麦麦不知为何很有信念感，说到做到。他要把之前程凛照顾他时做的事情，在这一天轮番做一遍。

程凛不安地在麦麦身边转悠，对麦麦当家做主这件事感到忧虑，也有陡然变成猫后若有似无的紧张以及无所适从。

眼中的视角极为新鲜，原来猫以前就是这么绕着自己转的。在麦麦的眼中，自己竟会如此庞大。

它的身手倒是很灵敏，还很柔软，跳跃起来比想象中还要高。怪不得那巨型猫爬架麦麦也能轻松拿下。

麦麦兜兜转转地忙碌着，选择先拿梳子。他盘起腿呼唤道："猫猫过来，我给你梳一下毛。"

直接痛失真名。黑猫不情不愿、若即若离地绕着麦麦走，始终保持了些许距离。只是一听到召唤的声音就竖起的尾巴，出卖了它内心真实的想法。

麦麦一摸，这猫就一脸凝重地坐下了，前爪搭在麦麦的大腿上。程凛发现麦麦身上有股之前从未发觉的香气。

麦麦有样学样，用梳子耐心捋过黑猫光洁的后背，夸赞道："好乖呀！"这让黑猫的脸色更加诡异。

梳完毛发，麦麦说："我给你准备小猫饭吃吧。"口吻又是模仿以前麦麦饿了，程凛会说的："马上给你弄小猫饭。""宝宝来吃小猫饭。"

"我可不吃猫罐头。"程凛却拒绝道，"这是猫吃的。"

"可是你现在就是猫呀。"麦麦说，"很好吃的。"

"开罐头太危险了。"程凛又退让道，"你给我倒点干粮。"

"我工作的时候经常给客人开罐头呢,你放心吧。"麦麦安抚地摸了摸黑猫的脑袋,黑猫就不作声了,只盯着他看。

猫咪饮水机重新启用,色彩鲜艳、图案可爱的猫食碗也从柜子里被拿出来。作为临时的一家之主,麦麦开始耐心准备猫饭。

其实这些日子过去,麦麦早不是那个懵懂无知的小猫人,他见多识广、性情开朗,干什么都像模像样。

只是原本大小琐事全部一手遮天解决,现在程凛头一回成为被照顾的那个,难以心安理得。

可能因为变成猫了,这猫罐头尝起来美味,适口性极好。吃完饭,黑猫板着脸,翘着尾巴跟着麦麦进出房间。

表面行使关心帮助之目的,其实就是想正大光明做跟屁虫。

麦麦这才发觉一天中有这么多事情要做。

尽管平常他也谨遵荣荣的教诲,起到家庭成员的职能,但实际程凛认为不值一提,大都顺手做了,原本一串的事情,猫仅重在参与其中三成。现在百分之百都要过问,的确不得心应手。

黑猫头疼地坐在床上,看麦麦叠衣服,伸出爪子按下:"不用管,明天我弄。"

"这怎么行?"麦麦突发奇想,就地把黑猫捋平,随后凑上去,像平常程凛吸猫那样,搓揉黑猫的脑袋。

程凛难以招架,别扭地用爪子抵住他脸颊,说:"够了,够了。"这下黑脸红到熟透。

"我可没有拒绝过你呢!"麦麦意外来劲了,"你怎么还拒绝我?"

黑猫很想理论清楚这是两码事,毕竟他们二人的角色定位不同,但最后只是默默收回了自己抵抗的前爪。

好不容易迎来休息的夜晚,麦麦身子一缩也变回猫身。它跃上沙发,探出圆圆的脑袋建议道:"我们一起看电视吧,盖我的毯子。"

黑猫端坐在沙发下，仰头看它："知道了，我去拿。"

"我的小熊也要。"麦麦全部嘱咐完才想起今天自己是话事的。不过黑猫已经敏捷地把熊叼来，又把放在隔壁小沙发上的毛毯也拿了过来。

麦麦脑袋上兜着毯子，脚踩着遥控器，随心所欲调频道，终于称心如意后，贴着黑猫躺了下来："这下我们又一样大了。"

黑猫评价道："这么高智商是有点不对劲。"

麦麦："会吗？"

"嗯。"程凛说，"我反正是不行的。"他的猫爪抵在旁边，比橘猫的大了一圈，完成不了这么精细化的操作。

黑暗中，沙发上像有个太极的图案，过了会儿那图案又变成挤在一起的两个齐整色块，黑色的大些，橘色的小些。

任凭电视上播放什么情节，这色块都没有分开过。

麦麦看电视剧看到入迷处，前半截身体趴在了黑猫背上，过了会儿甚至踩了踩，爪子有节奏地张开又收起。黑猫的容忍度很高，一直没作声。但电视机安静的几秒，可隐隐约约听见宛如引擎的交替呼噜声。

时钟显示过 10 点，麦麦宣布该睡觉了，准时关闭电视机。它扭头咬了咬自己的小毯子，确保两只猫都盖好不会着凉，再把自己的熊也安置好，这时已经困得睁不开眼睛。

它蜷缩着挨紧黑猫，"喵"一声问："我今天表现怎么样？"

"完美无缺。"

"还挺累的。"麦麦评价道，"你一直都辛苦了。"

这一次身旁安静许久，直到橘猫陷入梦境前，程凛才回复道："不会。"

程凛说："是我自愿的。每天都很幸福。"

橘猫缓慢陷入梦境。麦麦养猫的一天结束了。

"嘀嘀嘀"。

麦麦睡眼惺忪地醒来,发现自己穿戴齐整躺在卧室的床上。程凛坐在床沿,正百无聊赖地看他,千真万确是人。见他也醒了,摸摸他后脑勺的头发:"醒了?"

麦麦迷迷糊糊,一时分不清梦境和现实,问:"你变回人啦?"

程凛快早晨时被细碎的声音吵醒,原来是小猫人罕见地在说梦话,"咪呜咪呜"的,感觉挺激动,但也不像做噩梦,就是不知道什么意思。

见猫这么说,他笑笑问:"梦见什么了?我变成猫了?"

麦麦点点头,伸出手慢慢比画道:"你变成了一只很帅的黑猫。"

"是吗?"程凛说,"起来吗?你今天下午不是还要去参加劳动技能比赛吗?早饭想吃什么?"

"哦对。"麦麦一骨碌爬起来,说,"我得再练习一下。"他报名的比赛是做咖啡。

麦麦咖啡厅今日要重新营业。

程凛先去厨房烤上面包。大步路过客厅,角落那个猫窝旁边的洗护箱被冷落已有些时候,里面的工具许久无人使用。

那把原本专门用来梳橘猫毛发的梳子被塞在角落,上面留下了两缕神秘的黑色毛发。

番外 5
文艺复兴之相性[1]许多问

柏：两位好，请介绍一下自己吧。
麦：（打起精神）你好，我叫程麦麦。
凛：我是程凛。

柏：两位物种迥异，是怎么认识的呢？
麦：缘分天注定，他是我的救命恩人！
凛：嗯……他是我捡到的小猫，虽然现在变成人了。你相信吗？
柏：我信。

柏：对对方的第一印象如何呢？
麦：很好呢，记住气味了。
凛：好小的猫，状态不太好。
柏：那么作为一个临危上阵的养猫新手，当时你的心情是什么样的呢？
凛：焦虑（瞥到麦的眼神）……而幸福。
柏：麦麦好养活吗？

1　指缘分。

凛：那是……非常乖、听话、不搞破坏，还聪明。同事们都嫉妒疯了。

麦：(腼腆)真的吗？哪一个同事啊？

凛：就你上次看到的那个姐姐，金梨，她家里也有三只猫。不是那个打喷嚏的男的。

麦：袁佳明怎么会看到我就打喷嚏呢？

凛：他对猫过敏。

柏：这么说，麦麦去过你工作的地方了？

凛：嗯，还去看了那四只猫。

麦：四只猫猫的性格都很好，我已向联盟申请录入系统，目前叫元宝的橘白猫咪被石景姐的同事收养了，其他三只住在小秦姐那里轮岗上班，正好毛毛的位置也空了出来。

凛：行动力非常强，优秀、楷模。

柏：说到毛毛，你们和毛毛、滚滚还有联系吗？

麦：当然！毛毛已经变成人去找联盟报到了，滚滚还没有，还是在咖啡厅工作。

柏：毛毛变成人后长什么样？

麦：(思考)和他的毛发一样，很白，比我高一点，很酷。

凛：我也见过，看上去像个学习挺好的。

柏：滚滚也还是那么冷酷吗？

凛：它的冷酷是很有名吗？我上次莫名其妙被它白了一眼。

麦：感觉自从毛毛走了之后，它更加容易生气了。荣荣分析说可能舍不得同类，毕竟只有毛毛和它一样是小猫人。不过我问它了，它叫我离开。

凛：真没素质。

柏：程凛后面还光顾过麦麦工作的咖啡厅吗？

凛：当然。我办卡了。

麦：经常来呢，每次都喝咖啡配一块彩虹千层。

柏：麦麦，你的上进是远近闻名的，有人打听你考上博士了没有，未来有什么职业规划吗？

麦：还没呢，我还在念中等学府的课程。还是先把书念完再规划职业吧。

凛：这家伙旅游的时候还在看网课。

柏：那遇到不会的数学题目会问你吗？

麦：（抢答）他也不会，只会英语。

凛：现在手机App扫一下就可以搜到答案，不用我这个毕业多年的人教。而且我看上去像成绩很好的样子吗？

麦：嗯，等课程都学完就要参加考试了，考试通过才可以上高等学府的课程。据说这个考试很难。

凛：对你想必是小菜一碟。

柏：那么麦麦咖啡厅的菜单更新了吗？

麦：（点头）家里新添置了冷萃机，非常适合夏天，生意很不错！

柏：顾客很照顾生意嘛。

凛：（微笑）。

柏：两位先前出去旅游，第一站真的去跳伞了吗？

麦：嗯，去了，还坐了直升机。

凛：去过那么多地方，换个话题吧？

柏：怎么了？

麦：他在空中转了几圈，下来就吐了，好可怜呢，差点以为要回家了。

柏：那后来怎么解决的呢？

麦：吐完就好了。

柏：那么在环球旅行的旅程中，印象最深刻的是哪一天呢？

凛：呵呵呵。

麦：是你生日那天吧！

凛：（不否认）你呢？

麦：每天都很开心！

柏：大家都对小猫人生活中的食物取向比较感兴趣，听闻麦麦在海外水土不服，请问作为一只"铁血"本地田园猫，麦麦喜欢吃什么菜系呢？

凛：他不怎么能吃辣的，去喝早茶比较多。

麦：我喜欢吃虾饺。

柏：麦麦挑食吗？喜欢吃什么人类零食呢？

麦：我不挑食，喜欢吃汉堡包。

凛：挑食，但是给的都会吃，只是喜欢的多吃点。他最喜欢吃麦全基的风味炸鱼堡，不过这不是零食吧？零食好像也没什么特别爱吃的，因为家里不怎么买。

柏：惹对方生气后会做什么呢？

凛：道歉。

柏：你为何突然讪笑？你又惹麦麦生气了？

麦：（告状）他前几天学我说话！

凛：只是讲完话带个"呢"而已……

麦：你可是嬉皮笑脸的，感觉不太好。

凛：我错了，我再也不干这种匪夷所思的事情了。

柏：那最后你们怎么重归于好的？

麦：给我郑重道歉了。

柏：你就原谅了？

麦：那当然，家人之间还是要多多沟通呢。不过其实我也没有生气。

柏：麦麦现在还会经常变回猫咪形态吗？

凛：不多。

麦：在家里会，在外面不会。因为环球旅行的时候，程凛有一次在一家店里新买了个很漂亮的猫咪背带，我那天散步时变成猫，穿着这个背带站在桌子上，大家都以为我是宠物猫来搭讪呢。

柏：嗯，一定是昂首挺胸，精神面貌很不错。

凛：是啊，这帮人哪里见过这么可爱的猫，一个个都来摸，也没点边界感。这是我们家麦麦，不是普通的猫，有没有人来管管！

柏：麦麦是怎么学会写程凛的名字的？

麦：用手机查的，但是老师说那是印刷体，不能照着写，后来又纠正过了。

凛：怪不得一开始的字都是方的。

麦：现在我可都学古文了。因为比别人起步晚，所以还是得抓紧时间，希望能在高等学府阶段和大家拉平年龄差。

凛：没问题。你比普通小猫人聪明一百倍。（顿了顿）晚点儿也没事，大器晚成。

柏：那程凛在小区猫界的名声有没有好一些呢？

麦：唉。

柏：怎么了？

麦：原本程凛因为经常和我一起喂饭，口碑好了很多。自从前段时间抓了三只猫去绝育，又不行了。

凛：没办法，总得有人承担这一切，这也是为了它们好。

柏：那程凛知不知道自己在小猫人界有"眼泪男"的外号？

麦：不知道，不要告诉他了吧……

凛：谁起的……为什么要叫这个？

柏：要哭别在这里哭。

柏：现在两个人的相处有什么变化呢？谁做主？

麦：我们会协商。

凛：嗯，不过也没什么大事，就是讨论一下晚上吃什么，双休日哪里玩之类的。没什么严肃的话题。

柏：请用一个成语来形容二人目前的生活？

麦：非常地好。

柏：不是四个字就是成语啦……

柏：对方有喝醉过吗？是什么样子的？

凛：之前有一天喝过一点点，然后一直对着我傻乐。

麦：睡大觉。

柏：会打算在家里养其他小动物吗？

麦：不行！

凛：出了这个家门倒是救了很多流浪猫狗，但是跨进这个家不能有新成员。

麦：乌龟和鱼也不行！

柏：麦麦的工资都用来干什么呢？
凛：最近他学会了网购……经常买很奇怪的东西往家里送。
麦：不是奇怪的东西啊！
柏：买了啥？
麦：给咖啡厅里的猫买了小耗子玩具，还有昆虫玩具。
凛：那个虫我还以为是真的，差点被我扔了。
柏：还真是哪里上班哪里花啊……

柏：荣荣最近怎么样呢？大家也都很关心他。
麦：荣荣还在上班，天气热了，说准备和桂瑛阿姨一起跟团出去玩。
柏：桂瑛阿姨是谁？
麦：是之前我们去手工课时教课的老师。桂瑛阿姨是只心地善良的狮子猫，家里收留了很多流浪猫。他们现在是好朋友。
凛：相互扶持照顾吧，荣……大爷也不容易，七十多岁的人了。
麦：怎么会？荣荣今年五十三岁。
凛：啊？不是古稀那么大吗？

柏：对了，麦麦现在还写日记吗？
麦：写的，现在写起来很轻松呢，字都会写，不用拼音了。
柏：听起来很 J[1] 欸。最近很流行 MBTI[2]，你们俩都是什么？（递上手机）。

1　出自迈尔斯布里格斯类型指标，指具有判断型特征。
2　即迈尔斯布里格斯类型指标。

十分钟后。

麦:我是 ENFJ[1]。

柏:天生的政客。

凛:ENFP[2]。

柏:两个 E 人,这是头一回……

柏:上次麦麦参加劳动技能大赛得奖了吗?

麦:嗯,拿了个人气奖,也不算空手而归。不过看了别人的拉花,我明白自己还有很多要学习的地方。

凛:已经足够优秀了,我连拉花都不会。

柏:对了,程凛,你真的变成猫了吗?大家都很关心啊。

麦:(疑惑)真的吗?我以为是自己的梦。

凛:(超大声)好了,今天的访谈就到这里吧!

---

1 指 MBTI 主人公型人格。
2 指 MBTI 竞选者型人格。

番外 6
IF 线[1] 身份互换——小猫人程凛

1.

"麦麦,你来回答一下这个问题。"

坐在最角落的男生正看着窗外发呆,听见自己名字浑身一激灵,"嗖"地站起来:"好的!"

不知谁先带头笑了声,周围学生渐渐笑开了。讲台上的老师无奈道:"心思不在课堂上,提前放学了是不是?再坚持十分钟啊,看看这道题怎么答。"

麦麦惭愧。他很快默念了两遍屏幕上的题目,只是并没有出现清晰的思路。陷入僵局时,身侧有道声音很轻地说:"加平行辅助线。"

麦麦学舌:"加辅助线。"

"很好。"石景点点头,示意他坐下,随后继续讲解这道题。麦麦不敢再松懈,专心听讲完,恰好打铃,下课了。

"好了好了,放学了哦。明天早上记得提前十分钟来啊,王老师和我说他要给大家默写,不要忘了。"石景道。

有人抗议:"哎不是,他一个地理老师,为什么老要——"

"地理怎么啦,地理也是很重要的啊。"石景回答,随后带着

---

[1] 指文学作品中一种假设性的情节发展。

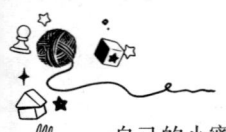

自己的小蜜蜂扩音器和书本走出教室,深呼吸。终于下班了。

麦麦迅速起立,先对着同桌郑重道:"谢谢你刚才告诉我那题怎么做!"

程凛还拿着支笔在写写画画,闻言耳朵尖一红,说:"没什么。"

麦麦将书和作业一股脑儿丢进包里,拿出夹层里准备好的猫条,最后把包往肩上一扛,脚步庄重地迈开,在即将跨出教室的时候被人叫住。

"哎,麦麦。"劳动委员指了指黑板上并排的两个名字,"你和程凛值日。"

注意力实在太分散,光惦记别的,又把这件事给忘了。"啊,好的,我马上打扫。"程麦麦赶紧把自己的书包就地放下,再拿起黑板槽中的板擦。

刚准备开工,身后有个人走路像猫,神不知鬼不觉地靠近,流畅地接过他手里的东西,凉凉道:"急什么,猫又没那么准时。"

"可是我每次去,它都已经在等我了。"回答完,麦麦反应过来,紧张道,"你怎么知道我要去干什么?"

程凛自知失言。他余光确认其他学生都已经走出教室门,这才低头看着人说:"你不都把猫条拿出来了?"

程麦麦并未怀疑,又小心询问道:"你也遇到过我们学校的猫?"先前从未在校园里见到过有流浪猫出没,想必有人发现就会被保安驱逐。这件事还是越少人知道越好。

"嗯,看见过。"

"一只小黑猫,对吗?"麦麦确认。

"哪儿小了?"程凛问。

"相对我们而言是很小的。"麦麦关心地追问,"它理睬你吗?"

程凛一手插着兜,一手干练地擦黑板,冷漠答:"我们不熟,一面之缘。"

"这样啊。"麦麦反倒因此暗暗高兴。这么看来，他恐怕是这个校园中黑猫唯一的人脉。

程凛睨了眼讲台上自己同桌顺手撂下的两根猫条，略带嫌弃地问："你确定那猫爱吃这个吗？"

"应该会爱吃吧，老板说是最好的牌子了。"麦麦仰起脸，诚恳地回答。

倒是舍得，程凛心道。他近距离看了几秒麦麦的脸，又很快错开对视的眼神，加快速度擦完粉笔字，将板擦扔回黑板槽，再去拿扫帚扫地。

程凛是半年前新来的插班生。老师考虑到麦麦为人友善，特意将两人安排坐在一起。

在麦麦的印象中，同桌一直独来独往，不怎么和班里其他学生打交道，显得神秘冷酷。不过两人有同窗之谊，稍显亲近，日常也说说话。

此外，尽管程凛成绩一般，但多次向程麦麦伸出援手。所以麦麦对他的评价并不差。当然，在麦麦的眼中，这个世界也是没有坏人的。

但现在——尤其是经过昨晚的梦后，麦麦对程凛又有了新的看法。他热情地发出邀请："你要不要和我一起去喂猫呢？"

那个忙碌的背影僵了僵，说："不了，我不喜欢猫。"

"这样啊。"麦麦难掩失望。既然如此，那他梦到的内容显然也不正确了。

昨天夜里，程麦麦梦见自己变成了一只橘猫。一只毛发蓬松，眼睛很大，叫声响亮的橘猫。猫路过镜子，就像块蓬松的黄金吐司轻盈滚了过去。

更出人意料的是，程凛竟是它的饲养员。

麦麦对两人的角色交换感到困惑，但接受程度良好。梦中的

程凛看上去比现在的样子成熟些,对麦麦有求必应。每当听见麦麦嘹亮的呼唤声,他都会很快出现,随后温柔地回应:"麦麦。"

梦是否在暗示什么?

回过神,麦麦见同桌干活极为积极,自己也赶紧把课桌椅卖力排列整齐。活都干完了,程凛伸手拿走垃圾袋,扎好,头也不回地说:"再见。"

"明天见!"麦麦重新背上包,捏着猫条去找猫了。

走廊上,程凛已经没影儿了。麦麦出发往校门的反方向前进,经过拐角处,王德荣恰好从办公室出来,两人狭路相逢。

王德荣便是那位地理老师。这人常穿得像个20世纪80年代的老学究,戴金丝框眼镜,每次上课都会举着个篮球大的地球仪转不停。他啰唆较真,爱岗敬业,重视夯实基础——因此并不怎么受学生欢迎。

不过麦麦倒不知为何和王老师投缘。他很认可王德荣的教学水平,并且认为对方经常要默写也是非常负责的表现。

因此,程麦麦停下脚步,恭敬道:"王老师好!"

"麦麦你好。"王德荣忙摆摆手,示意"不必如此",又说,"明天早上要默写气候类型,好好准备啊。"

王德荣非常欣赏自己这个有礼貌的学生,毕竟这个年纪的男孩能如此沉稳,在当今浮躁的社会中,很是难得。

程麦麦答应下来,又踏上与猫相会的旅程。

这只猫是他最近在学校结交的好友,猫通体毛发全黑、瞳色为金。结识当日,麦麦被留下来帮老师批改试卷,出办公室时早已放学多时。

他经过学校后花园无人处,忽然看到池子旁有只黑猫瘫软在那儿,还闲闲伸出一只前爪捞金鱼。那是一人一猫初次见面。

起初麦麦认为猫生性警惕，被他这样的陌生人看见会立刻逃窜离开。没承想这只黑猫极为大胆，它扭头打量了几秒来客后，神情难掩错愕。

麦麦背着书包蹲下来，伸出手对着猫试探地喊出全国统一的称呼："咪咪，来。"

猫没犹豫太久，从池子边沿干脆地跃下来，随后用粗犷的嗓音一边"喵"了两声，一边翘着尾巴靠近。

脑袋一歪，就蹭到了麦麦的手掌心。

此后，有意无意，麦麦放学后都会去与黑猫初次见面的地点张望两眼，前两周只能碰巧遇上两三回，这一周，咪咪像与他熟稔，每天都会提前在池子边或蹲或趴地等着他去。

2.

走出教室后，程凛拔足狂奔，他跑过四个教室一条长廊，没停顿地把垃圾袋扔进垃圾箱，随后一个拐弯，冲进体育馆的器材室。

放学后，这里是最安全的地方。

瞬息间，原本高大的男生陡然不见，校服和书包落在海绵垫上，发出闷响。

一片黑暗中，距离地面几十厘米高的地方，出现一对金色眼瞳。

那金色警惕地移动，就近跃上窗台。光落下来而露出全貌，原来真身是只小黑猫。

黑猫扒着防盗窗的缝隙挤了出去，窗子正对着花园，它灵活地跳上水池边沿，先舔了舔前爪，再用前爪刮刮自己的脸，紧接着躺下来，营造出毫不费劲、极为闲适的氛围。

几乎是前后脚，程凛刚想歇息一会儿，麦麦呼唤的声音从背后传来："咪咪——"

黑猫一激灵扭过头,像是确认对方是谁后才矜持地直起身子,从池边跃了下来,翘起尾巴踱步靠近:"喵。"

"你今天也在等我吗?"麦麦高兴地蹲下来,抚摸黑猫的脑袋。

黑猫被摸得舒服地眯起眼睛,黑脸微微一红,一时并不言语。半晌,才颤巍巍又吐出声粗犷的"喵"。

麦麦对黑猫的态度很是受用,他伸出手献宝地说:"看,今天我给你准备了小零食。"

黑猫内心叹气,还真就这么一回事。它倒退两步,透露出点抗拒。可惜麦麦并未察觉,很快拆开猫条撑到它嘴巴前,热心肠道:"吃吧,是不是饿坏了?"

倒没有饿坏,下午课间还吃了两个小卖部的面包才来这里营业的。

只是程凛在自己同桌面前毫无拒绝余地,闻着闻着又思忖这猫条似乎也别有一番风味,就顺从地低头吃了起来。

麦麦夸奖:"真是乖猫!"

趁着猫吃猫条之际,麦麦开始观察黑猫。猫的毛发光滑发亮,体态也好,猫身长,发力时还有一身腱子肉,并不像流离失所、漂泊在外许久的模样。

因此,他将吃空的猫条包装收拾起来后,拿手心搓了搓黑猫的脸颊,又试探问:"你晚上有地方住吗?我给你搭个窝好吗?"

敬谢不敏。程凛瞥了麦麦一眼,不知为何像有些嫌弃。

这熟悉的神情让麦麦立刻想起程凛。他联想到对方发表的不爱猫言论,甚是惋惜:"唉,怎么会有人不喜欢小猫咪呢?"

黑猫极不自在地"喵"了一声。

麦麦照旧坐到水池边沿,黑猫就自发趴到他的膝盖上。麦麦的大腿被烘得很温暖,他轻轻捋着黑猫背脊上的毛发,开始分享自己这一天的心得体会。

"我昨天做了个很奇怪的梦。"麦麦道,"梦见我和你一样,是一只小猫,今天一直在想这件事,上课都开小差了。"

黑猫的表情难掩错愕。只因这几日,它也被类似的梦境内容所困扰——梦里自己养了只和同桌名字一样的小橘猫,圆脸圆脑,纯真可爱,倒是的确符合本人的特质。

猫仰起头,鼻子碰上麦麦的手心,面色凝重地闻起来。

麦麦贴心托住它,问:"怎么了?"就见黑猫闻完他的手,又立起上半身,开始仔细嗅他的衣服。

这几日,程凛已经反反复复确认,如今结论依旧没有变化。麦麦身上的确没有小猫人的气味,是个彻头彻尾的人类。

"而且我的主人是我的同桌。"麦麦继续道,"但梦里他好像不是个学生。"

黑猫动作一僵。所谓的同桌也只能是自己,这让它很难不上心,便歪了歪脑袋:"喵?"希望麦麦继续讲下去。

麦麦说:"梦里我们关系很好呢!要是现实生活也这样就好了。"

什么意思?现实生活的关系还不够好?到底要怎么样才算好?黑猫的表情不知为何有些微妙,它重新趴了下来,并不言语。

梦是否在暗示什么?

时间已经不早,说完别的,麦麦正欲离开,余光察觉不远处的草丛中有一只篮球。

他放猫落地,走近看,发现草丛里不仅有篮球,还有一副羽毛球拍,显然都是因为器材抢手,其他学生偷偷藏起来的。

"怎么又有人这样?"麦麦谴责地拾起球和拍子,刚准备去器材室放好,却遭到黑猫的全力阻拦。

"喵。"黑猫贴着麦麦的裤腿,左一绕右一蹭,脑袋碰完尾巴绕,就是想当他前进路上的绊脚石。

麦麦好不容易费劲地走到器材室门口,误以为是黑猫怕陌生的地方,安慰道:"没事的,我一个人进去就好了!"

有事。黑猫两眼一黑,心道:有大事。

他所有的装备都还在海绵垫上放着,若被发现,着实难以解释。

程凛心一横,后腿一蹬扒拉上麦麦的校服,又几步爬上去,开始拿爪子轻拍麦麦的脸,做最后的抗争。

"哎呀。"麦麦躲了躲,他后背背书包,一手篮球一手拍子,如今前胸还多出只黑猫,只能用脚十分狼狈地推开器材室的大门。

器材室气味浑浊,空间逼仄,光线更是昏暗。程凛刚进这伸手不见五指的房间就跳了下去,瞬间不见踪迹。

麦麦关上门摸索:"咪咪,你在哪儿?"

无猫回复。

麦麦只得先将篮球放进角落的球筐,随后开始寻找羽毛球拍的存放地点。先前学生归还的各类器材尚未完全整理归位,呼啦圈、鸡毛毽子、掉下来的排球零零散散堆在地上。

自进屋后,程凛就藏到了一只废弃的跳箱后方。猫在暗处视力极好,它看清麦麦四处寻找它的眼神,独自别扭夹杂暗喜,也庆幸自己的衣服都放在最角落的地方,只要麦麦不靠近窗户,并不会发现。

只是它先前并未在意,现在才发现这地板真是乱极了,连学生下脚的地方都奢侈。

仿若为了应和它的想法,下一秒,拿着球拍的麦麦无意中被呼啦圈绊了一跤,旋即向前倒去。

危急关头,眼前画面如慢动作铺展开。"喵。"程凛大脑空白,毫不犹豫蹿出去,下一秒切换成人形:"麦麦!"

麦麦回过神,发现想象中的疼痛并没有发生,身体处在一个半悬空的状态。本该摔倒,可现在一股力量硬生生拎住他书包袋子,将他整个人的重心都提了起来。

终于站稳脚跟,麦麦下意识要回头,却被一只手紧紧捂住眼睛:"别动!"

"程凛?"他靠声音认出来,茫然问,"你怎么在这里呢?"

程凛却没回答,只警告说:"我说'可以'之前,不许回头。"

麦麦乖乖答"好",听见背后传来极为细碎的动作声。

趁这闲下来的当口儿,他开始思考对方为什么会出现在这里。

以及,猫呢?

为何猫不见了,多出个人?

心中奇妙出现个揣测,好像就该如此。麦麦迟疑地开口呼唤:"咪咪?"

程凛动作一滞,并没有回应。

麦麦开始侦探式地分析,刚才自己是在要摔跤时听见了黑猫的叫声,随后,就凭空出现了程凛的声音,喊他"麦麦"。

于是,他分析得出:"程凛,你不会是咪咪变的吧?"

程凛认为这是自己猫生中最倒霉、最危机四伏的一天。

他说:"你怎么知道?"

两人重新并肩坐在水池边。程凛扭过头并不看同桌,耳根红到透顶,挣扎地辩解:"我刚才说错了。"

麦麦思路清晰,十分坚持:"明明就是,否则咪咪去哪里了?"

"为什么要喊'咪咪'?"程凛不满意地指摘道,"这名字根本就没有特殊性。"

麦麦说:"我也只认识你一只小猫呀。"

程凛沉默半秒,回忆自己的确在对方身上没有闻到过别的猫咪的气味,遂含糊道:"你……不觉得奇怪吗?"

"我就说你们怎么这么像呢,原来咪咪就是你呀。"麦麦道,"你每天都等我去找你。"

这实在太尴尬,程凛硬着头皮嘱咐:"这件事不能告诉任何人。"

"没问题。"麦麦一口答应,又问,"你是小猫变成人,还是人可以变成小猫呀?"

"我……就是猫啊。"程凛犹豫着,回答,"小猫人,知道吧?"

"猫也要上学呀?你真了不起。"麦麦由衷道。

程凛怀疑自己的同桌是第一世为人——不然怎么单纯可爱得无可救药。

他转而矜持道:"也就我是猫反应快,否则你刚才就得摔跤了。"

"是啊!"麦麦认可,"我就得摔成'狗吃屎'了呢。"

麦之形容令程凛沉默。他说:"我也梦见你了,和你的梦一样,你是只橘猫……喜欢上班。"

"梦是真的吗?"

"梦怎么可能是真的?"

"可是我们梦见一样的东西了。"

"可能是平行宇宙之类的东西吧……"

"那你对我很好啊。"麦麦高兴道。

"我现在对你不好吗?"程凛不爽。

"也不错啊,但是肯定没有那么亲密。"

"你能接受吗?"

"什么?"

"接受我是只猫啊。"程凛道。

麦麦感觉自己很容易就能把眼前这个上课经常睡觉,拿一支笔都能玩半天的人和小黑猫联系在一起,所以答:"可以啊,感觉就该是这样。"

他友善地问:"你可以变成猫给我玩一下吗?"

程凛说:"不能。"

但过了会儿,麦麦的余光中忽然有个猫脑袋从衣服里钻出来,开始往他的手心扎。

麦麦捏了捏黑猫柔软的耳朵,又碰它鼻头,握它前爪。程凛始终一声不吭,显得耐受性很好的样子。

"之前以为你是野猫,我都没好意思呢。"最后,麦麦说,"我能吸猫吗?"

程凛没有回应,这就是可以的意思。麦麦满意地用自己的脸颊蹭了蹭猫脑袋,深呼吸,闻到阳光的味道。

程凛开始认为这是非常好的一天。

3.

麦麦打了个喷嚏,继续略带愁苦地看着自己眼前的数学题,他撑着脑袋思考时,程凛恰好端着自己的马克杯迤然路过。

两人四目相对,程凛问:"怎么了?有不会的题目?"

"嗯。"麦麦道,"现在的数学题都好难呀。"

出于人道主义精神,程凛凑过来念了遍题目,随后肯定道:"嗯,我也不会。"

麦麦不怎么满意地询问:"你以前上学都在干什么?"

"做梦。"程凛回答,"后来就出国了。"

"那你上课都在干什么?"麦麦问,"认真听讲吗?"

"偶尔吧。"人答,"大部分时候在睡觉。"

"有同桌吗?"

"没有同桌。"程凛一五一十地接受麦之审查,"一个人坐最后一排。"

盘问至此，麦麦担忧地下了结论："那你成绩肯定很差吧。"

这恕程凛不能苟同："那没有啊，虽然不是名列前茅的，但也不是倒数的。"他谦虚道，"中流砥柱吧。"

"那就好。"麦麦略感宽慰，转而道，"昨天晚上，我梦见我们两个是同桌呢。我们一起上学念书，但我不是猫，只有你是一只小黑猫。"

"啊？"程凛警惕地问，"梦见什么了？我俩关系好吗？"

"不错呢。"麦麦说，"就是刚认识的时候，你话比较少。"

程凛不自然地捋了捋自己的头发，答："我这人比较慢热。"

"不过感觉我们是好朋友。因为我有一次差点摔倒，你还救了我。"麦麦说，"这也很正常，因为我就喜欢和你这样的人相处。"

此番话听得程凛大悦，认可道："那是，不知道关系得多好。"

麦麦聊得把笔都搁下了："不过要是我们真的是同桌，不知道会怎么样？"

"那完蛋了，谁也不学习，一起考家里蹲学府。"程凛说。

"这怎么会？"程麦麦并不相信，"我们不应该共同进步吗？"

程凛："我找你出去玩，你玩吗？"

"玩。"麦麦答。

"那不就好了。"程凛道。

麦麦聊够了，拿起笔欲继续做题，程凛又煞风景道："学不会就算了，现在的学历也够了。"

"不行。"麦麦坚定地否认了，"我要学到博士！"

附录 情报驿站

1. 麦麦的文化水平不断提高,现在已经可以无障碍使用聊天App,就是打字速度比较慢,因此程凛等麦麦输入的时间会打几个字当捧哏,以显示自己在等待。

2. 夏天夜里,如果房间不慎进了只蚊子,都是程凛负责闭着眼哀号,麦麦负责变回猫打它们。麦麦的夜间视力很好,每次都能很快得手,但因为太专心,偶尔会不小心踩在程凛脸上。

3. 由于产生了需要养家糊口的念头,程凛现在工作比以前努力很多,目前团队正计划新招几个人。

4. 毛毛和滚滚被秦陆收养前是一条街上的流浪猫,一开始也曾经相依为命,不知道为什么关系忽然糟了。

5. 被退养后,滚滚经常偷看毛毛,但被发现会很生气,所以毛毛都当不知道。

6. 王德荣其实除了胸前一块是白的,脚底板也有几簇白毛。此外,他还有护工证。

7. 石庭在桌上养了一排猫草,但一般不允许别的猫剪,只有自己吃沙拉时才剪一点加进去。

8. 因为出外勤,石景经常要加班写报告,每次写不出的时候,她都会吸两口猫薄荷。这一举动曾经被领导发现,嘱咐她千万藏好别被其他猫发现。

9. 由于经常见到麦麦,袁佳明快脱敏成功了,let's[1] 恭喜。

10. 黄瑰瑰和程先旭又出去玩了。不过现在回来看程凛的频率变高了。他们每次都会问德兴在哪儿。不过麦麦和德兴的登场是互斥的。

---

1 让我们。